NATIVE
L'ÉTERNEL CRÉPUSCULE

LAURENCE CHEVALLIER

LA SAGA NATIVE

Volume 1 : *La trilogie de Gabrielle*

Le berceau des élus
Tome 1
Le couronnement de la reine
Tome 2
La tentation des dieux
Tome 3

Volume 2 : *La Quadrilogie d'Isabelle*

Les héritiers du temps
Tome 4
Compte à rebours
Tome 5
La malédiction des immortels
Tome 6
L'éternel crépuscule
Tome 7

ROMAN

NATIVE

L'éternel crépuscule

* * *

Tome 7

Le Code français de la propriété intellectuelle interdit les copies ou reproductions destinées à une utilisation collective. Toute représentation ou reproduction intégrale ou partielle faite par quelque procédé que ce soit, sans le consentement de l'auteur ou de ses ayants droit ou ayants cause, est illicite (alinéa 1er de l'article L. 122-4) et constitue une contrefaçon sanctionnée par les articles L. 425 et suivants du Code pénal.

© 2021 Laurence Chevallier
Illustration de couverture : © Serg Zastavkin
Couverture du livre réalisée par Sos Samantha

Relecture finale : Émilie Chevallier Moreux

ISBN - 9798506611226

Première Édition
Dépôt légal : mai 2021

❋ Réalisé avec Vellum

À mes fidèles lecteurs de la saga,

RAPPEL DES PRINCIPAUX PERSONNAGES

Isabelle Valérian :
Native immortelle.
Fille de Gabrielle Chêne et d'Éric Valérian.
Pouvoirs : télékinésie, puissance (force et vitesse), télépathie sélective, pouvoir projectif.

Connor Burton Race :
Roi des natifs
Natif immortel.
Fils de Magnus Burton Race et de mère inconnue, demi-frère de Carmichael et de Prisca Burton Race.
Pouvoirs : télékinésie, puissance (force et vitesse), télépathie, soumission au toucher.
Proclamé roi après l'abdication forcée de Gabrielle Chêne et de son frère, Carmichael Burton Race.
Veuf de Stella Percy.

RAPPEL DES PRINCIPAUX PERSONNAGES

Raphaël :
Natif supposé mort « définitivement » au Blézir.
Fils de Carmichael Burton Race et de mère inconnue.
Pouvoirs : télékinésie, puissance (force et vitesse), soumission au toucher, télépathie sélective.

Gabrielle Chêne :
Reine déchue des natifs
Native immortelle.
Fille d'Isabelle Castellane, « *L'incendiaire de Lédar* », et de Nathanaël Chêne.
Pouvoirs : télékinésie destructrice, télépathie sélective, soumission au toucher, unique femme native à posséder le don d'attraction.
A quitté ses fonctions de reine pour vivre son amour avec Éric Valérian, son amant.
A retrouvé son mari et roi Carmichael après 39 ans d'absence.
A abdiqué à la suite de la séquestration et des menaces pesant sur sa fille, Isabelle Valérian.
Serait l'élue de la prophétie d'Égéria sur l'Avènement des natifs ou la destruction du monde terrestre.
Surnommée « *Gabrielle, la tentatrice* ».

Carmichael Burton Race :
Roi déchu des natifs
Seigneur déchu du Territoire du Milieu
Natif immortel.
Fils de Magnus Burton Race et de mère inconnue.
Arrière-petit-fils d'Isabelle Castellane « *L'incendiaire de Lédar* ».
Mari de Gabrielle Chêne.
Pouvoirs : télékinésie, puissance (force et vitesse), télépathie sélective et captation d'images sensorielles, soumission au toucher, unique homme natif à posséder le don d'attraction.
A abdiqué à la suite de la séquestration et des menaces pesant sur son fils, Raphaël.

Serait l'élu de la prophétie d'Égéria sur l'Avènement des natifs ou la destruction du monde terrestre.

Prisca Burton Race :
Seigneur du Territoire de l'Est
Native immortelle.
Fille de Magnus Burton Race et de mère inconnue, demi-sœur de Carmichael et de Connor Burton Race.
Pouvoirs : télékinésie, puissance (force et vitesse), soumission au toucher, télépathie.

Ethan Chêne :
Natif immortel.
Frère de Gabrielle.
Pouvoirs : télékinésie destructrice, télépathie sélective, soumission au toucher.
Pourrait être l'élu de la prophétie d'Égéria sur l'Avènement des natifs ou la destruction du monde terrestre.
Surnommé en secret dans la communauté native « *Ethan, le Fou* ».

Stella Percy :
Native décédée au Blézir
De père et de mère inconnus.
Pouvoir : puissance (force et vitesse).
Accède à la seigneurie à la suite de l'abdication de Carmichael Burton Race, après avoir occupé la fonction de première assistante du roi.
Épouse du roi, Connor Burton Race, avant sa mort.

Éric Valérian :
Natif décédé.
Fils d'Adriana Ferloni
Pouvoir : puissance (force et vitesse).
Amant de Gabrielle Chêne qui quitte, par amour pour lui, ses fonctions de reine jusqu'à ce qu'il décède des suites d'une crise cardiaque.

RAPPEL DES PRINCIPAUX PERSONNAGES

Thomas Valérian :
Natif mortel.
Fils d'Adriana Ferloni et de Guillaume Valérian Sr.
Premier amour de Gabrielle Chène.
Pouvoir : puissance (force et vitesse).
Marié à Laetitia Valérian, père de Guillaume Valérian Jr.
Directeur financier des affaires natives au niveau mondial, retraité.

Guillaume Valérian :
Natif mortel.
Fils de Thomas Valérian et de Naomi.
Pouvoir : puissance (force et vitesse).
Nouveau directeur financier des affaires natives au niveau mondial, à la suite de son père.
A trahi les natifs et révélé l'existence des immortels au monde entier en passant par l'intermédiaire d'un certain Jim Burns.
Chef du groupe du Collectif Delta dont il tue tous les membres après avoir saisi l'argent du royaume et dénoncé l'existence des immortels aux médias du monde entier.

Jack :
Descendant natif sans pouvoirs. Mortel.
Majordome du roi des natifs, Connor Burton Race.

Jared :
Humain.
Employé d'entretien au Blézir.
Débute une relation amoureuse avec Jack, avant de l'aider à s'enfuir.

Johnny Forbe :
Humain.
Fils d'Elias Forbe.
Époux de Jésus De La Vega.
Meilleur ami de Gabrielle.

Responsable de l'organisation des événements natifs à travers le monde, retraité.

Elvis Forbe :
Humain.
Fils d'Elias Forbe et frère de Johnny.
Époux de Soraya et père des jumeaux, Elias et Wassim.
Hérite de la charge du vignoble d'Altérac à la suite du décès de son père, Elias Forbe.

Pia Petersen :
Native mortelle.
Fille de Laura et Jorgen Petersen.
Amie proche d'Isabelle Valérian.
Pouvoir : télépathie.

Laura Petersen :
Native mortelle.
Mère de Pia Petersen.
Pouvoir : télépathie.
En charge de tout le réseau cyberinformatique du royaume natif.

Estelle Monteiro :
Native mortelle.
Fille de Paul et Sélène Monteiro.
Épouse de Léonard et mère d'Édouard.
Descendante native sans pouvoirs.
Intendante du château d'Altérac.

Magnus Burton Race :
Natif décédé.
Immortel pulvérisé durant « la guerre des Six ».
De père et de mère inconnus.
Père de Carmichael, Prisca et Connor Burton Race.
Père adoptif d'Ethan Chêne.

Ancien Grand Maître des natifs, avant d'être déchu par son fils, Carmichael, avec l'appui de sa sœur Prisca.

Blake Burton Race :
Natif décédé.
Immortel pulvérisé par Gabrielle Chêne.
De père et de mère inconnus.
Frère de Magnus Burton Race et oncle de Carmichael, Prisca et Connor.
Instigateur de la « première mort » de Gabrielle.

Nicolas et Abigaël Souillac :
Natifs mortels.
Frère et sœur.
Pré-cogs, les plus puissants voyants de la communauté native.

Les Six :
Natifs décédés
Althéa, mère d'Isabelle Castellane, « *L'incendiaire de Lédar* » et grand-mère de Gabrielle Chêne.
Priam, Soban, Thélion, Élinor, et Ludmila, ses frères et sœurs.
De père et de mère inconnus.
Immortels tués « définitivement » durant la guerre qui les oppose au camp de Gabrielle Chêne et Carmichael Burton Race, communément appelée « *La guerre des Six* », après plus de 3 000 ans d'existence.
Probablement les ancêtres de tous les natifs.

Égéria :
Native décédée.
Sœur des Six.
Immortelle pulvérisée par Gabrielle Chêne.
Voyante et oracle de la prophétie native.

Les natifs :
Les natifs sont majoritairement des êtres mortels dotés de pouvoirs tels

que la télépathie, la puissance (force-vitesse), la télékinésie (plus rare) et la voyance (rarissime).

Très peu d'entre eux ont hérité du don d'immortalité, c'est même exceptionnel.

Les immortels arrêtent de vieillir dès leur « première » mort.

Mais, même avant cela, leur vieillissement ralentit dès l'apparition de leurs pouvoirs. C'est ce que l'on appelle l'éveil natif, qui intervient lors du passage à l'âge adulte, voire un peu avant. Tous les natifs ont vécu cet éveil, mais rares sont ceux qui deviennent éternels.

Les conditions de vie d'un immortel n'ont pas vraiment d'impact sur leur apparence physique, et chacun d'eux peut « vieillir » différemment, et cela, jusqu'à la « première » mort.

Un immortel ne peut mourir « définitivement » que lorsque son corps est totalement détruit.

PROLOGUE

Monsieur Raoult sortit du bâtiment en essuyant son front en sueur. Il était plus calme à présent qu'il savait qu'un immortel était encore entre les mains de Burns. Certes, cet immortel était « mort » pour l'instant, mais il ne tarderait pas à se réveiller, et les expérimentations pourraient se poursuivre. C'est avec soulagement qu'il prit son téléphone afin d'annoncer cette nouvelle. Il préféra cependant appeler la présidente de l'Union européenne plutôt que ses commanditaires les plus fielleux. Elle était pragmatique, d'une efficacité redoutable, et n'affichait pas d'ambitions démesurées. Elle saurait passer le message bien mieux que lui.

— Allô ?
— Présidente Salvory ?
— Oui.
— C'est Eugène Raoult à l'appareil.
— Bonjour, monsieur Raoult. Avez-vous vu Jim Burns ?

Droit au but. Il n'en fut pas étonné.

— Oui.
— Comment l'avez-vous trouvé ?

Cette question le prit un peu au dépourvu. Il n'avait aucune sympathie pour Burns et se doutait bien qu'il commençait à sérieusement agacer ses pourvoyeurs. Salvory en première ligne.

— Il s'est montré condescendant et sûr de lui, répondit-il, franchement.

— Comme d'habitude, souffla la présidente. Que vous a-t-il dit ?

— La question qu'il faudrait plutôt me poser est : que vous a-t-il montré ?

— Ne tournez pas autour du pot, Raoult, et expliquez-vous. Sommes-nous en sécurité ?

— Il pense que les immortels ne tenteront rien tant que la dénommée Isabelle Valérian n'aura pas accouché.

— Ce qui ne saurait tarder…

— Il dit que nous devrions prolonger les négociations au sujet de la révélation de l'existence des natifs. Ainsi, nous prendrions moins de risques.

— Considérez que c'est fait. Quoi d'autre ? Vous avez dit qu'il vous avait montré quelque chose.

— Il détient l'un des leurs.

— Pardon ?

— Il détient un immortel. Il va donc poursuivre ses expériences.

— Je me moque des expériences, Raoult ! Tout ce que je veux, c'est que cette affaire ne nous éclate pas au visage. S'ils décident de se venger, je ne suis pas certaine que nous puissions les battre, vous entendez ?

— Burns a l'air sûr de lui.

— Burns a toujours l'air sûr de lui !

— Mais les Russes et les Américains veulent que nous continuions les…

— Une erreur monumentale, si vous voulez mon avis. Mais nous pouvons considérer que nous sommes à l'abri pour l'instant. Il faut absolument les retrouver. Burns a-t-il des informations à ce sujet ?

— Non, aucune.

La présidente Salvory soupira derrière son téléphone. Raoult attendit qu'elle mette fin à son silence.

— Raoult ?

— Oui.

— Vous restez auprès de Burns jusqu'à ce qu'on vous ordonne le contraire. Je veux qu'on surveille cet homme. Personne ne doit savoir qu'il détient un immortel. Si ses proches apprennent sa détention, ce sera la guerre. Il est donc capital de demeurer discret sur ce point. Je n'ai aucune confiance dans mes homologues pour garder cette information secrète. Faites-le comprendre à Burns et collez-lui au train. Et je veux les rapports de tous ses déplacements. C'est clair ?

— Très clair.

— Raoult ?

— Oui.

— Faites aussi en sorte qu'il reste à la place qui est la sienne.

— Oui, Madame.

Puis elle raccrocha, et Raoult se dit qu'il ne serait pas aussi simple de raisonner un type tel que Burns. Il était devenu si riche et si puissant qu'il en était presque intouchable. Il entra dans le bâtiment en s'essuyant de nouveau le front, pensant à l'ampleur de sa tâche et au merdier dans lequel il s'était fourré.

PARTIE I
ÉVADÉS

THOMAS

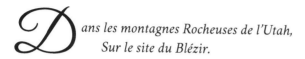

ans les montagnes Rocheuses de l'Utah,
   Sur le site du Blézir.

Après l'explosion, cinq corps surgirent du toit, suivis d'une longue traînée de flammes et d'une autre déflagration qui fit trembler le sol sous nos pieds. La structure du bâtiment s'était fissurée sous l'impact. Isabelle, dans ses haillons tachés de sang, les cheveux dégoulinants d'hémoglobine et le regard plus déterminé que jamais, fila dans notre direction dès qu'elle nous aperçut. C'est alors que je vis le corps inerte de mon fils. Je manquai une respiration tandis qu'Isabelle s'emparait de nous, nous emportant derrière elle jusqu'à la forêt. Une fois que nous fûmes couverts par les arbres, aucun satellite ne pouvait plus nous voir.

— À droite ! criai-je après avoir repris mes esprits, soulagé d'avoir pu sentir un pouls en tâtant le poignet de Guillaume. Maintenant, à gauche !

Isabelle obéit sans se poser de questions. Nous lévitions à toute vitesse par la force de son pouvoir télékinésique. Mes yeux ne quittaient plus mon fils. Je me maudissais déjà de l'avoir laissé assurer la tâche la plus délicate de l'opération.

— Il vit ! voulut me rassurer Jack, qui volait aux côtés d'un homme dont j'ignorais le nom.

Était-ce un natif ? Si oui, je ne le connaissais pas. Je hochai la tête, inquiet.

— Mais il est gravement blessé, poursuivit le majordome en figeant son regard sur moi. On ne peut pas attendre de parvenir à la planque, il faut s'occuper de lui au plus vite !

— On ne va pas prendre le risque de s'arrêter près d'ici, lança Laura.

— Je n'en aurai peut-être pas pour longtemps, remarqua Jack en reposant ses yeux sur le corps de mon fils.

— S'il meurt, il n'aura eu que ce qu'il mérite !

C'était Carmichael qui venait de prononcer ces mots assassins. Une pensée sans doute partagée par tous, tant les actes de Guillaume avaient eu des conséquences désastreuses et meurtrières. Mais il était mon fils, et je n'allais pas le laisser mourir ainsi.

Je me tournai vers Carmichael, tandis qu'Isabelle filait tout droit dans les fourrés. Une femme enceinte, couverte de sang, filant à une vitesse ahurissante en nous traînant dans son sillage, était un spectacle saisissant. Mais il n'était pas temps d'admirer le courage de la jeune femme. Il me fallait défendre ce qu'il me restait de plus cher en ce monde. Malgré tous ses travers. Malgré tous ses actes. Mon fils.

Carmichael avait les yeux rivés sur le corps inerte de Connor qui flottait dans les airs, juste à côté d'Isabelle qui lui tenait la main. Quand il sentit mon regard sur lui, il se tourna vers moi.

— Nous le soignerons, assénai-je, faisant fi de la moindre objection. Tu me dois bien ça.

Carmichael me considéra un instant et ne dit mot. Et qui ne dit mot consent. Alors j'interpellai Jack.

— Nous ne pouvons pas aller à l'hôpital, c'est trop loin. On pourrait peut-être trouver une maison qui…

— La mienne est dans cette direction, déclara l'inconnu. À cette allure, on pourrait y être dans un petit quart d'heure.

— Alors, allons-y ! lança Jack.

— Vous êtes qui ? demanda Gaby à l'inconnu, m'ôtant les mots de la bouche.

— C'est Jared, il est avec moi.
— Avec vous, Jack ? souleva Ethan, d'un air suspicieux. Comment ça, avec vous ?
— Avec moi, Monsieur. C'est tout.
— C'est un humain, n'est-ce pas ?
— Oui, répondit Jack en se tournant vers Ethan, et je vous demande à tous de me faire confiance. J'ai joué ma vie en infiltrant le Blézir. Croyez-vous que je sois prêt à la mettre en péril, maintenant ?

Tout le monde savait que le majordome n'était pas homme à prendre des mesures inconsidérées. Sa remarque était fondée. De plus, nous n'avions pas vraiment le choix.

— C'est prendre un énorme risque que de s'arrêter, poursuivit Ethan qui, lui, n'était pas homme à se laisser convaincre si facilement, en particulier si c'était pour soigner celui qui était à l'origine de leur persécution.

J'inspirai un grand coup avant de m'adresser à lui. Je fermai les poings pour ne pas m'énerver. La tension nerveuse de la dernière bataille ne s'était pas encore dissipée. De plus, Guillaume était gravement blessé, mon stress n'aurait pu être plus conséquent. Je rétorquai alors d'une voix glaciale :

— Je me rappelle pourtant que toi aussi tu as su t'y prendre pour provoquer le calvaire des autres, il fut un temps. J'en ai même fait les frais, si tu te souviens bien.

— Nous le soignerons ! trancha Gabrielle. Un point, c'est tout. Izzy, suis les directives de Jared et emmène-nous chez lui.

Personne n'émit aucune autre objection. D'ailleurs, personne n'émettait jamais d'objections aux décisions de Gabrielle. Mon cœur se souleva en découvrant sur ses traits un sourire compatissant.

JARED

Putain, mais qu'est-ce que je fous là ?! J'étais en train de voler à travers bois en compagnie d'immortels et d'une femme enceinte jusqu'aux yeux et couverte de sang. Je n'avais pas réfléchi quand j'avais dit à Jack que je l'aiderais. Et maintenant que j'étais là, à ses côtés, je réalisais à quel point sa vie était différente de la mienne. Lui semblait parfaitement à l'aise, déterminé même. Loin de l'homme que j'avais découvert pour la première fois dans la salle réservée au personnel du Blézir. C'est lorsqu'il me lança un coup d'œil inquiet que je perçus une légère pointe de doute dans ses yeux. Il se demandait sans doute comment je vivais notre épopée. Visiblement pas si mal puisque je leur avais même proposé de faire un crochet par chez moi. Je ne comptais pas leur offrir l'apéro, mais quand même !

Qu'est-ce qu'il m'a pris ?!

On arrivait à proximité de ma baraque. J'eus soudain une pensée ridicule. Je n'avais pas rangé le salon ni fait mon lit. Qu'allait penser Jack, lui qui était si pointilleux ? Ouais, bon... Je lévitais entre les arbres parce que je le suivais. Il n'allait quand même pas me faire de remarques après m'avoir embarqué dans cette aventure surréaliste ! Dans le doute, je lui lançai :

— Jack, j'ai pas fait le ménage.

C'était toujours aussi étrange de l'appeler Jack quand j'avais cru qu'il se prénommait Roger durant ces derniers mois. Il tourna de nouveau son regard vers moi et afficha un air circonspect. Punaise, même dans cette situation, il ne pouvait s'empêcher de s'effarer à l'idée du désordre. Cela me fit sourire. Et quand il s'en aperçut, il sourit à son tour. Nous ne nous quittâmes plus des yeux, jusqu'à ce que je distingue la route qui menait chez moi.

— C'est ici ! annonçai-je.

Isabelle Valérian fit un crochet vers la droite de manière à éviter la route, puis se dirigea vers la maison. Ma porte d'entrée s'ouvrit comme par magie. Nous filâmes tous à l'intérieur avant de poser nos pieds sur le parquet du salon.

— Mettez-le sur la table !

L'homme qui s'appelait Thomas avait attrapé son fils et exécuta l'ordre de Jack. Une veine saillait sur son front. Il contractait sa mâchoire et serrait les poings.

— Que dois-je faire ? demanda-t-il d'une voix nerveuse.

— Vous écarter, rétorqua Jack en me faisant signe d'approcher. Monsieur Thomas, je préfère que vous alliez prendre l'air. Jared m'aidera à sortir les balles de son corps.

— Isabelle ne peut-elle vous aider avec ses pouvoirs ? suggéra l'étrange femme aux cheveux blancs, qui s'appelait Gabrielle.

— Non, Madame. Ce serait risqué.

Jack tourna ses yeux vers moi.

— As-tu une trousse de secours ou des accessoires qui pourraient nous aider à extraire les balles ?

Je réfléchis un instant avant de filer en direction de la salle de bain. J'avais gardé une trousse de secours bien garnie, datant de l'époque où je travaillais pour les forces spéciales. Je m'en emparai et pris des compresses dans le placard. Puis je partis vers le garage et chopai des pinces. Elles feraient l'affaire. Quand je revins dans le salon, je déposai tout l'attirail, avant de me diriger vers la cuisine. Je débouchai une bouteille de whisky et la vidai sur les ciseaux, le scalpel et les pinces. Une fois ma tâche terminée, je poussai un peu le père de l'homme étendu sur ma table, dans une mare de sang. Il me fusilla de ses yeux translucides. La femme aux cheveux blancs posa une main sur son épaule et le tira en arrière. Il se laissa faire après avoir échangé un regard avec elle. Son expression changea aussitôt. Il ne fallait pas être devin pour comprendre qu'il accordait toute sa confiance à Gabrielle. Je pensais même y discerner une certaine dévotion. Son mari, Carmichael, se tenait un peu plus loin et j'aurais juré qu'il éprouvait la même impression. Mais il ne dit mot et reposa ses yeux d'un vert émeraude sur le corps du blessé, pendant qu'elle et Thomas sortaient de la maison. La femme prénommée Laura, elle, resta dans la pièce.

— Appuie sur la plaie, m'ordonna Jack, qui se saisissait des pinces après avoir récuré ses mains au gel hydroalcoolique.

— Tu as déjà fait ça ? m'enquis-je, tandis que je vrillais mon regard sur lui.

— De trop nombreuses fois, répondit-il alors qu'il s'apprêtait à plonger la pince dans un des trous qui perçaient la cage thoracique de Guillaume.

— Mon frère ne vous a pas ménagé, Jack, lança le grand homme à la peau bronze.

— Vous ne croyez pas si bien dire, monsieur Carmichael. Mon maître a eu très souvent besoin de mes services.

Jack réussit à extraire la première balle. Il sourit face à son triomphe. Puis il nettoya la plaie et s'attaqua à une autre blessure.

— J'ai déjà dû recoudre des plaies ouvertes, soigner des hématomes affreux et des brûlures. Je suis devenu un expert dans la médecine d'urgence.

— Je suis impressionné, glissai-je.

Il stoppa net son geste et releva ses yeux sur moi.

— Oh... Euh... Merci, Jared.

— Jack est une perle, déclara Carmichael en m'envoyant un sourire.

— Je m'en suis rendu compte.

Le sourire de l'immortel s'élargit. Je le lui retournai puis me concentrai sur ma tâche. Jack ne parlait plus et éprouvait des difficultés à retirer une autre balle. Son front était couvert de sueur.

— Heureusement qu'il est évanoui, dit-il en changeant l'angle de la pince. J'espère qu'il ne se réveillera pas.

Ce fut lorsque nous arrivâmes à la troisième et dernière balle que Guillaume poussa un hurlement. Carmichael et sa sœur durent le tenir pour que Jack puisse achever sa besogne. Je n'osais imaginer la douleur qu'il pouvait ressentir. Mais apparemment, j'étais le seul à m'en inquiéter. D'autant plus que son père n'était pas là, sans doute retenu par Gabrielle à l'extérieur.

Quand tout fut terminé, j'observai Jack avec admiration. Il s'essuyait les mains en parlant avec Prisca des prochains soins qu'il faudrait donner à son patient. Elle le félicita pour son sang-froid et posa une main chaleureuse sur son bras. Mes yeux la suivirent avant de se tourner à nouveau vers Jack. Mon regard épousa ses formes. Avec ses manches retroussées, le col de sa chemise ouvert, son pantalon laissant deviner des fesses bien modelées et son visage barré d'une trace de sang étalée sur le front par mégarde, il m'apparut plus captivant que jamais. C'était un homme courageux, car il fallait en avoir, des couilles, pour infiltrer le Blézir et s'en échapper. Même si j'avais soupçonné quelque chose d'étrange dans son attitude depuis son arrivée, jamais je n'aurais pu imaginer qui il était vraiment. Jamais je ne me serais douté qu'une personne aussi précieuse que lui puisse s'aventurer dans des missions si dangereuses.

Je l'admirais.

Et si je n'en étais pas certain auparavant, j'en étais désormais persuadé : je tombais amoureux de cet homme.

GABRIELLE

Thomas peinait à se remettre du cri effroyable poussé par Guillaume. Malgré les mots rassurants de Jack, il éprouvait encore des difficultés à recouvrer son calme. Le voir ainsi me brisait le cœur. Je n'osais imaginer le chagrin qu'il avait dû ressentir lorsqu'il avait appris la traîtrise de son fils. Je connaissais si bien Thomas. C'était un homme loyal, fidèle et doté de principes moraux inébranlables. Jamais il ne se serait douté que la chair de sa chair puisse commettre pareilles atrocités. En repensant à l'enfant qu'avait été Guillaume et à l'homme qu'il était devenu à mes yeux, je n'arrivais toujours pas à l'admettre, moi non plus. Je posai une main sur l'épaule de Thomas en signe de sollicitude. Il tourna son regard bleu clair vers moi. Je me rappelai alors que j'aimais dire qu'il avait des yeux de loup, si translucides qu'ils en étaient hypnotisants. Il me sourit légèrement et je me remémorai aussi les effets dévastateurs que ce sourire avait eus sur moi, à une époque. Comme s'il avait deviné mes pensées, il secoua un peu la tête.

— Si tu ne cesses pas de me contempler, je vais croire que tu es subjuguée.

— Peut-être que c'est le cas, répondis-je avec un sourire mutin l'invitant à se détendre.

— Tu n'es pas subjuguée. Tu essaies juste de détourner mon esprit du chaos qui l'a envahi depuis maintenant des mois.

Touché...

— Je suis désolée, Thomas.

— Pourquoi le serais-tu ?

— Tout ce qui est arrivé est ma faute.

— Quoi ? Mais non ! s'insurgea-t-il.

Même s'il refusait l'évidence, je ne pouvais fuir mes responsabilités. Et je ne voulais pas qu'il porte ce poids seul.

— J'ai fait souffrir Guillaume, déclarai-je, et c'est à cause de mes actes qu'il s'est vengé de nous.

— Si quelqu'un est fautif, c'est moi, Gaby. Je n'ai rien vu venir, bon sang ! Je n'ai même jamais envisagé la possibilité que ce soit lui.

Il serra les poings, se retenant de frapper quelque chose. Le voir ainsi me brisa le cœur.

— Il a fait sauter le château, a tué Estelle et sa famille, Pia, Raphaël... et ce qui vous est arrivé est...

— Terminé, le coupai-je en resserrant ma prise autour de son bras. C'est terminé, tu m'entends ! Alors, cesse de te torturer, Thomas.

Mon regard, que j'espérais déterminé et réconfortant, plongea dans le sien. Thomas méritait la paix, pas cette dévastation qui avait envahi son cœur.

— C'est impossible, lâcha-t-il.

— Thomas...

— Comment pourrai-je racheter mes fautes de père ? me dit-il, des larmes débordant de ses yeux clairs. Et que va-t-il advenir de lui, maintenant ?

— Tu n'as commis aucune faute. Et il n'est pas encore temps de te poser des questions sur l'avenir de ton fils.

— Le temps viendra.

— En effet. Mais d'abord, il nous faut fuir.

— Je vous y aiderai.

— Ton aide ne sera pas inutile, lançai-je, tandis que mes lèvres se courbaient un peu.

Ce fut à son tour de tenter de me réconforter. Il avait deviné mon inquiétude dans ce pâle sourire et posa une main chaude sur ma joue. La chaleur de sa peau se diffusa sur mon visage.

— Vous avez passé le plus dur, Gaby.

— Je ne sais pas... Je n'avais pas imaginé un avenir où nous deviendrions des cobayes pour l'espèce humaine.

— Il est loin, le temps où tu t'occupais d'un ranch avec mon frère.

— J'ai l'impression que c'était il y a des siècles.

Je repensai à Éric. Des souvenirs de notre vie commune déferlèrent dans mon esprit. Son visage, le toucher de sa peau, son odeur, le son de sa voix... Tout cela me revint en mémoire.

— Il me manque, murmura Thomas.

Je ne le savais que trop bien. Je posai mes doigts sur sa main. Thomas leva la tête en direction des montagnes en soupirant. Un calme relatif s'empara de lui. Des oiseaux gazouillaient au-dessus de nous. Les feuilles des arbres frémissaient au vent. Les odeurs végétales imprégnaient nos narines. Je goûtais cette sensation de l'air sur mon visage, des sons de la nature et des bruits de la faune. Après des mois de captivité, après un inqualifiable calvaire, les chaînes s'étaient enfin brisées. Je sentis le regard de mon premier amour se poser sur moi et inspirai profondément.

— Merci, lui dis-je.

— Tu n'as pas à me remercier.

— Oh, si, Thomas. Nous te devons tous la liberté. Je te dois d'avoir libéré ma fille et mes petits-enfants à naître. Mon frère et mon mari.

Je rivai mes yeux dans le lac transparent de son regard.

— Ma famille te doit tout.

Il attrapa ma main.

— Personne ne te doit plus que nous, Gaby.

Je baissai la tête, flattée et les joues légèrement rosies.

— Arrête, où tu vas me subjuguer !

Je réussis à lui arracher un sourire.

— Si seulement c'était le cas !

Je pouffai comme une idiote. Je n'aimais pas les compliments et ne pensais pas mériter les siens. Cet homme avait vécu l'enfer à cause de moi, alors, en ces circonstances, ce léger sourire sur son visage était comme un cadeau du ciel. Thomas avait été malheureux par ma faute. Pourtant, il était toujours là. Comme je le serais toujours s'il avait besoin de moi.

JACK

L'endroit où résidait Jared ressemblait plus à une cabane qu'à une maison. Il n'y avait que le strict nécessaire pour vivre confortablement, et maintenant que je le connaissais mieux, je ne m'étonnais guère de ne pas découvrir de bibelots inutiles. Je passai un doigt sur une étagère et remarquai qu'en effet, cela devait faire un petit moment qu'il n'avait pas fait la poussière. Il paraissait évident qu'il s'occupait peu de cet endroit. Jared m'avait avoué que son travail au Blézir était purement alimentaire. Il avait pour objectif de gagner suffisamment d'argent pour financer une expédition au Népal. À cause de moi, je réalisai qu'il ne pourrait pas parvenir à ce but.

Mon regard erra dans le salon. Sur quelques étagères, je remarquai de rares cadres photos pour seule décoration. On pouvait y voir Jared posant fièrement au sommet de différentes montagnes, avec des amis autour d'un bivouac, en vélo, ou bien encore au volant d'une Formule 1. Le sport extrême était manifestement l'une de ses passions. Je m'interrogeai alors sur nos points communs, ou plutôt sur le fait que nous n'en avions visiblement aucun. J'aimais épousseter ma collection de hiboux en céramique, redresser les cadres des toiles qui habillaient les murs de ma maison, je cultivais une aversion profonde pour les sports extrêmes, et même si j'avais un corps musclé par les tâches dont j'avais la charge au sein du manoir, mes cuisses faisaient la taille des biceps de Jared.

J'observai en détail chacune de ces photos. Je déglutis un peu devant l'une d'entre elles, montrant mon ami torse nu, mais je ne pus m'attarder trop longtemps dessus, car mademoiselle Isabelle s'approchait de moi.

— Jack ?
— Euh… Oui, Mademoiselle.

Ses lèvres esquissèrent un petit sourire.

— Comment va Guillaume ?
— J'ai pu arrêter l'hémorragie, annonçai-je, tentant de reprendre une certaine contenance, conscient qu'elle avait dû me surprendre en contemplation devant les photos de Jared. Nous attendons que tout le monde soit changé et nous mettrons les voiles. Même si le Blézir a été endommagé, nos ennemis ne devraient pas mettre longtemps avant de comprendre que Jared faisait partie des nôtres lors de l'évasion.

— Et je me demande toujours pourquoi, remarqua-t-elle en levant un sourcil mutin.

Je pris sur moi pour ne pas rougir.

— La douche vous a-t-elle fait du bien ? m'enquis-je, essayant lamentablement de détourner la conversation. Le cycliste de Jared vous va très bien.

— Son tee-shirt *Iron Maiden* aussi, n'est-ce pas ? Il a des goûts éclectiques, cet homme.

Son sourire s'élargit. J'opinai de la tête, ne sachant que dire.

— Jack ?
— Oui, Mademoiselle.
— Vous rougissez.
— Vraiment ?
— Vraiment.
— J'ai un peu chaud. On a failli y rester.
— Ou alors, c'est peut-être cette photo de Jared à moitié à poil qui vous donne des bouffées de chaleur.

J'écarquillai des yeux ronds.

— Pas du tout ! tentai-je de me défendre.

Elle s'esclaffa. Ce fut évidemment ce moment que choisit Jared pour se manifester.

— On parle de moi ?

— En effet, dit-elle, une expression amusée toujours plaquée sur son visage. Jack et moi admirions vos muscles sur cette photo.

Jared suivit des yeux l'image qu'Isabelle lui désignait du doigt. Ses lèvres se retroussèrent.

— Jack admirait cette photo, vraiment ?

— Eh bien, Jack a toujours eu beaucoup de goût pour le... sport ! lâcha-t-elle avant d'éclater de rire.

Cette fois, mes joues s'embrasèrent. L'œil complice de Jared posé sur moi ne fit qu'accentuer ma combustion. Toujours en gloussant, Isabelle s'éloigna en direction de sa mère.

— Alors, tu aimes le sport ? me demanda Jared, taquin.

— Euh... Non, pas vraiment.

— C'est dommage.

— Dommage ?

— Eh bien, on pourrait le pratiquer ensemble, si tu te décidais à t'y essayer.

Je baissai les yeux, très embarrassé, ne sachant si ses mots cachaient un double sens. Et si c'était le cas, il me fallait lui faire une confession que je redoutais depuis déjà longtemps. Mais je lui devais la vérité, après les risques qu'il avait courus pour nous. L'heure était venue. Je pris une inspiration de courage.

— Je... je n'ai jamais pratiqué ce... sport-là.

Un silence gênant suivit mes paroles. Et comme il dura, je relevai ma tête et découvris le visage souriant de Jared.

— Jamais ?

— Jamais, avouai-je. Peut-être que j'ai toujours su... que je voulais faire... du sport, bien sûr.

Il rit, et je crus que mes poumons allaient éclater tant je n'osais respirer après un tel aveu, dit d'une manière tout à fait ahurissante. Mais j'étais allé trop loin pour reculer.

— Dans ma communauté, je n'ai jamais rencontré quelqu'un comme toi, Jared.

— Un sportif, tu veux dire ?
— Oui, c'est ça !
M'étais-je trompé ? Parlait-on vraiment de sport ? *Oh mon Dieu !*
— Jack ?
— Oui, émis-je timidement.
— Je pourrais peut-être t'entraîner, tu ne crois pas ?
J'acquiesçai, déglutissant minablement.

Je n'avais connu que des femmes, durant ma vie. Elles n'avaient pas été très nombreuses. Longtemps, j'avais eu à m'occuper de ma mère. Elle était morte dix ans plus tôt, d'une maladie qui l'avait rongée lentement pendant plusieurs années. En raison de l'attraction native, les natifs, hommes et femmes, s'attiraient entre eux. Moi, j'étais un descendant sans pouvoir qui ne ressentait pas ce magnétisme propre à notre espèce. Mais j'avais eu la chance de servir mon maître et d'avoir toujours vécu auprès de ma communauté. Celle de ma mère, qui avait été une puissante télépathe avant de devenir trop faible pour utiliser sa formidable capacité. Je me rappelai alors monsieur Johnny et de ce qu'il m'avait dit un jour, à l'occasion d'un bal : « *Si je n'avais pas rencontré Jésus, je me serais décidé à tremper ma carotte dans une de ces donzelles ! Quoique non... Je n'aurais pas pu. Elle fait chier, cette attraction native !* ». J'avais affiché un regard un peu choqué par le verbe toujours fleuri de cet homme, puis avais finalement ri. Je me souviens avoir pensé, ce jour-là, que j'avais toujours baigné dans cet environnement et que je n'en avais jamais connu d'autres. Et là, maintenant, plongé dans les yeux sombres de Jared, j'eus le sentiment d'être englouti par un flot d'émotions qui me dépassait. Mais ces émotions étaient loin d'être désagréables. Très loin même. Seulement, cet homme n'avait aucune conscience de là où il mettait les pieds. À l'idée qu'il puisse se trouver en danger, une profonde angoisse me tordit les entrailles.

— Je ne voudrais pas qu'il t'arrive du mal par ma faute, Jared.
Il afficha un air surpris, puis me dit :
— J'ai failli être tué par balle, j'ai assisté à un massacre, échappé à une explosion, je me suis enfui d'une prison et j'ai volé à travers une forêt. Tu penses que ça peut être pire ?
— Il est possible que...

— Je ne me suis jamais senti aussi vivant, Jack. Alors, tu ne te débarrasseras pas de moi si facilement. Comme tu as pu le constater, j'ai un certain goût pour les sports extrêmes.

— Oui, c'est ce que j'ai cru comprendre, commentai-je en vrillant mes yeux sur sa photo torse nu.

Il y posait d'ailleurs à côté de son matériel de parapente.

— T'aimes bien cette photo, Jack ?

Je me tournai vers lui, mais ne trouvai aucune réponse à apporter. J'avais le sentiment d'avoir été pris en faute. Mais cette impression s'effaça vite quand sa main s'enroula autour de ma nuque et qu'il s'approcha pour m'embrasser.

ISABELLE

Ma mère et moi restâmes éberluées devant le spectacle de Jared dévorant la bouche de Jack. Nous eûmes la même réaction en serrant les lèvres pour ne pas sourire et sortîmes de la maison afin de laisser libre cours à notre hilarité.

— Oh, putain ! m'exclamai-je. Jack est vraiment gay !

— Je dois cinquante balles à Johnny, lâcha ma mère, amusée, quoiqu'un peu dépitée d'avoir perdu son pari.

— Ils sont trop mignons.

— Oui, je trouve aussi. Et ça fait du bien de voir un peu d'amour éclore en dehors des murs de ce maudit endroit.

Je l'observai. Son sourire s'effaça lentement, le mien aussi. Mes pensées s'envolèrent vers Raphaël. Je refoulai une soudaine envie de pleurer, car il n'était pas encore temps de laisser éclater ma tristesse. Non, pas encore temps. Je savais déjà que lorsqu'elle m'emporterait, je serais submergée par la douleur, alors je la couvais dans mon cœur et regardais Maman. Elle était plongée dans de sinistres souvenirs. Je le ressentais jusque dans ma chair.

Ma mère avait encore beaucoup souffert. Elle qui avait déjà eu son lot de guerres, de menaces et de tortures, revivait son cauchemar dans un profond silence. Puis elle leva la tête, ferma les yeux, goûtant les rayons du soleil qui caressait sa peau, tendant l'oreille aux chants des oiseaux.

— Tu veux m'en parler ? lui demandai-je, bien que je connusse déjà sa réponse.

— Non, ma chérie, répondit-elle sans se détourner. Et toi, tu veux m'en parler ?

— Non, Maman. Pas encore.

Elle hocha la tête. Nous nous ressemblions tant.

Dissimulée sous des arbres centenaires, la maison de Jared se trouvait au milieu des bois. Un sentier sinuait jusqu'à la grande route qui traversait les montagnes. Des bruits de pales d'hélicoptère s'entendaient au loin. On nous recherchait. Plus tôt, Thomas nous avait exposé son plan. Il ne nous fallait plus tarder. Comme nous n'avions pas réussi à parvenir à la planque prévue, nous devions rejoindre un entrepôt situé à trente kilomètres de là, près de la ville de Salt Lake City. Un camion nous y attendait. Nous prendrions ensuite la direction de la ville, passerions sous un tunnel où Jésus serait stationné. Nous changerions de véhicule et rejoindrions l'aéroport où un avion était déjà affrété pour nous accueillir. Le personnel navigant avait été manipulé par télépathie, comme le riche milliardaire propriétaire du jet privé. De là, nous devions rallier le Canada. Une maison près d'un lac nous attendait au fin fond de la province de Québec. Thomas nous avait déjà prévenus qu'elle n'était pas grande et que nous y serions à l'étroit. Cependant, son emplacement était parfait pour se dissimuler quelques semaines, le temps de réfléchir à ce que nous allions faire. Nous espérions trouver une solution pour sortir de ce cauchemar, sans avoir à craindre d'être de nouveau enfermés comme des animaux. Nous comptions également utiliser ce temps pour établir notre vengeance. Et ce plan commençait par retrouver Burns et tous ses commanditaires, afin de leur faire payer leurs affronts et de les éradiquer de cette planète.

— Ton père et moi avons vécu de belles années ici, déclara ma mère en m'arrachant à mes pensées vengeresses.

— Je m'en souviens, dis-je, me remémorant nos années quand nous vivions tout près de Salt Lake City.

— Nous avons fait beaucoup de balades à cheval dans ces bois.

— Je vous ai même souvent semés.
— Tu étais une petite effrontée. Tu l'es toujours, d'ailleurs.
— Je sais de qui tenir ! rétorquai-je.
Elle rit. Et voir ce sourire sur son visage me fit un bien fou.
— Il me manque.
Elle parlait de mon père, mais n'était pas triste pour autant. Ses yeux se levèrent vers le ciel.
— J'ai tant pensé à lui, ces derniers mois.
Je ne dis mot. Le souvenir de mon père déferla en moi : son air bienveillant, la force de sa présence, son regard pénétrant et son amour infini pour ma mère. Je faillis profiter de ce moment pour lui demander des explications sur les circonstances de sa mort, tandis qu'elle était enceinte de moi. Je n'y parvins pas. Si je m'en enquérais, alors j'allais devoir lui avouer que j'avais moi-même subi le même sort au Blézir. Or je voulais à tout prix l'épargner. À quoi cela servirait-il de ressasser le passé, de toute manière ? J'étais là, face à elle, vivante et foutrement puissante si on considérait le massacre que je venais de commettre. Autant celui de Copenhague m'avait secouée, autant là, je ne ressentais rien. Ils méritaient tous mon châtiment.
— Bon ! lâcha soudain ma mère, avant de se tourner. Tu crois que Jared a fini d'explorer la bouche de Jack ? Va falloir y aller.
Quand nous entrâmes, tous les nôtres se tenaient dans le salon sauf deux d'entre nous, et je n'en fus pas étonnée.

PRISCA

Je sortis de la douche rudimentaire de Jared et me faufilai dans sa chambre. Il m'avait prêté un pantalon bien trop grand, et je dus l'attacher à la taille avec une ceinture pour qu'il ne glisse pas sur mes pieds. Il m'avait aussi procuré un tee-shirt avec la mention « *J'emmerde les cons* » imprimée dessus. Cet homme me plaisait bien, finalement. Quand il m'avait tendu le vêtement, je lui avais adressé un large sourire. Après les sombres nouvelles que j'avais apprises, telle que la mort de Raphaël et de Stella, cette distraction était la bienvenue. Voir mon frère se morfondre dans son mutisme en raison de la mort de son fils m'avait profondément ébranlée. Je voyais bien qu'Isabelle tentait de dissimuler sa douleur d'une façon bien à elle. En massacrant les hommes du Blézir, elle avait étanché sa soif de vengeance et réprimé sa souffrance morale pour un temps. Cette souffrance qui se ferait encore plus vive quand tout se serait calmé. Je n'avais aucun doute là-dessus et j'en éprouvais de la peine pour elle.

On toqua timidement à la porte tandis que je passais mon tee-shirt. Le col était si large qu'il dévoilait l'une de mes épaules. J'invitai la personne à entrer et cachai ce bout de peau nue avec mes cheveux mouillés. Je ne fus pas surprise de découvrir qu'il s'agissait d'Ethan. Je me tournai vers le lit où étaient disposées des chaussettes propres, puis m'assis dessus pour les enfiler.

— Tu as fini ? demanda-t-il en fermant derrière lui. Nous sommes prêts à partir.

— Laisse-moi encore chausser ces vieilles baskets bien trop grandes et j'arrive.

Mon ton n'invitait pas à poursuivre la conversation, mais Ethan resta planté face à moi, m'observant avec attention. Je soupirai.

— Maintenant que nous sommes sortis, tu n'as plus à t'inquiéter d'être seul. Je ne t'embêterai plus, Ethan.

Il parut choqué par mes paroles et cela m'agaça. Je savais me montrer patiente, mais sa façon de souffler le chaud et le froid me lassait. Après avoir appris la mort de mon neveu, je n'avais pas la tête à tergiverser sur le comportement d'Ethan. Pourtant, voir cet air chagriné sur son visage m'inspira une certaine émotion que je préférai refouler.

J'avais vécu une très belle nuit d'amour avec lui. J'avais chéri chacune de nos étreintes, chacune de nos caresses, chacun de nos baisers. Il s'était parfois montré brutal, mais j'avais aimé ça. Je pensais l'avoir rassuré à ce propos. Je ne l'avais pas bousculé et lui avais laissé le temps de digérer ce que nous avions fait. Et ce que nous avions fait n'était pas un crime, malgré toute la culpabilité qui le rongeait. Pia aurait été heureuse de nous savoir ensemble, il le savait, et je le savais. Quand il m'avait dit « *Moi aussi, je te veux, toi, tout entière* », j'avais cru qu'il s'était enfin résolu à s'abandonner. Cette phrase avait enflammé mon esprit. Une envolée de papillons s'était élevée dans ma poitrine. Puis il m'avait fuie. À nouveau. Et depuis, j'avais décidé de protéger mon cœur de cet homme insaisissable. J'avais emmuré mes émotions. Que j'étais fatiguée de ne pas être suffisante pour l'amour d'un homme !

— Rassure-toi, lui dis-je, personne ne sait ce qu'il s'est passé entre nous. On peut faire comme si de rien n'était.

Son expression affligée laissa place à de la stupeur face à la froideur de mes paroles. Je me relevai et me dirigeai vers la porte, prête à le contourner pour sortir de cette chambre. Il m'attrapa le bras alors que je m'apprêtais à le dépasser.

— Je ne veux pas faire comme si de rien n'était, murmura-t-il en plantant son regard étrange dans le mien.

Mon visage se rapprocha du sien. Il ne bougea pas, mais sa poitrine s'agita sous son souffle devenu soudain trop rapide.

— Ethan, tu n'es pas prêt, et je ne le suis pas non plus.

— Si, je suis prêt. J'ai eu un mois pour y réfléchir, et chaque jour passé loin de toi était… Prisca, je suis désolé si je…

— Tu as pensé à moi ?

— Chaque minute.

— Je t'ai manqué ?

— Infiniment.

— Comment je t'ai manqué ?

— Comme si mon âme était déchirée en deux.

Ses mots m'étreignirent, à défaut de ses bras que j'aurais aimé voir s'enrouler autour de mon corps. Mais je ne me faisais pas d'illusions. Une fois que nous aurions renoué, il culpabiliserait. Me fuirait. Je refusais de me laisser submerger par les sentiments qui naissaient en moi tant que cette certitude serait ancrée dans mon esprit.

— Tu n'es pas prêt, Ethan, répétai-je. Tu as, et tu auras longtemps l'impression de tromper le souvenir de Pia. Tu porteras encore plus longtemps les fantômes qui te hantent. Je ne peux pas rivaliser avec ça et je ne le souhaite pas. Malgré mon âge et mon expérience, j'ai un cœur, et tu vas le briser.

— Non.

Et c'est tout ce qu'il répondit avant de saisir ma nuque d'un geste leste et de m'embrasser. Je le laissai faire et accueillis son baiser. Mais après quelques minutes, je m'écartai de lui.

— Je te répète que tu n'es pas prêt, et que je ne le suis pas non plus.

Je quittai la pièce, le laissant là, et me rendis auprès des autres. Nous allions enfin partir de cet endroit.

ETHAN

J'avais encore le goût de ses lèvres sur les miennes tandis qu'elle passait le seuil de la chambre. Je restai hébété par sa froideur. Elle m'avait embrassé, mais aucune émotion n'avait semblé l'atteindre lors de ce baiser. Alors que moi, il m'avait enflammé, transcendé. Mon corps palpitait encore de cette étreinte. Elle m'avait tant manqué. J'allais la retenir quand des bruits de sirènes retentirent. Prisca se tourna vers moi, livide. Je courus en direction de la sortie et rejoignis ma sœur. Elle s'était postée juste derrière Isabelle, aux côtés de tous les autres. C'est alors que surgirent des dizaines de voitures de police qui freinèrent devant la maison dans des crissements de pneus spectaculaires. Quatre hélicoptères arrivèrent quelques secondes plus tard. On entendait d'autres véhicules approcher à toute vitesse : des camions de l'armée. Des hommes se postèrent derrière chacun d'eux, des armes lourdes pointées dans notre direction. Carmichael s'avança à côté d'Isabelle. Calmement, il lui glissa un mot à l'oreille.

— Rendez-vous ! hurla dans son mégaphone un homme portant l'uniforme de la police.

Le silence suivit cet ordre. Aucun de nous ne bougea. La tension était palpable. À tout moment, ils allaient tirer. Mon regard parcourut les forces en présence. Ils étaient nombreux. Mais face à Isabelle, aucun ne ferait le poids. J'en avais la certitude.

— Si aucun de vous ne veut mourir, faites demi-tour immédiatement ! tonna la voix forte et rocailleuse de Carmichael.

— Nous ne bougerons pas d'ici. Rendez-vous ! Les mains sur la tête !

Isabelle jeta un œil à son beau-père qui hocha la tête en retour. Puis elle fit quelques pas sur le chemin, s'arrêta, puis écarta un peu les jambes. Prenant position pour se concentrer, elle éleva son visage et les bras vers le ciel.

— Arrêtez ! cria le flic.

J'observai le tout d'un œil sombre. Ma nièce était dotée de tous ses pouvoirs. Enceinte, dans son tee-shirt *Iron Maiden* et chaussée de baskets trop grandes pour elle, Izzy ne payait pas de mine. Mais animée par son désir de vengeance et ébranlée par la perte de Raphaël, elle allait tous les massacrer. Après ce qu'il venait de se passer au Blézir, je m'étonnais d'ailleurs que d'autres êtres humains se risquent à l'affronter. Mais au regard de la dévastation du site après le passage d'Isabelle, avaient-ils seulement compris ce qu'elle était capable de faire ? Heureusement pour eux, seule ma nièce était en possession de ses pouvoirs. Si ma sœur avait récupéré les siens, tout ce petit monde aurait déjà été réduit en poussière. Et je me serais chargé d'aider Gabrielle.

— Reculez !

La voix du policier avait déraillé dans son mégaphone. Puis la première balle fut tirée.

— Attendez ! cria l'homme. Elle est enceinte !

Mais c'était trop tard. Et bien que cette remarque de sollicitude face à l'état d'Izzy me surprît, cette dernière n'avait pas l'air de l'avoir entendue. Toutes les armes de nos assaillants furent éjectées et volèrent jusqu'à nous. Elles formèrent un tas devant les pieds de Carmichael et Gaby. Isabelle, les yeux rivés vers le ciel, prit possession des engins volants. Les hélicoptères tanguèrent dans les airs. Deux d'entre eux se percutèrent. L'explosion retentit avant que les épaves en feu se fracassent au sol. Les deux autres furent ramenés jusqu'à la route. Pour leur laisser la place de se poser, Izzy utilisa sa télékinésie et écarta violemment les véhicules garés en plein milieu. Ils percutèrent les arbres et écrasèrent certains des hommes cachés derrière. Cinq autres hélicoptères surgirent dans les cieux. Izzy se chargea de les faire disparaître. Il pleuvait des débris. Des hommes hurlèrent et fuirent dans la forêt, tandis que ma nièce nous faisait signe de la suivre. Nous avançâmes derrière elle et partîmes rejoindre les deux derniers engins intacts au fuselage d'acier. Carmichael se posta aux commandes de l'un, Prisca à celles de l'autre.

La minute d'après, nous nous envolâmes sous le regard ahuri des humains. Des humains assez fous pour nous confronter. Et jusqu'à ce que nous rejoignions le point d'extraction, Izzy se chargea d'écarter tout danger et de tous nous protéger.

GABRIELLE

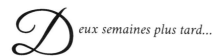

eux semaines plus tard...

JE PASSAI le seuil de la porte d'entrée et allai retrouver Carmichael sous le porche. Ses avant-bras étaient posés sur la rambarde, son regard jeté au loin, au-dessus du lac. Je me plaçai à côté de lui, imitant sa position. La maison canadienne, aux murs de pierre sous son toit recouvert d'ardoises, se situait à une quarantaine de kilomètres de Québec. Il faisait encore chaud en cette fin septembre. Les reflets du soleil scintillaient sur la vaste étendue d'eau, étreinte par cette forêt dense de milliers d'érables centenaires. À cette saison, leurs feuilles se coloraient de rouge et commençaient à s'accumuler sur le sol, formant un tapis épais et chatoyant. Le paysage était splendide, mais l'âme de mon mari n'en était pas consolée pour autant. Ni celle de ma fille. Cette dernière était assise sur un rocking-chair, à l'ombre d'un arbre. Elle tenait entre ses mains l'un des carnets emportés lors de notre évasion.

Connor n'allait pas tarder à se réveiller, elle en était consciente. Depuis notre arrivée dans cet endroit, elle semblait constamment dans les nuages. Des nuages obscurs. Cela aurait pu être à cause du massacre qu'elle avait commis au Blézir, ou de notre évasion spectaculaire, mais elle n'en était pas à son premier coup d'essai. Non. C'était l'absence de Raphaël qui la rendait si malheureuse. Certes, elle était amoureuse de Connor, dont elle attendait les enfants pour très bientôt. Mais que Raphaël ait été assassiné, sans qu'elle ne puisse rien y faire, sans jamais lui avoir dit au revoir, la rongeait. Je réalisai alors qu'elle l'avait aimé. Peut-être venait-elle seulement de le comprendre. J'espérais que Connor ressusciterait bientôt pour qu'un semblant de sourire s'affiche enfin sur son visage. Seul lui était capable de nous la ramener. Même Johnny avait échoué quand il l'avait appelée pour prendre de ses nouvelles, ce qui l'avait inquiété.

Je tournai les yeux vers mon mari et posai une main sur son épaule. Lui non plus ne s'était pas remis de la mort de Raphaël. Et je culpabilisais beaucoup, car, au fond de moi, je pensais avoir accéléré la décision de Burns de le tuer. S'il ne pouvait pas m'engrosser, alors il lui était devenu inutile. Telle avait été la raison de son trépas. Inutile… Cruelle… Jamais un homme tel que Raphaël ne se serait résolu à me violer pour sauver sa vie. Quant à Connor, il en allait de même. Comment pouvait-on avoir l'esprit aussi pervers pour penser qu'ils se plieraient tous deux à une exigence si infâme ? Comme je regrettais que Burns et Briggs aient été absents lorsque ma fille avait massacré leurs soldats. Comme je regrettais de ne pas avoir eu mes pouvoirs pour l'y aider et tous les tuer, ces enfoirés. Ils méritaient une mort lente. Un calvaire. Et putain, il me tardait de m'en charger.

Je fus arrachée à ces funestes pensées par mon mari qui posait sa main sur la mienne.

— Elle tient le carnet de Raphaël, me déclara Carmichael en tournant ses yeux vers moi. Je l'ai lu aussi.

Mes yeux se fixèrent sur son visage. Je mis court à mes réflexions lugubres et lui envoyai un léger sourire. Je l'espérais réconfortant. Je voulais tant qu'il aille mieux. Mon mari et son attitude habituelle me manquaient.

— Est-ce que ça t'a fait du bien ? demandai-je en caressant de mes doigts la courbe de sa mâchoire ciselée.

— Pas vraiment. Mais des mots ont résonné en moi et je me sens apaisé. Il essayait de me pardonner. Il a même écrit que malgré tout ce que j'avais fait, il m'admirait.

— Cela a dû te chambouler.

— Oui, beaucoup. Il ne l'a pas dit comme ça, mais c'est ce que ses mots semblaient exprimer.

— Y avait-il quelque chose au sujet d'Isabelle ?

— Oui, répondit mon mari en jetant son regard sur ma fille. Ça n'a pas dû être une lecture facile pour elle.

— On en a la preuve devant les yeux.

Isabelle était certes de dos, mais je voyais son bras se lever de temps en temps et devinais qu'elle essuyait ses larmes d'une main. Je l'avais approchée à de nombreuses reprises, mais elle faisait toujours semblant que tout allait bien. Je savais que rien ne la forcerait à exprimer ses émotions. Je soupirais quand une berline noire fit irruption dans l'allée.

Carmichael se tendit comme un arc. Je plissai les yeux, prête à utiliser mes pouvoirs destructeurs contre l'intrus. Mais quand mon meilleur ami sortit de l'habitacle, je poussai un ouf de soulagement avant de courir dans sa direction et de me jeter dans ses bras.

— Tu m'étouffes, bordel ! cria Johnny en riant. J'ai plus vingt ans, moi !

Je m'écartai de lui et le tapai d'une main sur le torse.

— Aïe !

— Tu ne m'as pas vue depuis que tu t'es amusé à jouer au G. I. Joe et tu m'engueules ! C'est une blague ?

— Oh, fais pas ta chochotte, Chêne, et viens faire un câlin à Tonton !

Je ne me fis pas prier et l'enlaçai tendrement, cette fois. Carmichael s'approcha et salua Jésus qui sortait à son tour de la voiture. Nous ne l'avions pas vu depuis ce jour où nous l'avions rejoint en hélicoptère, et qu'il nous avait amenés à l'aéroport. Puis il avait dû repartir avec Guillaume, après avoir convenu que sa blessure était trop grave pour faire le voyage. Thomas et Laura étaient allés rejoindre Johnny à New York, retrouver quelques natifs télépathes qui tentaient le tout pour le tout afin de retarder les négociations politiques au sujet de notre sort à tous. Mais la décision était tombée et les natifs étaient maintenant tous recherchés. Les habitants de la planète n'avaient pas encore eu vent de leur existence et n'avaient pas été informés de notre évasion. Mais nous savions que cela ne tarderait pas. En attendant, le monde entier pensait toujours que nous croupissions en prison. Il ignorait aussi que nous voulions nous venger des responsables de notre séquestration.

Le monde entier aurait dû redouter notre colère.

Mais il n'était pas encore temps.

— Nom de Zeus ! cria soudain Johnny. Izzy... On dirait une baleine ! Depuis quand tu n'as pas vu tes pieds ?!

Il rigolait.

— Moi aussi, ça me fait plaisir de te voir, Jo.

— Jésus, regarde. Prépare tes gants chirurgicaux, on va avoir un bébé.

— Deux bébés, le corrigea Isabelle en souriant.

— Deux bébés ! répéta Johnny. Oh la la, Jésus, tu entends !

— C'est formidable ! s'extasia ce dernier.

— Facile à dire pour quelqu'un qui n'a aucune chance de se faire écarteler par la tête de deux bambins, remarqua Izzy.

— Crois-moi, lança Johnny, Jésus a déjà eu l'occasion de se faire écarteler autrement.

— Putain, Johnny ! lâchai-je en le frappant à nouveau sur le thorax, c'est dégueu !

Jésus explosa de rire. Le bruit à l'extérieur attira mon frère. Prisca s'avança derrière lui. Je lui lançai un coup d'œil suspicieux quand Ethan s'arrêta pour lui céder le passage. Il se passait quelque chose entre eux. Maintenant que mes pouvoirs étaient revenus, j'avais récupéré la faculté de deviner certaines des émotions de mon frère, et j'aurais juré qu'il éprouvait bien plus que de la sympathie pour ma belle-sœur. Il tentait de maîtriser ce phénomène télépathique en ma présence, mais je sentais bien qu'il se passait quelque chose. Ils saluèrent tous deux les nouveaux arrivants avec un grand sourire aux lèvres. Johnny et Jésus avaient cette particularité. Ils étaient ce genre de personnes qui irradiaient d'une lumière solaire et réchauffaient l'atmosphère par leur simple présence.

Nous les invitâmes à gravir les escaliers du porche et à entrer dans la petite maison.

— Vous tenez tous, ici ? s'enquit Johnny, dès lors qu'il entra dans le salon.

— On ne doit pas attirer l'attention en vivant dans un pavillon gigantesque. On se partage les trois chambres.

Johnny fixa son regard dans le mien.

— Et Jésus et moi allons partager quelle chambre, exactement ?

— Celle de Carmichael et moi.

— Oh, putain ! Non, pas question, Chêne ! Je ne pourrai pas supporter de te voir baiser en direct.

— La ferme, Jo, répliquai-je, gênée, tandis que Jack entrait à son tour, un peu éberlué. On peut se retenir, bordel ! Quoique, après réflexion, vous irez plutôt dans la chambre d'Ethan et Prisca.

— Ouais, c'est mieux, souffla Johnny avec un sourire complice, avant de serrer la main du majordome. Jack, comment allez-vous, mon ami ?

— Très bien, Monsieur.

— J'ai appris qu'on vous avait séquestré, vous aussi. J'ai été heureux de savoir que vous êtes sorti de ce cauchemar sans trop de casse.

— J'ai eu la chance d'avoir été sauvé avant que cela ne se gâte.

— Tant mieux, mon pote, tant mieux.

C'est à ce moment-là que Jared fit son apparition. Johnny le toisa d'un œil perplexe, réalisant qu'il n'avait jamais vu cet homme.

— Je te présente Jared, lançai-je.

Johnny alla lui serrer la main, Jésus l'imita.

— Ah ! C'est vous, Jared. Jésus m'a parlé de vous, mais il ne m'avait pas dit que vous étiez aussi bien... charpenté. Je ne m'attendais pas à ce qu'un homme à tout faire ait des bras aussi gros que ma...

— Johnny ! le coupai-je, redoutant ce qu'il allait dire.

— Ma cuisse ! termina Johnny en tournant des yeux ronds vers moi. T'as cru que j'allais dire quoi, Chêne ?!

— Tu le sais très bien.

— Tu me prends vraiment pour un pervers.

— Ce que tu es.

Il se retourna vers Jared.

— Elle dit n'importe quoi. Je suis mormon.

Jared pouffa. Carmichael et Izzy ne purent s'empêcher de glousser.

Prisca laissa échapper un petit rire. Même Ethan ne put se retenir. Seul Jack écarquillait des yeux de merlan frit. Je devinais son angoisse rien qu'en l'observant. Il redoutait que Johnny découvre ce qui n'était plus un secret pour nous. Jared et Jack étaient ensemble. Enfin, ensemble, c'était un bien grand mot, puisqu'ils ne pouvaient espérer beaucoup d'intimité entre ces murs.

Depuis près de deux semaines, ils s'étaient occupés de l'agencement de la maison, des repas, et j'aurais juré que Jack évitait de se trouver seul en présence de son petit ami. Et comme ils partageaient la chambre d'Izzy, il en avait tout le loisir. Un jour, je lui avais proposé de faire le repas, mais il était soudain devenu très nerveux et m'avait signifié que seul lui était capable de tailler les courgettes en spaghetti. Ce qui n'était pas faux. Mais c'était surtout une belle excuse pour ne pas avoir à admettre ce qui était maintenant clair pour tout le monde : Jack était amoureux.

Jared, lui, était une personne qui cachait derrière une feinte nonchalance un caractère bien trempé. Passionné de sport extrême, il tournait en rond dans cette baraque, alors il s'était improvisé coach sportif. Tous les jours, nous devions sortir sous ses injonctions pour nous soumettre à des séries de squats, de pompes et d'exercices en tout genre. Il était convaincu que c'était essentiel pour conserver notre moral et on ne pouvait pas dire qu'il avait tort. Une fois gorgé des endorphines dégagées par l'effort, notre mental s'en était trouvé revigoré, à l'instar de nos corps. C'était aussi une façon d'oublier ce que nous avions vécu au Blézir, sans parler du fait que nos muscles en avaient bien besoin, après plus de six mois de séquestration. Alors, chacun de nous s'y pliait, à l'exception d'Izzy en raison de son état, et de Jack, qui n'avait jamais été un passionné de sport, au grand désespoir de Jared.

UNE HEURE PLUS TARD, on s'attabla pour le dîner. Jack avait préparé de délicieuses boulettes de viande, une poêlée de légumes, et un gâteau au chocolat dont l'odeur nous avait tous attirés dans la cuisine avant que nous en soyons chassés sans ménagement par le majordome.

— Bon appétit, lança Carmichael à toute la tablée, qui ne se fit pas prier pour commencer à engloutir le repas.

Le silence qui suivit démontra bien que Jack avait de nouveau réussi à nous épater avec ses talents culinaires.

— Vous êtes une fée, Jack, déclara Izzy en dégustant son plat.

— Oh, Mademoiselle est trop aimable. Monsieur Connor cuisine bien mieux que moi.

— Connor cuisine ! s'étonna Johnny, ne s'imaginant pas ce grand homme tatoué préparer des pâtisseries.

C'était aussi mon cas. Je n'arrivais pas à me représenter Connor en cuistot. Cet homme était si horripilant que je m'étais fait l'idée qu'il n'avait pas le moindre bon goût, en dehors de celui pour ma fille, et je l'en détestais encore plus pour cela.

— Il est même très doué, renchérit Izzy. Mais, Jack, vous êtes trop modeste, heureusement que vous êtes parmi nous pour stimuler nos papilles.

— Jared aussi est très doué pour ça, lança Jack, qui, en voulant détourner la conversation sur autre chose que lui-même ne fit que provoquer un silence en raison du double sens de sa phrase.

C'est alors que Johnny perçut ce changement d'atmosphère. Ces yeux allèrent de Jack à Jared, puis de Jared à Jack.

— Non ! s'exclama-t-il après quelques secondes. Oh, non, non, non ! Ne me dites pas que Jésus et moi ne sommes plus les seuls gays dans cette pièce ! Jésus, ils ont les mêmes initiales de prénom que nous ! C'est… Oh… C'est…

— Monsieur Johnny ! s'insurgea Jack, très embarrassé. Reprenez-vous, s'il vous plaît.

Nous autres baissâmes les yeux sur nos assiettes en pinçant les lèvres. Jared s'esclaffa. Jésus posa une main complice sur celle de son mari, un sourire s'étirant jusqu'à ses oreilles.

— Bordel, Jack ! poursuivit Johnny qui ignora proprement la protestation de ce dernier. Vous auriez pu me le dire !

— Monsieur, vous vous méprenez et…

— Vraiment ? lança Jared en se calant sur sa chaise d'un air indolent.

Jack tourna son visage vers lui et piqua un fard.

— Oh, Jack, mon pote ! continua Johnny, inarrêtable. Il va falloir tout me raconter sur votre première…

— Première quoi ?

Cette voix résonna derrière nous et nous fit tous sursauter. *Connor !*

CONNOR

Izzy se leva d'un bond. Je lui lançai un sourire tandis qu'elle courait dans ma direction. Bordel, son bide avait encore pris du volume ! Quand elle se jeta dans mes bras, mes bébés, bien au chaud dans le ventre de leur mère, percutèrent mon membre. Je me reculai un peu, trouvant ça un peu limite.

— Quoi ? dit-elle, perplexe.
— Euh, non, rien. Viens, ma chérie.

Je l'enlaçai et caressai les lignes de son dos, me foutant proprement d'afficher devant les autres ma tendresse pour cette femme. Je voulais la toucher, la sentir contre moi. Je m'étais éveillé quelques minutes plus tôt, avant d'observer la vue par la fenêtre de la chambre où mon corps reposait. Je ne savais foutre pas où on était, mais une chose était certaine, nous étions libres et plus dans cette putain de prison. J'étais si heureux, là, dans les bras de ma princesse, que je n'avais plus qu'un seul et unique désir : l'emmener avec moi et rattraper les mois que nous avions perdu loin l'un de l'autre. En sentant ses mains se faufiler vers mes fesses, je me fis la réflexion que je n'étais pas le seul à espérer cette issue. Je pris le visage d'Izzy en coupe et posai mes lèvres sur les siennes. Je l'embrassai comme si je ne l'avais pas vue depuis des siècles. Après un instant qui me parut trop court, quelqu'un se racla la gorge. Forcément, c'était Johnny.

— OK, tu as ressuscité, beau gosse, lâcha ce dernier, mais t'aurais pu attendre cinq minutes, Jack vient juste de faire son coming-out.

— Monsieur Johnny ! s'insurgea Jack.

— De quoi il parle ? demandai-je, avant de découvrir un inconnu assis à la table.

Jack se leva en houspillant Johnny et vint à ma rencontre. On se considéra un instant et mes lèvres se retroussèrent à la vue de mon majordome. Mon fidèle ami.

— Comme je suis heureux de vous voir, Jack.

— Et moi donc, Monsieur.

Je le serrai dans mes bras. L'inconnu derrière lui se leva et me tendit la main. Je m'écartai de mon majordome.

— Bonjour, je suis Jared.

Je lui serrai la pince tandis qu'il envoyait à Jack un regard chargé de reproches. Ce dernier rougit, visiblement un peu honteux. *C'est quoi, ce bordel ?* Perplexe, j'allai saluer mon frère qui se leva et qui me prit dans ses bras. C'était la première fois que Carmichael manifestait une telle émotion en ma présence. Ma sœur se leva à son tour et nous enlaça tous les deux. Des larmes se logèrent dans le coin de ses yeux. Cette étreinte fraternelle était inédite. J'en étais presque gêné. Quand je m'écartai d'eux, mon couvert était déjà dressé et Jack tirait une chaise à mon intention. Je ne me fis pas prier, j'avais une faim de loup. Je saluai Gabrielle d'un hochement de tête, qu'elle me rendit avec un sourire bienveillant. Une journée décidément bien étrange. Je plantai ma fourchette en levant les yeux vers ma princesse. Elle plongea son regard dans le mien, mais je crus y discerner une lueur anormale. Je lui lançai un clin d'œil. Ses lèvres se courbèrent enfin. Cette expression sur son visage n'aurait pu me rendre plus heureux. À ses côtés, Ethan m'observait. Il cligna des yeux. Je pris ça comme un bonjour de sa part. Ma sœur partit s'asseoir à côté de lui, et c'est alors que je me rappelai la dernière lecture d'Izzy avant que Briggs ne m'abatte dans sa chambre.

— Ça va, tous les deux ? lançai-je, sans même avoir terminé de mâcher ma viande.

Un petit silence s'imposa autour de la table, tandis que l'atmosphère se tendait. Ethan se redressa. Les yeux de Prisca m'envoyèrent des boules de feu géantes. Je me marrai.

— Personne ne sait, c'est ça ?
— Connor... souffla Izzy.
— Tu veux dire quoi, par là ? s'enquit Johnny.

Que j'appréciais ce mec ! Lui, au moins, savait relever les petits sous-entendus et devinait ce qui se cachait derrière le moindre silence. J'avais fait exprès de m'exprimer en sa présence. Après tout, ma sœur avait couché avec ce cinglé ! Je me devais de savoir si cette petite amourette s'était éteinte après l'évasion du Blézir, non ?

— Ça ne te regarde pas, Connor, lâcha Prisca, la colère couvant dans sa voix.

Mon frère, Gaby et tous les autres, si ce n'étaient Izzy et les intéressés, écarquillèrent des yeux ébahis. Ce que j'avais été loin d'imaginer, en revanche, c'est qu'Ethan puisse me répondre à la place de ma sœur.

— Nous allons très bien, dit-il en soutenant mon regard.

Son air effronté ne prenait pas avec moi. Je calai mon dos sur la chaise en mâchouillant un morceau. Quand j'eus terminé, mes yeux dérivèrent vers ma sœur.

— T'as conscience que ce mec est dingue ? lui lançai-je, un rictus jouant sur mes lèvres.
— Mais de quoi tu parles, Connor ? demanda Carmichael en plissant les yeux.
— Oh, putain ! Putain ! s'exclama Johnny, qui n'en tenait déjà plus.
— Connor... répéta Izzy.

Il n'y avait que Gaby, Jésus, Jack et Jared pour fermer leurs gueules. C'était bien les plus perspicaces de la bande, ceux-là !

— Notre sœur et Ethan sont ensemble, déclarai-je à mon frère.

Les yeux émeraude de Carmichael s'arrondirent, puis se rivèrent sur les intéressés. Il ouvrit la bouche pour émettre un mot, puis se ravisa devant le regard insistant de notre sœur.

— Et justement, lança Ethan en se levant et attrapant la main de Prisca, il est l'heure que nous passions un moment tous les deux. Je suis sûr qu'Izzy attend elle aussi un instant en tête à tête avec le père de ses bébés. Après tout, très bientôt, vous n'aurez plus une minute à vous.

Il était décidément très malin, cet enfoiré. Ma princesse haussa les sourcils, me signifiant ainsi que son oncle avait tapé dans le mille. Prisca et Ethan se retirèrent. Je ris un peu et lançai un nouveau clin d'œil à ma douce. Elle se leva aussi sec, du moins aussi rapidement que possible pour ne pas que son ventre percute le plateau de la table, et sortit de la maison. Je jetai ma serviette au-dessus de mon assiette désormais vide et partis la rejoindre.

Sous le porche, le dos appuyé contre la rambarde, elle m'envoya un sourire qui enflamma mon cœur. Que j'aimais cette femme ! La voir là, enceinte de mes enfants, devant ce paysage majestueux et sauvage, c'était comme si j'allais enfin pouvoir réaliser le rêve que j'entretenais depuis que j'avais posé les yeux sur cette déesse. Vivre à ses côtés, essayer de la rendre heureuse. L'aimer. Je m'approchai d'elle, plaquai mes mains sur ses hanches et mes lèvres sur les siennes.

— Alors princesse, je t'ai manqué ?

— Pas tellement, dit-elle avec un sourire mutin. J'ai eu de quoi m'occuper en ton absence.

— Ah ouais ? Et on peut savoir ce que tu as fait ?

— Quelques exercices de respiration, des baignades dans le lac, un massacre ou deux. Des petites choses comme ça, quoi.

— Ah, ouais ! Je vois que t'as pas chômé. J'aurais bien aimé que tu me laisses quelques hommes à tuer, mais bon, je t'ai déjà vue en action à Copenhague, alors j'imagine qu'ils sont tous morts, n'est-ce pas ?

— Pas tous, malheureusement. Je n'ai eu ni Burns, ni Briggs, ni les médecins.

Mon sourire s'effaça à la mention du nom des deux premiers, en particulier celui de Briggs. Un goût de haine se tapit dans ma bouche. Mes poings se serrèrent sans que je contrôle vraiment ce geste. Le regard d'Isabelle me laissa deviner qu'elle éprouvait cette colère autant que moi.

— Il faut les trouver et nous venger, lâchai-je d'une voix sombre.

— Et c'est ce que nous allons faire. On a prévu de rester ici encore quelques semaines, car je vais accoucher dans peu de temps.

Je pâlis en réalisant qu'effectivement, ça n'allait pas tarder. Une boule d'angoisse me remonta aussitôt dans la gorge. Je déglutis en comprenant que, bientôt, je serais papa. J'avais eu de nombreux enfants. Mais je ne les avais pas connus. À part le premier, et je préférais éviter de penser à lui. Il était mort à l'âge de cinq ans, des suites de la variole. La douleur de sa perte m'avait dévasté. Je n'avais pas vécu avec sa mère, mais je l'avais gardé à l'œil et lui avait rendu visite chaque semaine. Il se prénommait Simon et m'appelait Papa. Quand il mourut, je m'étais juré de ne plus jamais laisser un de mes enfants m'appeler ainsi avant d'être certain qu'il fut immortel. Cela n'était jamais arrivé. Alors que mes yeux plongeaient dans les prunelles pénétrantes de la femme que j'aimais, je réfléchis à ce qui nous attendait. En songeant que nous perdrions sans doute nos bébés dans un futur trop proche, je baissai la tête pour cacher ma peur. Mais Isabelle n'était pas stupide, elle connaissait déjà les sentiments qui m'animaient.

— Ils seront immortels, affirma-t-elle, et sa voix ne souffrait d'aucun doute.

— Izzy, tu n'en sais rien.

— Eh bien, si. Justement, je le sais.

— Comment cela ?

— Arroudian a fait en sorte qu'ils le soient. C'est ce qui m'a valu d'être plongée six mois dans le coma.

— Comment a-t-il fait ?

— Ce ne sont que des détails, dit-elle, soudain un peu gênée. Cependant, il faut que tu saches que ce seront les deux seuls enfants que je n'aurai jamais.

Je plissai les yeux. Elle remarqua ma perplexité. Comment devais-je prendre cette révélation ? Elle s'approcha et posa une main sur ma joue.

— Et je crois qu'ils seront très puissants.

— Qu'est-ce qui te fait dire ça ? C'est le docteur qui t'a dit...

— Non. Mais ils ont résisté à l'injection d'atropine dans mon cœur alors que j'ai failli tuer Thomas et Guillaume quand...

— Quoi ? Une piqûre d'atropine ? Guillaume ?! Putain, tu me dis quoi, là ?

— Connor. Il a fallu prendre une décision et je l'ai prise. Ton épouse Stella est morte et...

Elle déglutit et je vis ses yeux voilés par une lueur de tristesse profonde.

— ... et Raphaël est mort, aussi, reprit-elle. Jack avait été démasqué et si je n'avais pas couru le risque d'accepter qu'on m'injecte ce produit, vous seriez tous morts à l'heure qu'il est. J'ai dû m'allier à Guillaume qui nous a aidés à nous enfuir.

— Et il est où, cet enfoiré ?

— Il est blessé. Thomas veille sur lui.

— Il veille sur lui ? C'est une blague ! Cet homme mérite la mort !

— Nous déciderons de son sort très bientôt. Nous attendions que tu te réveilles.

— Alors je pense que nous devrions en débattre maintenant.

Elle soupira et me contourna pour se diriger vers la porte. Mais avant qu'elle le fasse, je l'interpellais.

— Princesse, c'est qui, ce Jared ?

Elle se retourna, me considéra un instant en se pinçant les lèvres puis me sourit. *Putain, c'est qui, ce mec !*

JACK

Ils étaient tous assis, répartis sur les deux canapés du salon. Certains avaient dû se positionner sur les accoudoirs, faute de place. Quand je vis les yeux de mon maître passant de moi à Jared, et de Jared à moi, je me demandai si mademoiselle Isabelle avait vendu la mèche. Je rougis comme un adolescent, puis déglutis en constatant que Monsieur examinait désormais très attentivement mon… mon quoi ? Petit ami ? Compagnon ? C'était officiel maintenant que monsieur Johnny avait ouvertement affiché notre relation en posant des questions gênantes, ce dont il avait le secret. Moi qui, d'ordinaire, m'amusais beaucoup de ses saillies, je devais reconnaître en être beaucoup moins friand depuis que j'en avais fait l'objet.

La discussion aborda le problème de Guillaume. Et ce n'était pas un mince problème. Les visages s'animaient. Monsieur Carmichael, mon maître et monsieur Ethan voulaient l'exécuter. Mademoiselle Isabelle se taisait, ainsi que mademoiselle Prisca. Seule madame Gabrielle défendait celui qu'elle avait toujours considéré comme son neveu, et qu'elle avait connu tout jeune. Quand elle s'exprima, les bouches se fermèrent. Décidément, les remarques de cette femme avaient vraiment du poids.

— Il est le fils de Thomas, lâcha-t-elle d'une voix forte, et Thomas a toujours été fidèle aux natifs. Il a travaillé au service de la communauté toute sa vie, il est notre ami et il nous a sauvés du Blézir. Croyez-vous qu'il va accepter la mort de son fils ?

— Thomas sait que c'est ce qui attend Guillaume, Gaby, lança son mari.

— Il mérite la mort, asséna Ethan.

— Cet enfoiré nous a conduits au désastre, renchérit mon maître.

Gabrielle soupira et posa lentement ses yeux sur chacun d'eux

— Ce qu'il a fait est impardonnable, je suis d'accord, évidemment. Il a mis en jeu nos vies, a assassiné Estelle et sa famille, puis Pia, Stella et… Raphaël.

À la mention de monsieur Raphaël, un silence pesant s'abattit sur la pièce. Je vis Isabelle baisser les yeux en direction du sol. Mon maître perçut sa tristesse et lui tapota sur la main dans un geste qui se voulait réconfortant. Monsieur Carmichael serra les dents.

— Il a aussi révélé notre secret au monde entier, reprit Gabrielle, et il mérite un châtiment. Mais pas la mort !

— Gaby…

— Non, Mick. Tu ne me feras pas changer d'avis. Aucun de vous ne le pourra. Es-tu fier de ce que tu as commis par le passé, toi ? Tu as fomenté des complots, tu as massacré des gens, toi aussi, des natifs, la mère de ton propre fils, et même… Raphaël. Je suis désolée de te le dire de cette manière, mon amour, mais beaucoup auraient souhaité ta mort s'ils en avaient eu le pouvoir. Et toi, Connor, on en parle, de tes erreurs ? On en parle, de tes décisions stupides quand tu as su que nous étions menacés ? On en parle, des gens innocents à qui tu as arraché le cœur sous les ordres de ton paternel ?

— Aucun n'était innocent.

— Ce que tu te plais à croire. Pardonne-moi si je doute des décisions prises par ton père, puisque j'en ai fait les frais et que je ne le méritais pas.

Elle respira un instant avant de continuer ; elle formulait ses mots à la vitesse d'une mitraillette déchargée.

— Quant à toi, Ethan, reprit-elle, tu as tué des humains et commis l'innommable aux ordres de Magnus.

Ethan baissa les yeux. Les paroles de sa sœur faisaient mouche.

— Et tu m'as trahie à cette époque, si tu te souviens bien. Tu nous as tous trahis.

— Guillaume nous a livrés à l'infamie ! s'insurgea son mari.

Carmichael s'était levé brusquement, mais ni son geste ni son ton effrayant ne firent vaciller son épouse.

— J'ai tué sa mère ! lui rappela-t-elle d'une voix sombre. L'aurais-tu oublié ?

— Tu te défendais !

— Je l'ai tuée parce que tu as poussé cette femme dans les bras de Thomas. Parce que tu me voulais, moi ! Naomi n'aurait pas conçu un enfant avec lui et ne se serait jamais enfuie du château pour, plus tard, devenir le jouet de Blake, si tu n'avais pas œuvré pour que ça se passe ainsi. Guillaume connaît cette histoire. Force est de constater que ça l'a rongé toute sa vie ! Nous avons été idiots de croire qu'il avait digéré tout ça. Qui peut digérer ça ?! Aucun de vous n'aurait pu, et chacun de vous aurait cherché à se venger. La manière dont il s'y est pris est cruelle. Mais je reste convaincue que les événements lui ont échappé.

— Il nous a aidés, car Burns n'avait pas tenu ses engagements, déclara Isabelle. Il ne pensait pas que Stella serait enlevée, et je ne crois pas qu'il s'attendait à ce que notre sort soit aussi terrible. Peut-être que nous devrions considérer la position de ma mère.

— OK, il nous a aidés pour Stella, et peut-être un peu pour toi, Izzy, commenta Monsieur, mais ce n'est pas un motif pour lui pardonner. Nous avons été torturés !

— Je ne dis pas que nous devons lui pardonner, je dis que je suis d'accord avec ma mère et que nous ne devons pas le tuer.

— C'est le fils de Thomas, répéta cette dernière.

Quelques secondes passèrent alors que les plus réfractaires échangeaient des regards courroucés.

— Et je refuse que Thomas ait à endurer la mort de son fils. Il a déjà assez souffert.

— Mais moi, j'ai perdu le mien, Gaby, lui rappela son mari en se levant brusquement, et je refuse de ne pas le venger.

La discussion s'arrêta là. Monsieur Carmichael sortit de la maison en claquant la porte. Prisca et Ethan se retirèrent aussi. Mon maître et

Isabelle allèrent rejoindre leur chambre, mais Monsieur Connor se ravisa soudain et se tourna vers Jared et moi.

— Alors, si j'ai bien compris… dit-il.

— Pardon, Monsieur ?

— Vous et…

— Jared ! se nomma ce dernier avant de croiser ses bras devant la poitrine. C'est moi, l'homme inavouable.

Je piquai un fard, réalisant que je l'avais sans doute vexé en ne le présentant pas comme j'aurais dû le faire. Je tournai mon visage vers lui, mais ne découvris qu'un sourire plaqué sur ses traits. Cette expression me rassura. Mon maître le dévisagea un moment et opina de la tête.

— Vraiment enchanté, Jared.

Puis il partit rejoindre Mademoiselle. Ne restait plus dans la pièce que Jésus, Johnny, Jared, et moi.

— Bon, bah, c'est la grosse ambiance, ici ! clama Johnny en se levant à son tour.

— On peut les comprendre, après tout ce qu'ils ont vécu, lança son mari en l'imitant.

— J'ai connu Guillaume quand il était enfant, je partage l'avis de Gaby.

— Tu partages toujours l'avis de Gaby.

— Pas du tout ! J'ai même été carrément contre quand elle m'a demandé de lui couper les cheveux au carré, tout à l'heure.

Monsieur Johnny se tourna alors subitement vers moi et me désigna de l'index.

— Jack, je connais vos talents de coiffeur, mais si elle vous demande un carré plongeant, vous lui dites qu'elle peut se le mettre où je pense.

— On ne peut mettre un carré plongeant nulle part, Monsieur.

— C'est une façon de parler, Jack ! Évidemment qu'on ne peut se le mettre nulle part.

— Si elle me le demande, j'obéirai à sa requête

— Non, non et non ! Putain, Jack, ça n'irait pas du tout avec sa silhouette.

— Madame Gabrielle a une silhouette agréable et un joli port de tête. Cela lui irait parfaitement.

— Mon cul !

— Monsieur !

— Jack, si je vous vois avec des ciseaux près du crâne de Gaby, je vous les carre où *je* pense et, à mon avis, une paire de cisailles dans le postérieur, ça doit faire mal.

J'écarquillai des yeux stupéfaits tandis que monsieur Johnny me toisait de l'air de celui qui est fier de sa tournure, puis il ajouta :

— Ça serait quand même ballot que Jared ne puisse jamais explorer cet endroit à cause d'un simple malentendu au sujet d'une coiffure, pas vrai ?

Jésus pouffa. Jared baissa la tête en se pinçant les lèvres. J'étais écarlate et prêt à sauter à la gorge de monsieur Johnny. Mais je n'en eus pas le temps puisque le fourbe partit se reposer avec Jésus. Enfin, se reposer… ce n'était pas tout à fait ce que ses yeux semblaient indiquer, mais je préférais ne pas penser à cela, d'autant que ceux de Jared étaient rivés sur moi.

— Une petite baignade, ça te dit ? demanda-t-il avec un sourire qui amplifia ma combustion.

Je déglutis et hochai la tête. Je suivis cet homme sans me poser davantage de questions, et me fis la réflexion que j'aurais aimé qu'il en fût toujours ainsi.

ETHAN

J'avais agi comme un abruti. J'en étais conscient. Je suivis Prisca après cette discussion enflammée sur le sort de Guillaume. Je n'avais pas changé d'avis à son sujet et je doutais de pouvoir me retenir de lui donner moi-même la mort, quoi qu'en dît ma sœur. Mais les réactions de Prisca et son rejet agitaient encore mon esprit, alors mes réflexions à propos de Guillaume passèrent en second plan. Je ne pensais plus qu'à elle. Je devais me racheter. Jamais je n'avais voulu lui faire espérer quelque chose qu'elle n'avait pas souhaité ni avais eu l'intention de lui briser le cœur. En réalité, je n'étais en mesure de ne briser le cœur de personne, et je me fis la réflexion qu'elle avait dit cela que pour mieux me repousser. Chez Jared, quand elle m'avait fait comprendre que je n'étais pas prêt, j'avais eu envie de lui hurler que je l'étais, que je la voulais, que je ne m'imaginais plus vivre une seule seconde sans elle. Étais-je devenu fou ? Une femme telle que Prisca ne pouvait aimer un homme tel que moi. Et moi, avais-je des sentiments pour elle ? Pourquoi la limpidité de ce que j'avais ressenti pour Pia ne s'affichait-elle pas avec autant de clarté dans mon esprit en ce qui concernait Prisca ? Sauf qu'en songeant à ce mois passé sans elle, une douloureuse angoisse me tordait les entrailles. Depuis notre arrivée ici, je n'avais fait que rechercher sa présence, qu'elle rejetait avec opiniâtreté. J'avais une soif d'elle que je ne comprenais pas.

— Qu'est-ce que tu fais là ? demanda-t-elle en croisant ses bras devant sa poitrine. Tu vas confirmer les soupçons des autres à venir me trouver dans cette chambre.

— J'ai déjà confirmé ce qu'ils voulaient entendre.

— Ce qu'ils voulaient entendre ?

Quel imbécile j'étais ! Je ne savais pas exprimer ce qui me brûlait de l'intérieur et proférais des conneries sans m'en rendre compte.

— Non, pas ce qu'ils voulaient entendre. Ce que je pense vraiment. Je veux que nous soyons ensemble. Je te veux à mes côtés.

Venais-je vraiment de dire cela ? Comme plus tôt, je fus pris de doutes. Avait-elle raison ?

— Ethan, nous avons déjà eu cette discussion. Tu n'es pas prêt.

Je m'approchai d'elle. J'étais si près que je pouvais sentir son souffle chaud et agréable me caresser le visage. Je penchai un peu la tête. Elle retint sa respiration. Je ne lui étais pas indifférent, cette réaction me le confirma. Si j'avais pu craindre que ce mois passé loin l'un de l'autre ait atténué son attirance pour moi, son regard bleu sembla me dire le contraire. Mais qu'en savais-je ? Je n'avais aucune expérience. Une émotion trouble s'éveilla en moi. J'avais envie d'elle. Furieusement envie d'elle. Puis cette envie descendit en flèche jusqu'à mon entrejambe. Je me reculai brusquement.

— Qu'y a-t-il ? s'enquit-elle, inquiète de ce geste soudain.

— Je... j'ai récupéré mes pouvoirs.

— Et alors ?

— Et alors, je peux... je peux te faire du mal si...

Je me tus.

— Si quoi, Ethan ?

Je ne pus émettre un mot et baissai les yeux.

— Si quoi, Ethan ? répéta-t-elle de sa voix d'ange.

— Si on baise.

Je ne pouvais voir la réaction que ma remarque déclenchait en elle. Piqué par la curiosité, je relevai mes prunelles. Elle me considéra un instant, puis s'esclaffa. Mes joues devinrent rouges de honte.

— Alors, tu veux me baiser ? dit-elle, ses yeux étrangement traversés d'une lueur de colère. C'est comme ça que tu me le demandes ?

— Je n'ai pas l'intention de le faire si je dois te faire mal. J'ai récupéré mes pouvoirs et...

Elle rit de plus belle, mais son rire avait une intonation presque désespérée. Cela me troubla.

— Ethan, j'ai aussi récupéré les miens.

Elle parcourut la distance qui nous séparait et posa sa bouche sur la mienne. J'entrouvris les lèvres de surprise. Elle y glissa sa langue. Puis je souris, heureux de la sentir contre moi, heureux de ne rien éprouver d'autre que le bonheur de l'enlacer quand mes bras s'enroulèrent autour de ses hanches. Ses doigts se plaquèrent sur mon cou et descendirent ensuite sur les boutons de ma chemise qu'elle défit un à un.

— Je suis résistante, Ethan. Et de toutes les femmes que tu pourras « baiser », comme tu dis, je suis sans doute la seule qui pourra te résister.

Je n'en avais rien à foutre de toutes les femmes. Je la voulais, elle.

Elle passa ma chemise au-dessus de mes épaules et la laissa tomber au sol. Quand elle posa ses mains sur mon torse, j'eus un mauvais réflexe et me tendis comme un arc. Mais la seconde d'après, je me repris et me collai à sa bouche. Alors que notre baiser devenait si fiévreux que je crus que mon cœur allait traverser ma cage thoracique, ses doigts se glissèrent sur la ceinture de mon jean. Elle la défit, s'attaqua aux boutons de mon pantalon qu'elle arracha, puis me poussa d'un geste brusque contre le mur. Il faillit céder sous l'impact. Prisca afficha un sourire en coin. Irrésistible. Puis elle se jeta de nouveau sur moi, aidée par sa vitesse surprenante. Ses lèvres retrouvèrent les miennes.

— La seule... répéta Prisca entre deux baisers.

Putain, oui. Elle était la seule pour moi, mais pas dans le sens qu'elle voulait donner à ces deux mots.

— Je suis plus fort que toi, dis-je en retroussant mes lèvres.

— Prouve-le.

Il n'en fallut pas plus pour que j'explose de l'intérieur. Je canalisai ma télékinésie destructrice sur son pantalon qui s'émietta comme du papier brûlé. Je tirai sur sa culotte qui se déchira et la soulevai pour la placer à califourchon au-dessus de moi. Je la pénétrai d'un coup sec et la collai brutalement contre le mur. Son gémissement de plaisir et le sourire sur son visage me rassurèrent. Je ne lui faisais pas mal. Cette femme était très puissante et dotée d'une force phénoménale. Je ruai un peu entre ses jambes avant qu'elle me pousse sans ménagement sur le lit. Le sommier se brisa. J'éclatai de rire. Ce que je n'avais pas fait depuis longtemps, très longtemps. Était-ce d'ailleurs déjà arrivé ? C'est alors que je compris l'évidence. Prisca m'était destinée. Malgré toutes nos différences, malgré nos caractères, malgré tout ce que j'avais commis durant ma vie triste et maudite, elle était *la* femme. Et je la voulais pour l'éternité. Mais elle ne m'aimait pas. Non, car qui étais-je pour être aimé ?

CONNOR

Isabelle s'écroula sur le lit en se tenant le ventre. Elle soupira et jeta son regard vers le plafond.

— J'en peux plus, dit-elle alors que je m'asseyais auprès d'elle. J'ai l'impression d'être une montgolfière prête à exploser.

— Une montgolfière ?

— Ouais… sauf que je ne m'envoie pas en l'air. Enfin, je peux léviter avec mes pouvoirs, mais quand j'ai les pieds sur Terre, je m'y enfonce.

— Tu ne t'envoies pas en l'air ? C'est ça que tu viens de dire ?

Comprenant comment j'avais détourné ses paroles, elle tourna son visage vers moi et éclata de rire. L'entendre se marrer me réchauffa le cœur. J'avais remarqué, depuis mon réveil, une lueur mélancolique dans son regard. Une ombre persistante que je ne lui avais jamais connue. Il ne fallait pas être devin pour en comprendre la raison. *Raphaël.* Quand le sourire d'Isabelle s'effaça, ce voile obscur réinvestit presque aussitôt son expression.

— Je peux remédier à cette situation, lui lançai-je, refusant de laisser se dissiper ce moment d'apaisement.

— As-tu vu mon état, Connor ? Il te faudrait une grue pour te hisser au-dessus de moi.

Pas faux.

Ses yeux se plantèrent dans les miens. Elle mordilla sa lèvre inférieure. *Putain...*

— Il y a d'autres manières de s'y prendre, déclarai-je en haussant deux fois les sourcils.

— Alors, sois inventif, car mes hormones jouent au flipper ! J'aurais bien besoin de tes services maintenant que tu es enfin réveillé.

— Je vais te faire « tilt », tu vas pas comprendre ce qu'il t'arrive !

Je me levai et lui attrapai les chevilles. Elle se laissa faire en riant.

— Tes vannes sont toujours aussi nazes, Connor.

— T'es morte de rire et tu me dis que mon humour est pourri. Tu me cherches, princesse.

— Jamais difficile de te trouver. Mais après tout ce temps, je me demande si tu vas réussir à débusquer mon vagin. J'ai peur que tu ne saches plus comment t'y prendre.

— J'ai déjà réussi à t'engrosser, maudit petit cachalot ! Tu vas voir si j'ai oublié ! Ça fait si longtemps que je ne t'ai pas fait l'amour que tu ne perds rien pour attendre ! Ça va être ta fête, princesse !

— Que des mots ! continua-t-elle à me provoquer.

Bordel !

Je tirai brusquement sur ses chevilles jusqu'à ce que ses genoux atteignent le bout du matelas. La seconde d'après, je fis glisser sa jupe longue à ses pieds et la balançai à travers la pièce. Je déboutonnai mon jean et tentai de me caler entre ses jambes. Ce putain de lit était trop bas pour que je me positionne correctement. Elle se gaussa de me voir galérer alors que j'avais déjà baissé mon boxer, prêt à la satisfaire.

— Ravie de constater que ma silhouette de baleine te séduit autant, dit-elle avec un sourire taquin.

— Je vais te montrer à quel point il me plaît, ton corps. Mais dans cette position, ça va pas être jouable.

Merde...

Ni une, ni deux, je la retournai. Ses fesses se positionnèrent parfaitement devant moi. Je claquai dessus avant de la pénétrer. Soudain, et alors que ma verge avait déjà fait un petit bout de chemin à l'intérieur de son corps, je m'arrêtai et pâlis un peu.

— Qu'est-ce qu'il t'arrive ? demanda-t-elle en tournant son visage vers moi.

— Les bébés !

— Bah quoi, les bébés ?

— Ils ne vont pas sentir ma... enfin... ça craint rien, t'es sûre ?

Elle explosa de rire et je blêmis comme un con, ma queue aussi dure qu'une putain de bûche.

— N'importe quoi !

— T'en sais rien.

— Tu crois que les femmes enceintes ne font pas l'amour pendant neuf mois, t'es sérieux ?

— Ça fait longtemps que j'ai pas... enfin, tu sais... et je ne vais pas y aller mollo. Peut-être qu'on devrait attendre, tu ne penses pas ?

Ce fut à ce moment précis que je compris qu'il ne fallait *jamais* aller contre les désirs d'une femme enceinte. Izzy se retourna et m'attrapa le col de ma chemise si vite que ça me coupa le souffle. Les genoux enfoncés dans le matelas, ses yeux me lançant des éclairs, elle plaça sa bouche à deux centimètres de la mienne, prête à me bouffer. Sa voix me fit flipper.

— Tu vas me prendre, maintenant, Connor Burton Race ! Quand tu m'as mise dans cet état, tu ne t'es pas posé de questions, alors tu vas faire exactement ce que je veux. C'est bien compris ?

Je déglutis et hochai la tête. Je n'étais pas rassuré pour autant. Elle reprit sa position. Je respirai un grand coup et la pénétrai. Putain, que c'était bon d'être en elle. Aucune femme ne m'avait jamais fait cet effet. Quand je lui faisais l'amour, j'avais l'impression que nos âmes se liaient, s'enlaçaient et ne faisaient qu'une.

— Plus vite, Connor ! m'ordonna-t-elle entre deux gémissements.

Sa directive m'arracha à mes pensées romantiques. Romantique ? Je ne savais pas que je l'étais. Mais avec Isabelle, j'avais changé, beaucoup changé. Je voulais la protéger, me fondre en elle pour l'éternité.

— Plus vite, putain !

Je n'eus pas besoin d'un autre rappel à l'ordre. Si c'était comme ça, j'allais pas me faire prier.

Tu l'auras voulu, princesse !

JARED

Nous arrivâmes près du lac, dans un espace isolé que j'avais repéré quelques jours plus tôt, lors d'une séance de footing. Une petite plage tapissée d'herbe plongeait dans les eaux, dissimulée sous des branches d'érables penchés, formant comme une voûte au-dessus de l'endroit. J'ôtai mes chaussures. Jack m'imita en admirant la vue.

Je ne connaissais pas les natifs avant de rencontrer Jack, et maintenant que je vivais en leur compagnie, je saisissais mieux leur esprit de communauté. J'appréciais cela. Cela me rappelait mon passé militaire. Évidemment, mes camarades des forces spéciales ne couchaient pas entre eux, ou du moins, pas à ma connaissance.

Les couples d'immortels étaient étranges par bien des aspects, mais ils me fascinaient tous, chacun à leur manière. Carmichael semblait être un homme raisonnable, bien qu'il parût souvent maussade. Son épouse, Gabrielle, était dotée d'un caractère bien trempé. Je me demandais ce que lui valait le respect que tous lui vouaient. Prisca était une personne réfléchie, le genre de femme qui ne prononce pas une parole inutile. Ethan, lui, je n'arrivais pas à le cerner. Il était un peu bizarre, avec ses cheveux blancs et son regard singulier. Difficile de deviner ses pensées. Isabelle, elle, semblait être une femme respirant la joie de vivre quand elle était entourée. Mais dès qu'elle était seule, ou à l'abri des regards, cette allégresse disparaissait. Quant à Connor, je venais seulement de le rencontrer. La dévotion de Jack pour cet homme me rendait curieux. Au Blézir, je n'avais jamais été affecté à ses quartiers. Il avait passé son temps mort ou dans une cellule capitonnée. Seuls les gardes se chargeaient de le nourrir quand il n'était pas à l'agonie.

En y réfléchissant bien, après tout ce qu'ils avaient subi, c'était quand même un miracle que Burns et sa clique n'aient pas réussi à les briser. J'avais moi-même été capturé il y a vingt ans. Sept semaines dans une prison birmane. J'en étais sorti à moitié dingue et il m'avait fallu de nombreuses années pour me remettre de ma séquestration. Les immortels, eux, semblaient savoir compartimenter leurs émotions. C'est ce qu'on m'avait appris aussi lors de mes classes, mais il fallait être solide pour réussir à endiguer des événements si traumatisants. Mon histoire était une promenade de santé à côté de ce qu'avaient vécu mes nouveaux amis. Je compris alors que les siècles d'existence de certains d'entre eux leur avaient forgé un caractère capable d'encaisser le pire, tandis que les plus jeunes, Gabrielle, Ethan et Isabelle, étaient dotés d'une personnalité presque si inébranlable que ça forçait l'admiration.

Et puis il y avait Jack, ce natif sans pouvoir que j'avais remarqué dès son arrivée au Blézir. La cicatrice sur son visage avait attiré mon regard, comme si elle me renvoyait toutes les miennes, disséminées sur mon corps en témoignage de l'époque où j'œuvrais dans les forces spéciales. Puis il avait levé les yeux sur moi. Des yeux clairs qui avaient inspiré ma sympathie et mon attirance pour lui. Quand je l'entendis pour la première fois m'expliquer des techniques pour enlever une tache de vin sur du tissu en lin, j'étais tombé sous son charme, loin de penser qu'il n'était pas celui qu'il laissait paraître. Qui se serait imaginé que des membres de cette communauté s'y entendaient si bien en pratiques ménagères ?! Certes, je m'étais peut-être douté que cet homme n'avait pas de passé militaire comme tous les autres employés du Blézir. Mais je ne m'étais pas appesanti sur la question. Après tout, les responsables du recrutement nous avaient fait passer toute une série d'examens, de tests sanguins, de tests psychologiques et même des tests d'effort. À aucun moment, je n'avais pensé que Jack avait réussi à devenir un employé de l'intendance grâce aux manœuvres de ses camarades natifs.

Avec le temps, j'avais gagné sa confiance. Puis, après de nombreuses tergiversations, je m'étais lancé et l'avais invité à boire un verre. Je ne savais pas encore si Jack était attiré par les hommes, mais quelque chose dans son comportement m'avait encouragé. Au début, il avait semblé gêné sous l'insistance de mon regard, quand de mon côté mon cœur faisait des bonds. Mon âme ondulait à l'idée de m'approcher de lui, de le toucher, de me perdre en lui. Mais tout cela n'était alors encore que des chimères. Jack et moi nous étions seulement embrassés. Je ne voulais pas lui forcer la main ou le faire fuir. Alors, depuis notre arrivée ici, je restais en retrait, tout en ne le quittant jamais d'une semelle. Après tout, il n'avait jamais partagé de moments intimes avec un homme auparavant, ce qui ne m'étonnait pas quand on connaissait le milieu dans lequel il avait baigné jusque-là. Je ne voulais donc pas l'effrayer, mais je me sentais incapable de m'éloigner de lui. Nous dormions dans la même chambre, dans des lits séparés, et la présence d'Isabelle n'avait pas permis de rapprochement.

J'avais donc longtemps espéré ce moment… Seulement, je devais reconnaître que mon enthousiasme avait été quelque peu échaudé. Je comprenais pourquoi il n'assumait pas son attirance envers moi devant ses amis, mais j'aurais aimé qu'il me présente comme son compagnon. J'aurais même voulu qu'il en soit fier. Or, depuis notre arrivée au Canada, il préférait éviter de se trouver seul en ma présence et semblait avoir honte de révéler ce que j'étais à ses yeux. J'étais même étonné qu'il ait consenti à m'accompagner dans cette sortie. Était-ce l'ambiance pesante qui régnait après la discussion au sujet de Guillaume qui l'avait décidé ? Ou était-ce l'envie de partager un moment seul avec moi ? Je penchai pour la première option.

Alors qu'il se déshabillait, je ne pus m'empêcher de déglutir. Il fit glisser son pantalon sur ses chevilles et se dévoila en boxer. Il n'était pas très musclé, mais son corps était ferme et captivait mes yeux, attirant mes doigts comme s'il était un aimant. Il plia ses affaires et prit grand soin de les poser sur une roche qu'il épousseta au préalable. Puis il me fit face, rougissant un peu de se trouver presque nu devant moi. Son visage changea d'expression, et l'inquiétude se lut dans ses traits. *Que devinait-il de mes pensées ?*

— Jared, ça ne va pas ?

Je secouai un peu la tête, gêné qu'il ait perçu mon trouble. Je lui répondis par un sourire et étendis ma serviette sur la petite plage, avant de m'asseoir dessus. Mes yeux se perdirent sur le magnifique paysage cuivré offert par les arbres bordant le lac. Jack se plaça à mes côtés et recroquevilla ses genoux contre son torse, le regard rivé dans cette contemplation.

— Je suis désolé, dit-il.

Surpris, j'observai alors son profil.

— De quoi ?

Il prit une profonde inspiration avant de me répondre.

— Je n'ai pas eu le courage d'avouer ce que tu étais pour moi.

Ma bouche s'entrouvrit à l'écoute de ces mots, mes yeux se posèrent sur les lèvres de Jack.

— Et qui suis-je pour toi ? me risquai-je à demander.

Il tourna la tête dans ma direction et planta son regard dans le mien, avant de sourire largement. Mon cœur s'emballa.

— Tu es un homme auquel je tiens beaucoup.

— Autant que tes amis ?

— Pas de la même façon.

— Et de quelle façon, alors ?

— D'une façon tout à fait inconvenante, avoua-t-il en rougissant un peu.

Des picotements me traversèrent la poitrine. Il sourit encore, puis se leva. Il s'avança dans les eaux du lac jusqu'à ce que ses genoux soient immergés. J'eus tout le loisir d'admirer son corps que je rêvais maintenant de toucher.

— Oh, elle est froide ! lâcha-t-il.

Je me mordis la lèvre inférieure en contemplant son postérieur. Rassuré par les mots de Jack, je décidai de me lever à mon tour. Je retirai tous mes vêtements, m'approchai de lui, puis le dépassai, avant de plonger entièrement nu dans les eaux du lac. La fraîcheur me revigora. Quand j'émergeais, je secouai la tête et posai mes yeux sur Jack. Il semblait tétanisé et cela me fit rire. Il se gratta la joue, le corps planté en dessous des branches d'arbre qui se jetaient au-dessus de l'eau.

— Tu ne viens pas me rejoindre ?

Son embarras me fit sourire. Je me redressai et m'avançai jusqu'à lui. Mon cœur battit plus vite sous l'intensité de son regard.

J'avais quarante-cinq printemps, mais je m'entretenais. Féru de sport, j'étais plutôt bien charpenté. Des cicatrices déformaient ma peau ici et là, mais ça n'avait pas l'air de le déranger. Au contraire, il les examina en détail, avant de tourner subitement la tête en réalisant la durée de son inspection.

— Viens, lui dis-je en lui tendant la main.

Après un moment d'hésitation, il la prit.

— Jared, je… je n'ai jamais…

— Je sais.

Il n'était plus l'heure de le laisser hésiter. Plongé dans son regard, je le voulais, mes mains le désiraient, mon corps le réclamait. Je m'approchai, collai mon torse contre sa peau et l'embrassai. Je sentis son désir plaqué contre le mien. Mes doigts caressèrent les lignes de son dos et passèrent sur ses hanches, son ventre, puis glissèrent au-dessus de son boxer. Son souffle saccadé lui échappait, mais il me laissa continuer.

— Tu me fais confiance ? demandai-je, tandis que mes lèvres lui dévoraient le cou et que ma main lui donnait du plaisir.

— Oui, murmura-t-il après un court silence.

Il prit une profonde inspiration quand mon autre main passa sur ses fesses. Mes doigts en suivirent les lignes.

— Je te désire, Jack.

Son corps se tendit, mais ses lèvres dessinèrent un sourire contre les miennes. Cela me rassura et m'invita à continuer. Je relevai ma main et la plaquai sur son torse. Je le poussai en direction de la plage. Il recula lentement, sans quitter ma bouche.

— Allonge-toi sur la serviette, Jack.

Je le vis déglutir, mais il obéit. Le dominant de toute ma hauteur, mes yeux caressèrent son corps. Les siens n'arrivaient plus à se détacher de mon membre nu dressé face à lui. Je le voulais, là, maintenant, je menaçais d'imploser si je n'assouvissais pas mon désir pour cet homme.

Alors je m'agenouillai, puis m'allongeai lentement au-dessus de lui. Ma bouche retrouva la sienne. Je reculais un peu ma tête et lui souris, me perdant dans la contemplation de ses yeux clairs. Je savais qu'un homme tel que lui ne se serait pas offert à moi s'il n'avait pas éprouvé des sentiments profonds. Le comprendre enfin illumina mon âme, et mon corps ne put longtemps retenir sa passion.

JACK

Mon cœur battait à tout rompre. Jared me regardait, comme fasciné par ce qu'il voyait. Mes joues devinrent écarlates. Je ne comprenais toujours pas pourquoi j'attirais cet homme. Je ne comprenais sans doute pas non plus pourquoi il m'attirait autant. Pourtant, il était comme une évidence. Son corps était une œuvre d'art. Son sourire, un soleil irradiant l'univers. Mais j'étais pétri de peurs incontrôlables. Il m'embrassa encore et ma langue se mêla à la sienne. Je tremblais. tandis que sa main se posait sur mon torse. Ses doigts glissèrent de mon pectoral à ma taille avec une lenteur éprouvante et délectable. Quand ils se saisirent de l'élastique de mon boxer, j'eus un léger mouvement de recul.

— D'accord, Jack, me souffla Jared à l'oreille. On va y aller doucement.

Sa main se retira et son corps se décolla du mien. Je ressentis cette séparation comme une amputation, alors je levai un bras et le retins par la nuque.

— Non, lâchai-je, haletant. Ne t'arrête pas.

Il m'adressa un sourire étincelant qui m'envoya tout droit au Paradis. Mon cœur se gonfla quand ses lèvres retrouvèrent les miennes. Il glissa ses doigts vers ma taille et s'agenouilla en me retirant mon boxer. Alors que mon sexe se dressait devant ses yeux, il eut toutes les preuves de mon désir à son égard. Je luttai pour ne pas dissimuler mon érection avec mes mains, mais j'avais pris ma décision. Je voulais Jared, corps et âme. Je n'en doutais plus. Lorsque, plus tôt, j'avais perçu une lueur de déception dans son regard, déception causée par mon manque de courage à le présenter comme mon compagnon, mon cœur avait compris ce qu'il était : un homme qui avait pris tous les risques pour me libérer et vivre cette vie de fugitif avec moi. Un homme qui avait tout laissé tomber *pour moi*. Un homme doté de principes moraux. Un homme d'un grand courage. Un homme que je voulais aimer. Un homme que j'aimais déjà.

Alors je le serrai plus fort contre moi. Je l'embrassai avec une telle ferveur qu'il sourit contre mes lèvres. Puis nous nous allongeâmes l'un contre l'autre. Son érection pulsant contre la mienne. Sa bouche dévorant mon visage. Ses doigts découvrant mon corps. C'est alors qu'il s'écarta un peu et les fit glisser sur mon ventre. Puis, plus bas.

— Tu me rends fou, Jack, chuchota-t-il, tandis que sa main empoignait conjointement nos deux sexes.

Je me cabrai, explosant sous le plaisir de sentir ce va-et-vient enivrant. Nos peaux l'une contre l'autre, nos yeux fiévreux rivés dans ceux de l'autre, nos souffles saccadés et tremblants de tout notre être… Nous nous abandonnions à cette étourdissante sensation. Une sensation inédite pour moi, mais si fulgurante que j'en hoquetai.

Sa main continua ses mouvements.

Mes jambes tremblèrent.

Il accéléra le rythme.

Je me perdis dans mon désir.

Je suffoquai.

— Jared…

— Je vais venir, Jack.

Je me mordis la lèvre et je ne sus si ce geste avait déclenché l'explosion en lui. Ce que je savais en revanche, c'est que le voir jouir déclencha la mienne. Je refoulai l'envie de lui mordre l'épaule tandis que mon plaisir culminait. Je criai son nom alors que je me déversai sur mon ventre.

Repu, mon corps se détendit, mon regard se perdit dans les cieux. Jared attrapa le pan de sa serviette pour nous essuyer. Mon sourire ne me quittait pas tandis qu'il se plaçait à mes côtés. Ses doigts caressèrent les lignes de mon torse. Nos souffles reprirent une allure plus normale. Nu, allongé contre Jared à l'ombre des branches d'érables qui préservaient notre intimité, je connus le bonheur. Mon cœur explosait, ma raison s'envolait. Oh oui, je l'aimais.

GABRIELLE

— Jack ! Jack ! hurlai-je depuis le porche.

Je m'époumonais depuis bientôt cinq minutes. Carmichael était en train de faire le tour du lac à la vitesse de l'éclair quand enfin il réapparut, lévitant aux côtés de Jared et de celui dont j'implorais la venue. Le majordome était rouge comme une pivoine et à moitié dévêtu. Les cheveux mouillés et le corps encore humide, je compris que nous avions interrompu un moment de baignade, mais n'eus pas le temps d'appuyer mes réflexions sur son attitude étrange que je lui sautais déjà dessus.

— C'est maintenant, Jack !

— Quoi, Madame ? Qu'est-ce qui est maintenant ? Je venais de sortir de l'eau quand monsieur Carmichael nous a emmenés sans que je puisse enfiler ma chemise ni mes chaussures. D'ailleurs, elles sont encore là-bas, alors si…

— Isabelle accouche ! Jack !

— Oh !

Le majordome pâlit, réalisant qu'il allait enfin mettre à profit ses compétences de sage-femme, ou sage-homme comme venait de l'inventer Johnny.

— Elle a des contractions toutes les cinq minutes.

Un cri retentit. Isabelle souffrait atrocement.

— Dépêchez-vous, Jack ! hurla Johnny qui sortait de la maison. On dirait qu'on égorge une truie ! Vite !

Jack prit un instant pour se ressaisir. Son regard erra de gauche à droite puis il dit :

— Il me faut de l'eau chaude, mes gants chirurgicaux et des draps. Dans ma sacoche, qu'il faudra m'apporter, vous trouverez une paire de ciseaux, que vous désinfecterez avec de l'alcool à 90°.

— Je m'en charge, annonça Jared. Je vais t'assister.

— Prends aussi mon tablier, s'il te plaît.

— Entendu.

C'était la première fois que j'entendais Jack s'adresser à Jared avec une telle douceur. Je penchai un peu la tête pour l'observer. Il rougit de plus belle et se pinça les lèvres pour ne pas sourire. Je l'imitai, mais un hurlement d'Isabelle nous rappela vite à l'ordre.

Nous rentrâmes dans la chambre. Ma fille se tordait de douleur sur le lit. Je compatissais à sa souffrance, l'ayant moi-même éprouvée pour la mettre au monde. Autour d'elle, tous les habitants de cette maison formaient un demi-cercle devant le lit, la regardant comme s'ils assistaient à la naissance de Jésus dans l'étable, les animaux de ferme en moins. Connor lui tenait la main et Prisca lui massait le dos.

Jack fit irruption dans la pièce et lâcha un petit cri.

— Mais qu'est-ce que vous faites tous ici ?! Sortez ! Seuls monsieur Connor et sa mère peuvent rester. Les autres, dehors !

— Ouais, bah, je ne vais pas me faire prier pour me barrer de là ! Viens, Jésus, lâcha Johnny qui écarquillait des yeux épouvantés.

Carmichael et Prisca les suivirent. Mon frère resta planté près du lit.

— Ethan, sors, lui ordonnai-je après un soupir.

— J'aimerais beaucoup rester et voir ce…

— Casse-toi ! lui hurla Isabelle avant de pousser un nouveau cri.

Mon frère haussa les épaules et sortit. Connor était pâle comme un linge.

— C'est ta faute ! l'invectiva Isabelle. Si tu n'avais pas…

— Qu'est-ce qu'il s'est passé, Monsieur ?

Jared entra dans la pièce, muni d'une bassine d'eau chaude, de quelques instruments et du tablier qu'avait demandé Jack. Ce dernier l'attacha à la taille. La vision du majordome torse nu sous son tablier était plutôt singulière. Devant le silence de son maître, il insista.

— Monsieur ?
— On a…
— On a baisé ! cria Isabelle après une nouvelle contraction. Et il y a été si fort que j'ai perdu les eaux.

Je posai ma main sur ma bouche, ma mâchoire faillit se décrocher. Jared se mordit les lèvres pour ne pas rire. Jack, lui, ne put s'en empêcher.

— Mademoiselle, non, ce n'est pas possible, ça… Si vous avez perdu les eaux, ce n'est pas à cause de Monsieur. Ça devait arriver, c'est tout.
— Tu vois, ma chérie, lui lança Connor, penaud, mais soulagé par les paroles de son majordome, j'y suis pour rien.
— Je n'y crois pas une seconde !
— Princesse, c'est toi qui m'as demandé d'y aller…
— On se passera des détails, Connor, lui signifiai-je.
— C'est ce qu'on appelle un déclenchement à l'italienne, expliqua Jack à Isabelle en posant une main sur son ventre, non sans un grand sourire. Et rassurez-vous, Mademoiselle, tout va bien se passer.

Un nouveau hurlement de ma fille déchira l'atmosphère. Je me positionnai à côté du lit, mais à l'opposé de Connor. Je tins la main d'Isabelle.

— Jack a raison. Tout va bien se passer.

Elle poussa un nouveau cri.

— Oh ! lâcha Jack en tournant ses yeux vers Connor. Vos bébés sont vigoureux, l'un d'eux est déjà là.
— Sortez-le, bordel ! beugla Isabelle avec une voix qui me fit sursauter.
— Très bien, alors poussez, et quand je dirai stop, arrêtez. D'accord ?

Elle hocha plusieurs fois la tête puis serra ma main si fort que je crus que mes phalanges allaient se briser. À voir la tête de Connor, les siennes l'étaient déjà. Jack donna ses instructions et Isabelle l'écouta. Je connaissais sa confiance en cet homme. Son regard sur lui me prouva qu'elle n'aurait jamais voulu que quelqu'un d'autre assure cette tâche.

Un cri de bébé investit la pièce. Mon sourire s'élargit jusqu'aux oreilles. Je posai mes yeux sur ma fille et épongeai son front en sueur. Puis mon regard glissa sur Jack qui tenait le bébé entre ses mains.

— C'est un garçon ! annonça-t-il, les larmes aux yeux.

Le visage de Connor s'illumina. Il voulut s'avancer pour voir de plus près son bébé, mais il n'en eut pas le temps. Un nouveau hurlement d'Isabelle nous fit comprendre que sa jumelle n'était pas prête à patienter, maintenant que son frère était dehors. Jack eut un petit geste de panique avant de confier l'enfant à Jared qui le prit, un peu embarrassé, ne sachant visiblement comment s'y prendre. Je l'aurais bien aidé, mais ma main était broyée par celle d'Isabelle.

— Poussez ! cria Jack.

Elle s'exécuta plusieurs fois, et de nouveaux pleurs, un peu plus aigus, vinrent se heurter à nos tympans. La petite avait déjà de la voix. Jack coupa le cordon et prodigua les premiers soins. Jared le suivit jusqu'aux deux tables à langer et l'aida à nettoyer les bébés.

Je tournai mes yeux vers Isabelle qui ne m'avait toujours pas lâchée. Elle respirait vite et fort, la tête relevée, ne quittant pas ses nouveau-nés des yeux, impatiente de les tenir dans ses bras. Puis mon regard pivota vers Connor. Un sourire illuminait son visage. Il embrassa Isabelle et des larmes jaillirent de ses yeux.

— Je t'aime, ma princesse. Ma femme, je t'aime.

Il ne cessa de le répéter tandis qu'il déposait de multiples baisers sur ses lèvres. Isabelle, libérée, l'enlaça et lui témoigna son amour. Quoi que je pensasse de Connor, ce qui m'apparut entre eux à ce moment-là fut d'une telle beauté que je me mis à pleurer moi aussi. Puis Isabelle tourna son regard vers moi.

— Maman… dit-elle seulement.

— Je suis si fière de toi, lui déclarai-je, très émue.

Jack et Jared arrivèrent tous deux, chacun portant un bébé dans les bras. Ils les avaient emmitouflés avec un bonnet et une gigoteuse assez épaisse pour réguler leur température. À la couleur du bonnet, on pouvait différencier le garçon de la fille. Des petits cris s'échappèrent de la minuscule bouche de cette dernière. Jared la déposa dans les bras de Connor, dont le visage se transit d'émotion. Un sourire béat s'étira sur ses lèvres. Une de ses mains tatouées se leva. Il posa un doigt sur le nez de sa fille. Puis ses yeux se tournèrent vers son fils que Jack posait contre la poitrine d'Isabelle. Isabelle apposa ses mains sur le dos du petit, et moi je contemplai l'expression de bonheur sur ses traits de jeune maman.

— Leur avez-vous trouvé des prénoms ? demanda Jared.

Isabelle et Connor se regardèrent. Je compris qu'ils n'avaient pas encore abordé la question.

— J'ai bien une idée, formula la jeune maman, et je voulais t'en parler, mais j'ai été prise de court.

— Dis-moi, princesse.

Elle baissa la tête sur son petit garçon.

— Lior.

Puis elle leva les yeux vers sa fille.

— Kathelle.

Connor dévisagea un instant la mère de ses enfants, intégrant les prénoms qu'elle venait de lui soumettre. Puis ses lèvres se retroussèrent et son regard coula sur sa fille.

— Kathelle, dit-il en lui souriant, avant de river ses yeux sur son fils. Et Lior.

Le visage d'Isabelle s'illumina. Puis la porte s'ouvrit sur le reste des habitants de la maison canadienne et nous pûmes leur annoncer les prénoms des bébés. Chacun fut charmé et ne cessa de les répéter.

Lior et Kathelle.

CONNOR

*S*eul sous le porche, je respirai un grand coup. Mes poumons se gonflèrent de l'air canadien. Un sourire naquit sur mes lèvres.
Je suis papa !

Mes bébés dormaient auprès d'Izzy. Je les avais laissés dans la chambre. En fermant la porte derrière eux, mon cœur s'était serré. Il me tardait d'y retourner et de les prendre tous les trois dans mes bras. Je n'aurais pu être plus heureux qu'en cet instant. Les souvenirs de mon calvaire s'estompaient au profit de ce cet événement providentiel. J'étais père de deux enfants bien portants, dont la mère était une femme que j'admirais et pour qui j'aurais été prêt à tous les sacrifices. Mon bonheur irradiait dans ma poitrine. Alors quand mon frère se plaça à mes côtés, j'affichais toujours cette expression béate sur mon visage.

— Félicitations, mon frère.
— Merci, Carmichael.

Il arbora son plus beau sourire et me tapa dans le dos.

— Prêt à veiller toutes les nuits pendant dix-huit ans ?
— Tu déconnes ? Dans trois mois, ils feront leurs nuits.
— Ils sont jumeaux. Je ne crois pas que ce soit possible.
— Et pour quelle raison ?
— Eh bien, quand l'un va se réveiller, l'autre va l'entendre. Et vice-

versa. J'ai connu des mères natives qui ont eu des jumeaux. L'une d'elles m'a soufflé qu'elle n'avait dormi qu'une heure par nuit les premiers mois.

— Tu rigoles ?! Mais non, elle a exagéré. Et quand bien même, des mois, ce n'est rien. Je ne vais pas veiller dix-huit ans ! T'es dingue !

— Oh non ! Après, tu passeras tes nuits à t'inquiéter.

— Comment ça ?

— Quand ta fille va faire le mur pour rencontrer son petit ami en douce, par exemple.

— Tu te fous de moi, c'est ça ?

Carmichael s'esclaffa face à ma mine effarée.

— Oui, je me moque de toi.

— Sans rire… De toute façon, ma fille ne fréquentera aucun garçon avant l'âge de trente ans.

Mon frère gloussa.

— Je buterai le mec qui voudra coucher avec elle avant cet âge-là ! lâchai-je, sérieux.

— Oh, mais je n'en doute pas.

Carmichael jeta ses yeux au-dessus du lac, pensif.

— Je t'envie, me dit-il.

Je l'observai un moment. Puis je lui posai la main sur l'épaule. Il avait perdu son fils. J'avais perdu mon neveu. Je ne m'étais pas douté de la douleur qu'aurait pu provoquer cette perte, alors la sienne devait lui arracher le cœur. Avant de connaître Izzy, je n'avais jamais réellement réfléchi à la notion d'attachement. À cause de mon père, Carmichael, Prisca et moi avions été élevés dans la division. Magnus n'avait jamais chéri le concept de famille, loin de là. Je ne le découvrais vraiment que depuis peu. Et j'en étais heureux. Bien sûr, j'avais toujours été attaché à Carmichael. Même s'il m'avait séparé de Brian, mon petit frère, décédé depuis très longtemps, j'avais appris à l'aimer. À le respecter. Quant à ma sœur, Prisca, elle était un peu le ciment de notre étrange fratrie. Et puis il y avait eu l'arrivée en fanfare de Gabrielle. Elle avait chamboulé nos vies.

Mon frère avait beaucoup changé. Il avait progressé. Il n'était plus le même. L'amour l'avait rendu différent. La peine aussi. Et désormais, je pouvais comprendre ce sentiment. Mon cœur explosait dès qu'Izzy me regardait avec ses grands yeux de biche. Son absence des derniers mois et mes doutes quant à sa sécurité avaient été un enfer à endurer. Au Blézir, il m'était même arrivé de me dire qu'au moins, mort, je n'aurais plus à y réfléchir, à me torturer. Cela me rendait fou. Alors, maintenant que j'étais père des enfants de cette splendide femme, je ne pouvais que chérir ce concept de famille. Puis je repensai à Prisca et Ethan. Ouais, bon, là, fallait pas déconner. Ce mec était cinglé. Je devais raisonner ma sœur. OK pour la famille zarbi, mais quand même… Ethan, quoi !

Et puis, il y avait eu Raphaël. Ce neveu dont je n'avais découvert l'existence que trop tard. Neveu que j'avais séquestré dès notre première rencontre. Neveu qui était tombé amoureux de la femme que j'aimais. Son amour pour Izzy, je ne le comprenais que trop bien. Je ne pouvais que le respecter. J'aurais voulu le connaître un peu mieux. Même s'il me détestait. Et j'aurais tant aimé que mon frère n'ait pas à souffrir de sa perte. Qu'Izzy n'ait pas à culpabiliser de penser à lui. Je savais qu'elle avait nourri des sentiments pour lui. Il ne fallait pas être devin pour le comprendre. Elle m'avait choisi par amour, mais au fond, je savais qu'elle l'avait aimé, lui aussi. J'étais seulement plus volcanique, passionné, occupant le terrain sans retenue. Une retenue dont j'étais incapable, telle une tempête qui avait harcelé Izzy jusqu'à ce qu'elle cède. L'empêchant de réfléchir. Alors je réalisai la chance que j'avais d'avoir conquis cette femme, car Raphaël la méritait plus que moi. Il ne l'avait pas fait souffrir, lui…

— J'ai un service à te demander, déclarai-je à Carmichael.

Il tourna son visage vers moi en haussant un sourcil. Ouais, je n'avais pas souvent requis son aide. C'était une première.

— J'aimerais acheter une bague.
— Une bague ? répéta-t-il, incrédule.
— Ouais, une bague.
— Pourquoi ?
— À ton avis ? Faut te faire un dessin ?

Il rit et m'envoya un sourire goguenard.

— Tu me surprendras toujours, Connor.
— Je ne vois pas pourquoi.

— Je ne te savais pas si romantique.

— Je suis le dieu du romantisme ! m'insurgeai-je, n'en croyant pourtant pas un mot.

Cette fois, il s'esclaffa. Je l'imitai. Forcément, j'en faisais des caisses. Je n'avais jamais été un putain de Baudelaire. Izzy avait fait de moi une chochotte.

— Ça ne va pas être simple, m'annonça Carmichael. On est recherchés.

— Ouais, je sais.

— Je peux demander à Gaby de nous aider à…

— Oh non ! Tu ne lui demandes rien. Ta femme ne peut pas me sacquer. Elle serait capable de me faire acheter une breloque affreuse.

— Je ne suis pas expert en bague, Connor.

— Comment as-tu choisi celle de Gabe ?

— Johnny.

— Non.

— Si.

Je me pinçai l'arête du nez. Je réalisai que de toutes les personnes présentes dans cet endroit, cet homme était sans doute celui qui aurait les meilleurs conseils. *Merde...*

— OK. Bon, admettons que j'envisage la possibilité que Johnny nous aide dans cette démarche.

— Jésus va venir aussi, tu en es conscient.

— C'est voué à l'échec.

— Et on ne peut pas laisser Ethan ici sans qu'Izzy se doute de ce qu'il se passe.

— Quoi ?! Non.

— Si.

— Putain.

— Connor…

— Il baise avec Prisca, bordel !

— Tu ne peux pas employer le mot « baiser » en parlant de notre sœur, s'énerva Carmichael.

— Oh, pardon, Monsieur le Duc ! Il fait l'amour à notre sœur, c'est mieux ?

— Non.
— On est d'accord.
— Mais si elle l'aime…
— On s'en fout ! C'est Ethan, putain !
— Il a changé.
— Mon cul.
— Toi aussi, tu as changé.

J'écarquillai les yeux. Carmichael était-il vraiment en train de me comparer à Ethan, le fou ?

— Je t'emmerde.

Cette répartie était pathétique. J'en avais conscience. Mais je n'en avais aucune autre. Je me renfrognai comme un gamin de maternelle. Carmichael rigola comme un con et me tapa sur l'épaule.

— Il vaut mieux y aller à plusieurs. Les humains n'ont vu que quatre hommes immortels. Si nous y allons en groupe, ça brouillera les pistes. Il faudra sans doute se déguiser un peu. Et puis, qu'allons-nous dire à Gaby, Izzy et Prisca si nous ne partons que tous les deux ?

— Je commence à regretter ma demande.
— Tu peux y renoncer.
— Non, ça, c'est pas possible. Je veux épouser Izzy.

Carmichael sourit de toutes ses dents.

— C'est mignon.
— Je t'emmerde.

Décidément, je ne portais plus mes couilles.

GABRIELLE

Je m'étais mise en quête de mon mari, que je trouvai finalement sous le porche, en pleine discussion avec Connor. Quand je passai le seuil de la porte, ils s'arrêtèrent aussitôt de parler et se tournèrent vivement vers moi, l'air un peu gêné.

— Je dérange ?
— Non, répondit mon mari.
— Oui, répliqua Connor.
— OK...

J'allais faire demi-tour, en me retenant de brandir mon majeur à l'intention de mon beau-frère, mais Carmichael m'attrapa par la main.

— Viens ici.
— Je ne voudrais pas interrompre une discussion d'une si haute importance.
— Cette conversation arrivait à son terme, me dit-il. On envisageait une sortie entre hommes.
— Une quoi ?
— Une sortie entre hommes.
— C'est pas un peu dangereux ? Vous pourriez être découverts.
— On a juste envie de prendre l'air. Cette maison est bien trop petite pour nous tous, et Connor et moi, on étouffe.

— Connor s'est réveillé de la mort depuis quoi ? Cinq minutes ! Il en a déjà marre d'être père ?

— Je suis là, je te rappelle.

— Ouais, j'ai remarqué, dis-je en le fusillant des yeux. Bien, faites ce que vous voulez. Mais soyez prudents.

Carmichael se tourna vers son frère et lui lança un sourire. Puis Prisca l'appela de l'intérieur de la maison. Il me lâcha la main et alla rejoindre sa sœur, non sans me laisser un agréable baiser sur les lèvres. Désormais seule avec Connor, je m'approchai de la rambarde et pris une profonde inspiration. Un long silence pesa. Mon beau-frère prit place à ma droite et son regard se perdit à l'horizon.

— Félicitations, déclarai-je après un soupir.

Je sentis les yeux de Connor se poser sur moi. L'avais-je surpris en le félicitant ? Je n'étais pas une pimbêche à ce point-là, quand même !

— Je te remercie…

Ah, ouf.

— … Mamie.

Connard !

Mes prunelles lui lancèrent des missiles.

— Même pas en rêve tu m'appelles comme ça.

Il gloussa comme un idiot.

— Ce n'est pas moi qui vais t'appeler comme ça. Ce sont mes enfants.

— Il n'en est pas question.

— Ils vont adorer ça ! Après tout, avoir une grand-mère qui ne fait pas vingt ans, c'est pas banal, quand on y pense.

Je me tournai face à lui et carrai mes poings sur les hanches.

— On va faire un deal. Les mots « Mamie » et « Grand-mère » sont interdits. C'est clair ?

— Pourtant, mamie Gaby, c'est mignon, je trouve.

— Ma main dans ta gueule, elle va être mignonne, elle aussi.

Il s'esclaffa. Je ne pus longtemps refouler le sourire qui pointait sur mon visage. J'étais heureuse pour ma fille. J'étais heureuse qu'elle ait mis deux enfants au monde. Je redoutais seulement qu'ils soient mortels et à cette pensée, mon regard s'assombrit.

— Qu'y a-t-il ? demanda Connor, soudain un peu inquiet par ce changement d'humeur.

— Non, rien.

Il pencha la tête. Son bras tatoué remonta vers son front. Il dégagea une mèche de ses cheveux et soupira.

— Je sais ce qui te chiffonne, Gaby. J'ai eu la même réaction avant qu'Izzy me rassure. Ils seront immortels.

Je n'osais lui dire qu'il n'en savait rien.

— Izzy me l'a dit.

— Comment ça ?

— Ils ont fait des expériences sur elle au Blézir et ils lui ont dit qu'ils seraient immortels.

— Il n'y a aucun moyen de le savoir à moins que…

Je me tus en comprenant pourquoi ma fille avait cette certitude. Et en devinant ce que les docteurs avaient dû lui faire subir pour être convaincus eux aussi de l'immortalité de mes petits-enfants. La fureur m'étreignit la gorge. Ils avaient tué ma fille durant sa grossesse ! Ça ne pouvait être que cela !

Connor remarqua aussitôt mes traits se déformer. J'avais pâli et me retenais pour ne pas hurler ma colère. Ils avaient tué ma fille ! Ces enfoirés méritaient une mort atroce. Une soudaine envie de vengeance m'oppressa la poitrine. Mon souffle s'accéléra. Connor m'attrapa par les épaules.

— Gabe, qu'est-ce qu'il se passe ?!

Je plantai mes yeux dans les siens. Je tentai de retrouver une respiration normale. Je me raccrochai à l'idée que mes petits-enfants seraient éternels pour faire passer ma rage. Et je ne voulais pas mettre Connor au courant de ce que ma fille avait enduré pour avoir cette certitude.

— Pardon… réussis-je à dire, contenant mes tremblements et la fureur dans ma voix.

— Putain, tu m'as fait flipper ! Je sais que je ne suis pas l'homme que tu aurais voulu pour elle, mais quand même, j'ai mes bons côtés.

La surprise dut se lire dans mes yeux qui s'arrondissaient. Il avait réussi à me détourner de mes pensées obscures. Mais était-il sérieux ?

— Tes bons côtés sont tellement bien cachés que je ne les ai jamais vus !

— T'exagères.

Il se marra et élargit un sourire stupide.

— On pourrait peut-être prendre un nouveau départ, toi et moi.

Sa requête m'étonna tant que les restes de ma colère se dissipèrent aussitôt. Mais je n'étais pas prête à tout lui pardonner. Cet enfoiré avait séquestré ma fille. Et je n'oubliais pas qu'il n'avait jamais levé le petit doigt pour moi quand son père m'avait fait subir le même sort. Et même pire... Cependant, tout cela était du passé. Je me remémorai son expression lorsqu'il avait tenu ses enfants dans ses bras. Le regard incroyable qu'il avait échangé avec Izzy, car il l'aimait de tout son être. Et puis, nous étions immortels. C'était le frère de mon mari et il ne faisait aucun doute que j'allais l'avoir dans les pattes un moment... Je cédai.

— On pourrait, ouais... convins-je en croisant les bras sur ma poitrine.

— Je suis fou de ta fille.

— Je sais.

— Je veux la rendre heureuse.

— T'as plutôt intérêt.

— Je veux m'entendre avec ma belle-maman.

— Pousse pas le bouchon, Connor.

Il rit, et je l'imitai. *Merde. J'allais vraiment devoir le supporter.* Puis je me dis que j'en avais envie. Que je me sentais bien quand ma famille était réunie. Une famille originale, certes. Mais elle me comblait. Et après nos derniers mois de calvaire, rien ne me paraissait plus précieux qu'elle.

CARMICHAEL

— Vous êtes prêts ?

J'attendais sous le porche en trépignant. On aurait déjà dû partir depuis une demi-heure. J'aimais être à l'heure. Mais force était de constater que seul Jack partageait ce principe.

— Mon maître est toujours en retard, affirma le majordome.
— Vraiment ?

Bien sûr que Connor était en retard. Mon frère n'avait jamais su être ponctuel à un conseil. Il se plaisait à faire attendre ses hôtes et se délectait de provoquer leur agacement. Enfin, quand Monsieur daignait les honorer de sa présence. J'avais depuis longtemps appris à accepter ce travers chez lui, même si cela m'exaspérait, en particulier maintenant. Après tout, nous étions prêts à entreprendre une mission à haut risque pour qu'il trouve une bague. C'est lui qui aurait dû être impatient, pas moi.

— Bon, alors, on y va ? lança Johnny qui passait la porte en compagnie de Jésus.

Face à l'impudence de l'ami de ma femme, je faillis me taper la main contre le front. Mais son air jovial et son excitation à la perspective de cette sortie me surprirent. Je ne m'attendais pas à ce que ce citadin éprouve tant d'enthousiasme. Il portait un sac à dos de randonnée, tout comme Jésus. Nous avions pensé que ce serait plus crédible si nous nous déguisions en trappeurs pour que Gaby et Izzy ne se doutent de rien. Quand Ethan franchit la porte à son tour, je refrénai un rire. Il portait un bonnet pour cacher ses cheveux blancs. Cela ne lui allait pas du tout. Ça, et les chaussures de montagne trop grandes pour lui. Johnny s'était trompé de taille en allant faire les courses. Et comme aucun de nous n'avait de pieds aussi petits que ceux d'Ethan, il avait dû les conserver. À sa mine défaite, j'en conclus qu'il n'était pas vraiment ravi de notre escapade. Pourtant, il l'avait aussitôt acceptée lorsque je lui avais fait part de notre projet. J'avais compris qu'il aimait tellement sa nièce qu'il était prêt à se prêter à cette mascarade d'expédition. Jared arriva à son tour, chargé lui-même d'un énorme sac à dos. Gaby nous avait rappelé qu'il nous fallait de l'eau, de la nourriture, des plaids, des couvertures et avait contrôlé tous les sacs. Nous avions dû faire contre mauvaise fortune bon cœur et accepter tout ce qu'elle rajoutait dans nos besaces. Personne n'avait vendu la mèche, mais ce n'était pas l'envie qui manquait.

Connor arriva enfin, tout sourire, lunettes de soleil sur le nez. Des manches longues recouvraient ses tatouages. Comme Ethan, j'avais fait le choix du bonnet. Comme Connor, j'avais décidé de porter des lunettes pour cacher mon faciès. Nous espérions que ce serait suffisant pour nous permettre de passer incognito.

Après avoir embrassé Gaby, Prisca, Izzy et les bébés, notre troupe se mit en marche. Johnny jeta un dernier salut avant que nous nous enfoncions dans la forêt.

— Putain, Connor, tu nous seras toujours redevable pour cette épopée, lâcha le meilleur ami de mon épouse alors que son sourire l'avait quitté. Une randonnée ! Ai-je la gueule d'un mec qui fait de la randonnée ?!

— Je trouve que cette chemise à carreaux te va très bien, mon amour, lui déclara Jésus.

— Sans déc' !

Conforté par la remarque de son mari, Johnny se tortilla un peu et lui lança un clin d'œil. Cette aventure allait me paraître longue.

— Monsieur, avez-vous réfléchi au type de bague que vous voulez ? demanda Jack à Connor.

— Non. J'y connais rien en bague.

— Ce qui nous vaut cette putain de randonnée ! lui rappela Johnny en criant derrière lui.

— J'aimerais quelque chose de simple et discret, continua Connor en ignorant ce dernier.

Cette fois, Johnny pressa le pas et vint se tenir auprès de Connor.

— Putain, je ne me suis pas déguisé en Davy Crockett pour une bague simple et discrète, t'entends ?!

— Izzy préfère les choses simples.

— Izzy aime que ce soit compliqué ! Non, mais regarde le bonhomme qu'elle a choisi pour être le père de ses enfants.

Connor élargit un sourire.

— Ouais, c'est pas faux.

— Et quel est le programme, exactement ? s'enquit judicieusement Jared.

— On va à Québec.

— Oh, c'est loin ça !

— Quarante bornes.

— OK, donc quoi ? On va les faire en marchant ?

— Même pas en rêve ! s'exclama Johnny. C'est à ça que servent les natifs. On va voler jusque là-bas, hein ?

— Ouais, c'est le projet, confirma Connor. Puis on fera un bivouac dans la forêt avant de rentrer demain.

— J'en salive d'avance…

C'était Ethan. Il avait parlé. Et plus choquant encore, une once d'ironie se devinait dans ses propos. Je me tournai vers lui et lui adressai un sourire, auquel il répondit. Je m'étonnai de ce soudain changement d'attitude chez mon beau-frère.

Nous avions déposé nos bardas au pied d'un immense érable. Il se trouvait au bord d'une route déserte, à quelques kilomètres de Québec. De là, nous attendîmes qu'un véhicule capable de tous nous contenir passe pour l'arrêter. Ce fut un fourgon de livraison qui se présenta, mais le chauffeur nous snoba. En même temps, nous étions sept hommes en pleine forêt, on pouvait comprendre que ça lui paraisse risqué de stopper sa course au milieu de nulle part. Il dut avoir la frayeur de sa vie quand ses freins s'actionnèrent comme par magie. La fourgonnette s'arrêta dans un crissement de pneus. Puis Connor manipula mentalement le conducteur, et nous nous installâmes à l'arrière, au milieu des cartons.

Johnny ne cessa de râler. Ethan soupirait. Connor souriait comme un gosse, amusé par la situation. Jared prenait son mal en patience. Jack affichait toujours une mine égale. Nous formions une troupe bien étrange…

— Qu'est-ce que tu fais, Jared ? demanda Jack, tandis que son amant ouvrait un carton.

— Je suis curieux.

— Ce n'est pas bien. Des personnes attendent ces colis avec impatience, si ça se trouve.

Pour réponse, Jared éclata de rire devant sa découverte. Forcément, cela intéressa Johnny.

— Montre, bordel !

Johnny s'esclaffa à son tour quand il jeta les yeux à l'intérieur de l'emballage. Puis il attrapa une boîte et l'ouvrit. Jack s'insurgea. Johnny le repoussa tout en titubant à cause des mouvements intempestifs du fourgon et des défauts de l'asphalte. Malgré l'humeur chagrine des derniers jours, je ne pus réprimer un grand sourire lorsque je découvris ce qu'il avait dans les mains. Dans la droite, il tenait un livre, l'*Éthique* de Spinoza ; dans la gauche, un énorme godemichet violet.

— Je ne savais pas que la philo était aussi excitante ! rigola Johnny, fier de sa boutade.

Jésus vient lui arracher l'objet des mains. Il l'étudia un moment et releva ses yeux sur son amant qui lui envoya un clin d'œil. Connor soupira. Je pinçai les lèvres. Jared tenta de récupérer le godemichet, mais échoua lamentablement quand ce dernier s'envola comme par magie jusque dans les mains d'Ethan. Mon beau-frère télékinésique l'examina sous toutes les coutures. J'écarquillai des yeux ronds en le voyant si intrigué par le sex-toy.

— Rends-le à Jo, souffla Connor.

— Pourquoi ? demanda simplement Ethan, sans détacher son regard de l'objet.

— Rends-le à Jo, putain.

— Je voudrais le garder.

— Même pas en rêve !

Cette fois, Ethan releva les yeux. La fourgonnette dut rouler sur un objet sur la route, car nous faillîmes tous nous étaler sur le sol. Johnny poussa un petit cri.

— En quoi est-ce que ça te dérange que je le garde ? s'enquit Ethan en haussant les sourcils.

Je le soupçonnais de vouloir énerver Connor.

— Tu. Ne. Te. Serviras. Pas. De. Ce. Truc. Avec. Ma. Sœur ! beugla Connor.

Je me tournai vivement vers mon frère, puis reposai des yeux ahuris sur Ethan.

— Rends-le à Jo ! clamai-je à mon tour.

Ethan sourit. Un sourire si large que j'en restai hébété. Puis il lança le godemichet à Jésus qui le cala sous sa ceinture.

— Monsieur Jésus, c'est du vol ! se révolta Jack.

— Il n'a pas tort, confirma à son tour Johnny. Prends le bouquin aussi, comme ça, le client pourra dire que le colis a été perdu.

— Qu'est-ce que tu veux que je fasse de l'*Éthique* de Spinoza, bébé ?

— Je vais le prendre, dis-je en tendant la main.

Johnny me regarda, l'air surpris.

— Quand je pense que tu couches avec ma meilleure copine... T'es vraiment chelou, mec.

— Gaby n'est pas fan des godemichets.

— J'avais pas besoin de savoir ça, Carmichou.

Je n'eus pas le temps de lui expliquer mon inclination pour l'art de penser, car le camion se gara et nous pûmes enfin sortir. Nous nous trouvions près du centre-ville du Vieux-Québec. C'était somme toute très joli. Le quartier était situé sur une colline entourée de remparts, constituée de ruelles, de places et de maisons typiques de l'architecture québécoise. Mais ce n'était pas le moment pour une visite touristique, et nous nous engageâmes dans une ruelle, priant pour que l'on ne nous reconnaisse pas. Connor jetait partout des regards suspicieux, projetant son esprit sur les passants pour les sonder. Nous arrivâmes soulagés dans la bijouterie qui faisait l'angle d'une rue très passante. Elle était réputée comme la meilleure de la ville.

— Enfin ! La Terre Promise ! s'écria Johnny qui fit sursauter les deux jeunes et jolies vendeuses derrière leur comptoir.

Elles se remettaient à peine de notre présence quand elles nous saluèrent d'un timide bonjour. Connor s'avança vers elles, un sourire en coin jouant sur ses lèvres. La première fut subjuguée, la seconde fascinée. Jack et Jared partirent en direction des étals de chevalières. Jésus les rejoignit. Ethan resta planté au milieu de la boutique. Moi, je m'approchai de mon frère sous le regard médusé des deux vendeuses. Cela m'amusa de constater que je faisais de l'effet aux humaines et conforta mon ego. Puis je fus poussé sans ménagement par Johnny qui s'immisçait entre Connor et moi.

— Salut les filles, lâcha le meilleur ami de ma femme. On redescend, hein ! On cherche une bague de fiançailles.

L'air déçu de la première faillit me faire éclater de rire. La moue de la seconde était adorable.

— Oh, eh bien, d'accord, balbutia l'une d'elles. Je vais vous montrer ce que nous avons.

— Vous vous appelez comment ? demanda Johnny.

— Nathalie.

— C'est charmant. Nathalie, on a besoin d'un solitaire en diamant.

— Votre femme sera comblée.

— Quoi ?! s'exclama Johnny, ce qui fit à nouveau sursauter la vendeuse. Ce n'est pas pour moi, très chère !

— Oh, vous n'êtes pas le fiancé ?

— Non, c'est le beau gosse juste là qui va se passer la corde au cou.

La fille se tourna vers Connor et rougit quand ce dernier, un peu gêné par la tournure des événements, la rassura d'un sourire.

— Il faudra peut-être enlever vos lunettes pour observer les détails du bijou.

— Mon frère et moi avons des problèmes de vue, rétorqua Connor en me désignant de la main.

Le regard ahuri de la vendeuse passa de Connor à moi, et de moi à Connor. J'étais métis, il était blanc. Seule la forme de nos yeux pouvait trahir notre lien de parenté et ils étaient dissimulés derrière des lunettes de soleil. Nos lèvres se retroussèrent en même temps. La fille afficha un air béat.

— C'est pour cette raison que notre ami nous aide dans le choix de cette bague, lui souffla Connor près de l'oreille.

Elle faillit faire une attaque. Connor se retourna et retint un rire. Je serrai les lèvres pour ne pas m'esclaffer à mon tour. À côté d'elle, Johnny fulminait.

— Est-ce qu'on peut maintenant passer au choix de cette putain de bague ?!

— Oh, oui. Toutes mes excuses…

Elle déglutit et montra tous les anneaux du modèle que Johnny avait évoqué. Il s'extasia devant plusieurs d'entre elles. Quand enfin il porta son choix en s'écriant « C'est celle-ci ! », Connor se pencha sur la bague et fit non de la tête.

— Elle ne pourra plus lever le bras avec un truc pareil au doigt !

— On en parle ou pas, de la force de ta future femme ?

La vendeuse s'interrogea sur cette remarque en clignant des yeux, mais ne commenta point. Connor se tourna vers elle.

— Moins gros, s'il vous plaît.

Johnny, déçu, soupira et hocha la tête en direction de la fille comme s'il comprenait sa surprise. Il consentit enfin à montrer des modèles un peu plus simples et un peu moins gros à mon frère. Cette fois, Connor trouva son bonheur.

— Celle-ci sera parfaite.

— Eh bien, voilà ! lança Johnny. Bébé, viens voir !

Jésus nous rejoignit, un large sourire plaqué sur son visage.

— Il a choisi ?

— Ouais.

— Oh, elle est magnifique !

Johnny courba ses lèvres. Si Jésus validait, l'affaire était conclue. Peu importait que le fiancé soit Connor.

Nous repartîmes tous très enthousiastes de la boutique. Même Ethan. Après le calvaire des derniers mois, cette sortie était comme une bouffée d'oxygène. Elle avait le goût de la liberté. Mes acolytes étaient heureux. Et malgré le chagrin et le deuil qui m'habitaient depuis la mort de mon fils, en cet instant, je l'étais un peu aussi.

GABRIELLE

*A*ssises sur des fauteuils confortables, le regard perdu sur l'horizon, nous nous tenions sur le bord du lac. Le soleil miroitait sur l'eau en milliers d'éclats scintillants. La forêt d'érables à la couleur écarlate sublimait cet endroit majestueux. L'air était doux, et la température agréable.

Je portais Lior dans mes bras. Isabelle donnait le sein à Kathelle.

— Je serais curieuse de savoir comment se déroule cette randonnée, dis-je, tout en tapotant du doigt le nez retroussé de mon petit fils.

— Tu ne la trouves pas étrange, cette escapade ?

— Pas qu'un peu !

Izzy avait raison. C'était bizarre. Johnny était parti très enthousiaste, alors qu'il détestait marcher. Alors passer, en plus, la nuit à la belle étoile… Cela ne lui ressemblait pas du tout, lui qui aimait tant les lits douillets. Les hommes nous cachaient quelque chose, c'était certain. Mais le calme de la maison canadienne était si agréable, que je ne cherchais pas à comprendre ce qu'il leur avait pris. Vivre les uns sur les autres, sans intimité, devenait pénible. J'étais donc bien contente de me retrouver seule, en présence de ma fille et de mes petits-enfants.

Mes yeux se tournèrent vers Izzy et mon cœur se gonfla de la voir si apaisée, après ces derniers jours où la mort de Raphaël l'avait tant abattue. Le chagrin semblait enfin avoir déserté son regard.

— Pour une fois, déclarai-je, Connor a fait quelque chose de bien. Tes bébés sont magnifiques, Izzy.

Elle me sourit et secoua la tête.

— Connor a beaucoup changé.

— C'est le moins qu'on puisse dire, lâchai-je. On peut dire qu'il a progressé. Il partait de loin !

— Le trouverais-tu sympathique, à présent ?

— Faut pas pousser.

Elle rit, puis posa un regard sur sa fille qui tétait avidement son mamelon.

— Je suis heureuse, Maman. S'il n'y avait pas eu…

La mort de Raphaël.

— … enfin, tu sais. Mon bonheur serait complet.

— Oui, je sais, ma chérie. Et on peut dire que l'arrivée de ces petits anges tombe à point nommé. Après le calvaire du Blézir, on avait besoin d'une bonne dose de bonheur. Ces bébés sont un cadeau du ciel. J'en oublierais presque mes désirs de vengeance.

Elle releva vivement la tête vers moi. Son regard se fit sérieux. Elle inspira.

— Je ne veux plus me venger, Maman. Je veux simplement vivre aux côtés de Connor et mes enfants… et oublier.

Je l'observai, incrédule. Puis je pensai au massacre qu'elle avait commis. Izzy avait eu la possibilité d'assouvir sa propre vengeance. Mais Ethan, Prisca, Connor, Carmichael et moi n'avions pas eu cette chance. Burns, Briggs et les docteurs Shermann et Arroudian méritaient une mort lente.

Je ne pouvais me résoudre à laisser mon besoin de revanche de côté. J'en étais même incapable. Carmichael n'en parlait pas, mais il voulait châtier les meurtriers de son fils plus que tout. Je l'avais vu dans son regard assombri par l'amertume. Par sa haine. Par son chagrin. Il en était si transi que j'espérais que cette escapade étrange lui change les idées. C'est à peine s'il m'avait touchée depuis l'annonce de la mort de

Raphaël. Mon mari me manquait. Il avait perdu un peu de son âme. Même s'il tentait de le cacher, je le devinais dans ses silences, dans ses yeux émeraude, dans sa voix plus faible qu'à l'accoutumée. Alors, non. Nous ne pouvions laisser nos tortionnaires s'en sortir aussi facilement. De plus, nous étions désormais des fugitifs. Les commanditaires de Burns nous rechercheraient pour l'éternité s'ils y étaient obligés. Nous devions leur faire passer l'envie de nous courir après si nous voulions espérer une vie un tant soit peu normale. Mais en contemplant le visage du petit Lior, ma détermination s'ébranla. Mon regard vrilla vers Kathelle. Avions-nous vraiment envie de prendre le risque de les exposer à cette lutte ? Ne devions-nous pas les protéger de la folie des hommes ? N'avions-nous pas mérité la paix ?

Je soupirai en regardant à nouveau le lac. La nature conférait une dimension onirique à ce paysage. Je me sentais en paix, là, en cet instant. Alors, la vengeance était-elle nécessaire pour tourner la page ? Peut-être pas. Mais quand les souvenirs du calvaire que j'avais vécu déformèrent la vision enchanteresse que j'avais devant les yeux, je retins une profonde colère. Je me rappelais Briggs qui attrapait la tête de Raphaël pour la placer entre mes jambes. Je repensais à toutes les ponctions que j'avais subies. J'avais été écorchée, mutilée, observée comme un rat de laboratoire. Je n'avais été qu'un animal à leurs yeux. Rien d'autre. Un cobaye. Mais de cela, je ne voulais rien confier à Isabelle. Pas après son accouchement. Pas après le réveil de Connor. Elle méritait de vivre sa maternité sereinement, comme moi-même je l'avais vécue aux côtés de son père.

— Je suis ravie de revoir mes pieds ! lança-t-elle, afin, je le savais, de me détourner de mes pensées obscures.

Je lui souris. Je comprenais parfaitement cette impression. Retrouver un corps normal. Se mouvoir naturellement. Puis je songeais que moi aussi, je voulais redevenir la Gabrielle que j'étais avant le Blézir. Celle qui partageait sa vie avec son mari, goûtant chaque jour sa présence et cette nouvelle vie. Nouvelle vie qui s'était éteinte après l'explosion du château d'Altérac. Nouvelle vie qui s'était achevée quand Izzy avait été séquestrée par la faute de Guillaume. Nouvelle vie qui n'était plus qu'une succession de jours à se soustraire à la colère des hommes. Notre situation était une impasse. Il nous fallait trouver une façon de vivre. Je voulais vivre. Et plus encore, je voulais que ma fille et mes petits-enfants puissent échapper à cette existence de fugitifs. Mais comment ?

JARED

— C'était vraiment une très mauvaise idée ! s'énerva Connor qui ne s'en sortait pas avec le montage de sa tente.
— Je ne te le fais pas dire, putain ! beugla Johnny à son tour, tout aussi incompétent à dresser la sienne.

Je soupirai puis lançai un sourire à Jack. Lui et moi avions été méthodiques. Je devais avouer que mes années dans l'armée m'avaient rompu à l'exercice. Mais bon, on ne pouvait pas dire que c'était la patience qui les étouffait, ces deux-là. Ethan, lui, nous observait et imitait nos gestes. Carmichael se débrouillait très bien. Une fois que nous eûmes fini de gonfler nos matelas, Jack et moi allâmes aider nos acolytes impatients. Puis, une fois la tâche terminée, je partis chercher du bois et entrepris de faire un feu. La nuit tombait.

À ma grande surprise, Connor sortit de son sac des sandwichs absolument délicieux. Ses dons culinaires ne cessaient de m'épater. Nous nous régalâmes devant la flambée. Assis autour du cercle de pierres qui contenait le feu, nous devions offrir un spectacle on ne peut plus pittoresque.

— Quelqu'un a une chanson paillarde à nous interpréter ? se moqua Johnny, avant de pousser un petit cri.

Jésus éclata de rire. Son mari ne cessait de regarder derrière lui, comme si un loup allait surgir des bois. Le moindre bruit l'effrayait. Je ne pus refouler l'envie de lever les yeux au ciel.

— Je n'aurais pas cru cette excursion aussi captivante, déclara Carmichael.

À la lueur des flammes, son étrange regard émeraude était fascinant. Il semblait pourtant triste, et ce malgré l'expression bienveillante sur son visage. Il n'était pas difficile de deviner qu'il aurait aimé que son fils Raphaël fasse partie de l'aventure. Connor dut percevoir son chagrin et posa une main sur le genou de son frère. Ce geste de sollicitude me toucha. Ils se dévisagèrent un moment puis le plus jeune retira sa main et lança un clin d'œil à son aîné. Il n'avait pas besoin de mots pour se comprendre. Carmichael secoua la tête et esquissa un sourire.

— Comment vas-tu faire ta demande ? s'enquit-il.

— J'en sais foutre rien.

— À genoux, mec, lâcha Johnny.

Connor l'examina, les yeux plissés, semblant réfléchir à l'idée qu'il venait de lui soumettre.

— Quoi ? demanda Jo alors que le regard de son interlocuteur s'éternisait. J'te propose pas de me tailler une pipe, rassure-toi !

— Encore heureux, putain ! s'insurgea Connor.

Nous éclatâmes tous de rire devant son air stupéfait. Puis il redevint sérieux, réfléchissant cette fois activement à la manière dont il allait s'y prendre.

— Izzy n'est pas du genre à aimer ce genre de déclaration théâtrale, lâcha-t-il en reportant ses yeux sur les flammes.

— Izzy est *complètement* du genre à aimer le théâtral ! rétorqua Johnny.

— Je suis d'accord, enchaîna Jésus.

— C'est une romantique, surenchérit son mari.

— Encore d'accord, confirma Jésus.

La discussion se poursuivit, entre les conseils des deux époux et les soupirs de Connor. Carmichael observait la scène d'un air amusé. Ethan semblait perdu dans ses pensées. Soudain, je sentis le regard de Jack se poser sur moi. Je le regardai puis lui souris. Je me levais alors, prétextant aller chercher encore un peu de bois pour alimenter le feu.

— Je vais l'accompagner ! lança Jack à toute l'assemblée.

Personne ne fit de commentaires, mais à l'expression de Johnny, je compris qu'il luttait pour ne pas nous faire part de ses pensées. Il s'abstint, cependant. J'allai me saisir de la lampe torche avant de m'éloigner du camp.

Jack se tenait derrière moi et se rapprochait doucement. Quand nous fûmes suffisamment loin pour n'être plus visibles, il me prit la main et la chaleur de ses doigts irradia ma peau. Je refrénai l'envie de le tirer plus près de moi et de l'étreindre. Mais j'avais toujours peur de l'effrayer, malgré nos premiers rapprochements charnels au bord du lac.

— Il me tarde que nous ayons un peu d'intimité, lui dis-je dans un soupir.

— Je suis désolé.

Je m'arrêtai, ne m'attendant pas à des excuses de sa part. Perplexe, je l'observai. La lumière de la lune filtrait à travers les feuillages et éclairait son visage. Sa cicatrice aurait pu me paraître effrayante sous cette pâle lueur, mais il n'en était rien. Je la trouvais aussi belle que tout ce qui l'entourait.

— De quoi ? demandai-je.

— De tout ça.

— Quoi, tout ça ?

— Cette situation, Jared. Tu aimerais sans doute que nous vivions notre relation sans avoir à partager la chambre de mon maître, d'Isabelle et des bébés. Je t'ai entraîné dans une aventure dangereuse et tu ne te plains jamais. Mais je devine que ça doit te peser, alors vraiment, sache que je suis navré de t'avoir embarqué là-dedans.

Un sourire se coula sur mes lèvres. Cet homme ne réalisait décidément pas tous les sacrifices que j'étais prêt à faire pour lui.

— Cette situation me convient parfaitement, Jack. Je sais qu'elle ne durera pas éternellement. Je suis déjà heureux de t'avoir rencontré, de partager un bout de ta vie. J'aimerais que…

Je m'arrêtai là. Il n'était pas encore temps de lui avouer à quel point je désirais le toucher, l'étreindre et l'embrasser.

— J'aimerais juste, continuai-je, après un court silence, pouvoir passer plus de moments seuls avec toi.

Ce fut à son tour de sourire. Nous nous remîmes en marche. Puis Jack reprit la parole :

— J'ai... aimé ce que tu m'as fait la dernière fois.

— Vraiment ? déclarai-je, lui dissimulant à quel point ses mots me gonflaient de joie.

— Oui, vraiment.

Nous continuâmes à progresser dans la forêt. Je ramassais des branches sèches et quand je me relevai, je croisai les yeux de mon amant. Ils me semblaient avides de désir. Mais n'était-ce pas ce que j'espérais y voir ? Je ne voulais pas brusquer les choses, seulement, cela devenait âprement difficile s'il me lançait de tels regards. Je formai un tas de branches sous mon bras de façon à le transporter plus facilement. Ce fut à ce moment que Jack s'approcha derrière moi et posa une main sur son épaule.

— J'aimerais que tu me touches à nouveau, murmura-t-il d'une voix gênée. J'aimerais te toucher moi aussi. À vrai dire, je ne fais qu'y penser.

En entendant ces mots, mon cœur explosa, ma raison s'envola, englouti par le désir haletant que j'avais de cet homme. Je lâchai le bois, fis volte-face et le plaquai contre un arbre. Ma bouche fondit sur la sienne. Ma langue la visita. Je laissai tomber la lampe torche et posai mes mains sur son buste. Les siennes se placèrent sur mes fesses, qu'elles empoignèrent d'un geste possessif.

— J'ai envie de toi, chuchotai-je, tandis que mon front se posait contre celui de Jack.

Contre toute attente, sa main descendit lentement jusqu'à mon entrejambe. Je manquai une respiration, tandis qu'il me libérait de ma ceinture, faisant glisser mon pantalon et mon boxer sous le galbe de mon postérieur. Puis il enroula ses doigts autour de ma hampe dressée, ce qui m'arracha une plainte.

— Jared...

Putain...

J'avais besoin de sentir cet homme, de le toucher, de lui montrer à quel point je le voulais, corps et âme. Mais il n'était pas question qu'il vive sa première fois avec un homme dans les bois, et à quelques mètres de ses amis. Alors que j'étais en proie à mes réflexions lubriques, le souffle erratique, le cœur martelant ma cage thoracique, Jack se mit à genoux et releva son visage vers moi.

— Tu ne vas pas me demander en mariage, hein ? déclarai-je, surpris par son audace, un air mutin jouant sur mes lèvres.

Il fit non de la tête, d'un geste un peu hésitant.

— J'étais parti pour la deuxième option, dit-il, d'une voix légèrement chevrotante. J'aimerais… j'aimerais essayer, si tu es d'accord.

C'était adorable. Mais je cherchais de l'air. Alors que mon désir atteignait son paroxysme, je n'osais caresser l'espoir que Jack se lancerait de cette façon. Dès que je hochai la tête, il combla mes espérances. Je plaquai mes mains contre l'arbre en émettant un râle tandis que sa bouche glissait le long de mon membre. Il s'y prit avec une certaine maladresse au début. Ce qui me fit sourire. On devinait dans ses gestes l'apprentissage d'un acte qu'il n'avait jamais effectué. Je redoutai de le regarder s'exécuter, de peur de ne pouvoir me retenir. J'étais si heureux, si comblé. Là, entre ses lèvres chaudes, sa main devenant experte à mesure qu'il multipliait les va-et-vient, je n'arrivais même plus à penser. L'extase m'emportait. Puis il se recula un peu. Je sentis son souffle sur mon sexe qui me faisait mal tant j'étais proche du point de rupture. Je baissai enfin les yeux sur lui. Il m'observait. Et c'est alors que j'entendis la plus belle des déclarations. Une déclaration que l'on ne m'avait jamais faite avant. Simple et si exquise.

— J'aime tout de toi, Jared.

Mes jambes fondirent. Mes genoux percutèrent le sol, me plaçant face à lui. Mon visage à quelques millimètres du sien.

— Et moi, je t'aime, Jack.

Il m'embrassa avec une passion démesurée. Comme si enfin, il assumait son attirance pour moi, sans que rien ne le fasse douter de son choix. Moi, un homme. Cette pensée me rendit heureux. M'apaisa. Mes mains étaient partout sur lui. Mes doigts se glissèrent sous son pantalon. Je l'empoignai tandis que nos lèvres se dévoraient.

— Je t'aime aussi, Jared. Je suis même… fou de toi.

Il avait dit cela avec un naturel désarmant, entre deux soupirs, entre deux gémissements. Oh, oui, j'étais amoureux de cet homme, et il m'aimait. Mon cœur se gonfla. Peut-être qu'un jour, je me prosternerais à ses genoux, avec une demande, moi aussi. Mais il n'était pas encore temps. Pour le moment, je ne voulais qu'entendre ses mots doux, ses grondements rauques, sentir ses mains enfouies dans mes cheveux, et qu'il sache à quel point je le désirais.

Je le voulais pour toujours à mes côtés.

CARMICHAEL

Cela faisait déjà deux semaines qu'Isabelle avait accouché. Les cris des bébés résonnaient dans la maison sans discontinuer. Johnny allait péter un plomb.

— Quand c'est pas l'un, c'est l'autre ! Aussi chiants que leur mère ! brailla-t-il assez fort pour qu'Isabelle l'entende depuis la chambre.

— Je t'emmerde ! beugla-t-elle, ce qui me fit sourire.

Mon frère Connor était méconnaissable. Il n'avait pas encore fait sa demande. Je devinais qu'il était mort de trouille. Il m'avait dit qu'il la ferait quand la situation s'y prêterait enfin, et que les bébés auraient passé l'âge de l'allaitement, ce qu'il estimait à pas plus de trois mois. Il espérait ainsi de nouveau disposer de la poitrine d'Isabelle à sa guise, ainsi qu'il le précisa. Il souhaitait aussi que l'on déménage dans un endroit plus grand. Il n'avait aucune envie de fêter l'événement dans la même chambre que Jack et Jared, et les bébés.

Aucun de nous n'avait vraiment d'intimité, ici. Cela commençait d'ailleurs à se ressentir chez chacun de nous. Vivre les uns sur les autres en permanence devenait insupportable. Je pouvais donc comprendre que Connor repousse un peu sa demande. Il espérait profiter de sa future épouse en toute liberté et cela me semblait bien normal. Ils l'avaient tous deux mérité. Je ne l'avais jamais vu si heureux, si prévenant aussi. Ce n'était tout simplement plus mon frère. Loin de ses responsabilités de roi, après notre douloureuse séquestration, et profondément amoureux de sa dulcinée, Connor s'était transformé. Et il n'était pas le seul…

Je remarquai également un changement chez Ethan. Il était plus disert, riait par moment, et lançait même certains sujets de conversations. Ma sœur avait l'air d'éprouver des sentiments très forts pour mon beau-frère, bien que ce dernier ne semblât pas réellement s'en apercevoir. Certes, cette ébauche de relation ne m'avait pas beaucoup plu au départ. Je connaissais Ethan et ne cessais de ressasser tout ce que je savais de lui. Je n'avais jamais parlé à personne de ce que j'avais appris de ses agissements, bien avant qu'il rencontre Gabrielle. Il était un enfant sous la coupe de mon père, à cette époque. L'emprise de Magnus sur Ethan était telle que ce dernier l'avait vénéré comme un dieu. Je savais qu'en le sortant de la tour de Londres, dans laquelle il était enfermé depuis sa naissance, j'avais une petite chance de l'aider. Cela avait mal tourné, au début, mais grâce à Gaby et plus tard de leur mère, il avait changé, et je lui faisais confiance. Sauf que je n'avais pas envisagé la possibilité qu'il tombe amoureux de ma sœur.

Nous formions donc tous une bien étrange famille. Ma femme était une de mes cousines éloignées, son frère fréquentait ma sœur, sa fille était la mère des enfants de mon frère. Bref, comme le disait Johnny, une belle famille de consanguins ! D'autant que nous avions les mêmes ancêtres et que notre arbre généalogique remontait certainement aux Six, ces immortels que nous avions combattus quarante ans auparavant, et que nous avions terrassés. Décidément, notre destinée était bien étrange. Je me rappelai alors la prophétie d'Égéria :

« Deux élus dont la souveraineté sera toute puissante, frère et sœur de sang, elle seule en sera le cœur, car ils seront à l'origine de l'Avènement de ceux qui ont été choisis. Un pouvoir ultime et si grand qu'un acte isolé à leur encontre provoquera l'annihilation du monde terrestre. L'issue finale ne dépendra que des choix qu'ils feront. Élus dans l'âme ils resteront, élus dans l'âme, ils mourront. »

Beaucoup pensaient qu'il s'agissait de Gabrielle et de moi, d'autres d'Ethan et de Gabrielle. Mais pouvait-on dire que nous avions provoqué l'Avènement des natifs ? Nous y avions cru, à une époque, lorsque Gabrielle et moi gouvernions, mais ce n'était plus le cas à présent. Il apparaissait alors que plusieurs natives tombaient enceintes quand nous nous trouvions dans les parages. Nous avions alors convenu que notre don si singulier d'attraction nous avait conféré ce pouvoir. Cela lui avait même donné un sens. Mais en ce jour, après notre séquestration, au regard de la menace sur nos vies et celle des natifs, on ne pouvait décemment plus parler d'Avènement. Nous en étions même loin.

Un soir, lors d'un délicieux dîner concocté par Connor, nous prîmes deux décisions.

La première : nous devions assister au procès de Guillaume. Thomas, paniqué, avait appelé Gabrielle. Les natifs réclamaient la tête de son fils. Évidemment, je les comprenais. Moi-même, je voulais me venger de cet homme à qui je devais la mort de mon fils, la destruction de mon château et la fin du mode de vie de toute notre communauté.

La seconde : nous devions négocier avec les humains afin de protéger les natifs. C'était mon idée. Bien que notre désir de vengeance contre les commanditaires de notre séquestration fût toujours bien ancré dans nos esprits, le bien de notre espèce devait passer avant toute autre considération. Afin de déterminer la meilleure façon d'atteindre notre objectif, nous avions donc demandé à Thomas de nous rejoindre au Canada. Il devait arriver dans quelques jours, en compagnie de Laura Petersen. Tous deux tentaient de préserver le calme parmi les natifs. Nos semblables s'inquiétaient de notre sort et quelques-uns voulaient abattre leur vengeance sur les humains, ainsi que sur Guillaume, bien entendu. Il nous fallait trouver une solution pour maintenir la paix au sein de la communauté. J'espérais que Thomas saurait y parvenir. Mais en tant que père de Guillaume, il avait des difficultés à trouver des soutiens.

Mes pensées furent soudain interrompues quand une voiture s'avança dans l'allée. Je me levai brusquement du fauteuil installé sous le porche. Mes nerfs se tendirent. Gabrielle et Ethan me rejoignirent aussitôt, Isabelle aussi. Nous avions la faculté de deviner les émotions les uns des autres, en particulier quand ces dernières se révélaient exacerbées. L'angoisse qui s'était emparée de moi à la vue de ce véhicule les avait attirés comme des mouches. Il n'en fallait pas plus pour que Connor et Prisca les suivent.

— Est-ce Thomas ? demanda ma sœur.

— Non, il ne doit pas arriver avant deux jours.

La voiture se gara dans l'allée. Notre nervosité était à son comble, nos corps tendus, nos pouvoirs prêts à anéantir les intrus. Une portière s'ouvrit, puis les trois autres. Un homme en uniforme, visiblement haut gradé et portant un écusson européen scotché sur le bras, sortit en premier. Une femme le suivit, flanquée de deux soldats manifestement attachés à sa protection. Je déglutis. On nous avait trouvés. Mais pourquoi n'étaient-ils que quatre ? D'autres soldats se cachaient-ils dans les fourrés ? Allions-nous être pris d'assaut ? Au moins, à l'extérieur de la maison, il n'y avait aucune chance qu'un gaz annihile nos pouvoirs. Je descendis les marches du porche en premier tandis que mon regard parcourait la forêt. Je ne sentis aucune présence. Je me tournai vers Connor, plus doué que moi en télépathie. Il me fit non de la tête. Derrière la fenêtre, je perçus la silhouette de Jack et Johnny. Jared et Jésus devaient s'occuper des bébés.

— Monsieur Carmichael ? demanda l'homme en uniforme, avec un léger accent italien.

— À qui ai-je l'honneur ?

— Au commandant Perminia, Monsieur.

— Et que commandez-vous, exactement ?

— Les forces militaires européennes pour lesquelles vous et les vôtres avez longtemps œuvré. Vous avez sans doute connu mon prédécesseur, le commandant Derval. Ce dernier a pris sa retraite récemment.

Je ne fis aucune remarque, attendant la suite. Les souvenirs des mercenaires du Blézir m'étaient revenus telle une gifle, et je me sentais nerveux à la vue de l'uniforme. Je devinais déjà que les miens éprouvaient la même pénible sensation.

— Je vous présente la présidente de la Commission européenne, madame Salvory.

Le commandant, visiblement proche de la soixantaine, tendit sa main vers la femme qui hocha la tête en guise de salut. Elle portait un tailleur-pantalon strict, des cheveux blancs et courts, ainsi que des lunettes un peu trop grandes pour son visage ovale.

— Pouvons-nous discuter à l'intérieur ? s'enquit-elle de la voix sèche d'une femme déterminée, mais pas menaçante pour autant.

— Je pense que nous sommes très bien, ici.

Elle m'observa un moment, puis se tourna vers Isabelle. Ses yeux se posèrent sur son ventre.

— Je vois que vous avez accouché. Je vous présente mes félicitations, Madame.

— Tu peux te les carrer où je pense, tes félicitations !

Izzy n'était pas à prendre avec des pincettes en ce moment, et la présidente aux yeux écarquillés venait d'en faire les frais. Le manque de sommeil, sans doute. Ou les hormones.

— Que nous vaut la visite de la présidente de la Commission européenne ? m'enquis-je avec fermeté.

— Nous serons peut-être mieux à l'intérieur pour…

— D'abord, vous nous dites ce que vous voulez, la coupai-je.

— Nous avons besoin de nous entretenir avec vous.

Connor s'esclaffa.

— Vous vous foutez de notre gueule, c'est ça ? grogna mon frère après s'être froidement repris.

— Écoutez, dit le commandant, nous sommes venus ici de façon clandestine. Notre visite est secrète et nous avons pris de grands risques. Nous sommes au courant de ce que vous avez subi et…

— Vous nous avez abandonnés, lâchai-je en haussant la voix. Nous avons aidé les forces européennes dans toutes leurs délicates missions, et vous nous avez laissés être la proie de tortionnaires. Vous avez échoué à protéger notre secret, d'autant que nous savons que les natifs seront bientôt livrés en pâture à toute la planète.

Le commandant se racla la gorge. La présidente prit la parole.

— C'est déjà le cas. Leur existence a été révélée par les médias, il y a à peine vingt minutes de cela.

Mon sang quitta mon visage, mes jambes devinrent molles. Le cauchemar continuait. Tous les natifs devaient absolument se cacher.

Prisca comprit aussitôt mon regard et fila dans la maison pour appeler Thomas, le seul, avec Laura, à avoir les moyens de prévenir tous nos semblables des dangers encourus. Certains n'avaient sans doute pas vu les informations, comme c'était d'ailleurs notre cas. Il nous fallait faire vite.

— Alors vous êtes là pour ça, nous prévenir ?

— Non, répondit la présidente, nous avons eu vent de votre désir de négocier avec l'humanité. Nous aimerions amorcer ces négociations, de manière moins formelle.

— Comment vous avez-nous trouvé ?

— Nous avons un informateur parmi les vôtres. Il n'a pas été difficile d'infiltrer la communauté native avec tous les remous qu'elle subit actuellement. De plus, nous nous sommes entretenus avec un certain Thomas Valérian. Il a souhaité que nous convoquions un sommet avec les dirigeants de cette planète pour débuter les pourparlers. Le commandant Perminia et moi-même avons simplement décidé qu'il serait plus habile de discuter de ce qui vous attend avant que cette rencontre n'ait lieu.

— Pourquoi aurions-nous confiance en vous ?

— Rien ne vous y oblige. Mais je ne serais pas venue en personne si votre sort m'était égal.

Je ne m'étais pas attendu à une telle remarque. Je tournai les yeux vers Gabrielle et les autres. Ils me donnaient leur assentiment. D'un geste de la main, je fis signe au commandant et à la présidente d'entrer.

ISABELLE

Le commandant et la présidente s'assirent sur le divan. Connor, ma mère et moi siégeâmes face à eux. Carmichael, Ethan et Prisca se postèrent debout derrière nous. Jared et Jack nous rejoignirent, tandis que Johnny et Jésus s'occupaient de Lior et Kathelle. Les cris de Johnny me laissèrent deviner que ce n'était pas une partie de plaisir. La présidente se tortilla sur sa chaise quand elle entendit « *Non, mais tu le crois, Jésus, il m'a chié dessus, ce petit monstre !* », mais aucun de nous ne bougea d'un poil. D'une, parce que nous avions l'habitude des saillies déroutantes de Johnny, dont j'étais particulièrement fan. De deux, car il nous tardait que les deux intrus déguerpissent au plus vite. Je retins quand même un rire.

— Vous nous avez dit que vous aviez besoin de nous. Nous attendons votre requête.

La voix de Carmichael était dure et maîtrisée. Elle leur signifiait « *allez tous vous faire foutre* », mais il était facile d'y deviner une certaine curiosité. La mienne était à son comble. Était-ce un piège ? Allait-on sortir de là avec une tripotée d'assaillants prêts à nous mitrailler ? Des satellites étaient-ils en train de surveiller la zone ? Allait-on devoir se battre ? Si c'était le cas, cela serait sanglant, car il ne faisait aucun doute que chaque immortel dans cette pièce avait soif de vengeance. Moi, la première. Du moins, cela avait été le cas avant la naissance de mes enfants. Désormais, mon seul vœu était de les protéger, car malgré tous nos pouvoirs, la crainte qu'il leur arrive le moindre mal me serrait la gorge. J'étais prête à tout pour les défendre. Absolument tout. Même le pire.

— Il ne s'agit pas d'une requête, précisa la femme, mais nous aimerions faire en sorte que les négociations soient utiles aux deux parties.

— Après avoir rendu publique l'existence des natifs, c'est assez mal barré, lâcha ma mère.

— Nous ne sommes pour rien dans cette révélation. Croyez bien que nous avions même tout intérêt à ce que tout ceci reste secret.

— Alors, que s'est-il passé ?

Le commandant Perminia et la présidente se dévisagèrent avant que cette dernière ne consente enfin à nous faire part de ses soupçons.

— Nous supposons que c'est Jim Burns qui a vendu la mèche.

— Une mèche explosive ! vociféra ma mère d'une voix vibrante de colère. N'est-il pas votre toutou ? Ne lui avez-vous pas ordonné notre capture ? On dirait qu'il n'a pas eu son os, dernièrement, et qu'il se rebelle, ce chien !

— Madame, nous ne sommes pas exempts de tous reproches, mais sachez que nous avons tout fait pour dissuader les autres pays de réclamer votre séquestration. Nous nous sommes trouvés en difficulté, car vous servez les forces européennes depuis quarante ans. Ils n'ont pas digéré que nous leur ayons caché une telle information sans leur permettre d'en tirer profit. Nous n'avons pas eu d'autre choix que de nous soumettre à leurs décisions.

— Nous avons été torturés, tués, presque brisés par votre faute ! clama Carmichael, fou de rage. Mon fils est mort !

Un silence glacial investit la pièce après les paroles tranchantes de mon beau-père. La présidente Salvory sembla soudain déstabilisée et ne dit plus un mot. Puis Carmichael, qui n'avait sans doute pas remarqué cet imperceptible trouble, reprit la parole d'une voix plus véhémente encore :

— Si Izzy avait accouché au Blézir, ses bébés seraient à la merci de Burns. Et vous n'auriez pas levé le petit doigt. Lorsque nous avons signé notre accord, il y a quarante ans, je m'attendais à ce que vous protégiez nos intérêts.

— Et je le comprends, déclara Salvory en baissant son regard sur le sol.

Elle prit une profonde inspiration, releva les yeux et continua :

— Je ne vous demande pas de me croire, mais sachez que j'ai tout fait pour empêcher cette catastrophe. Si je suis ici aujourd'hui, c'est que je crains que beaucoup de mes semblables n'aient pas réalisé qui vous êtes vraiment.

— Et qui sommes-nous ? demandai-je, haussant un sourcil impertinent.

— Vous êtes les personnes les plus puissantes de cette planète. J'ai lu les rapports confidentiels sur la guerre que vous avez menée en Grèce, il y a quarante ans. J'ai vu que vous aviez anéanti une montagne et provoqué un tsunami. J'ai lu tous les comptes-rendus rédigés par les chefs de mission avec lesquels les natifs collaboraient. Je sais de quoi vous êtes capables. Je dois le reconnaître, j'ai craint que vous souhaitiez vous venger.

— C'est encore une possibilité, asséna ma mère.

— Ce sera une guerre effroyable si nous en arrivons là.

— Pas plus effroyable que ce que vous nous avez fait subir.

— Les natifs seraient exposés.

— Ils le sont déjà.

— Alors, vous allez prendre le risque de vous mettre la planète à dos ?

— N'est-ce pas déjà le cas ? souleva très justement Carmichael.

— Ça ne sera vrai que si vous mettez vos menaces à exécution. Si vous nous aidez, en revanche…

— La mot « si » est bien choisi, la coupa ma mère.

— Si vous nous aidez, reprit Salvory après un nouveau soupir, nous pourrons faire en sorte d'améliorer votre image auprès des hommes. Nous avons déjà toutes les preuves de ce que vous avez accompli. Vous avez sauvé des otages, capturé des terroristes, empêché des catastrophes de se produire. Nous pourrons tout dévoiler.

— Quel dommage que vos collègues n'aient pas bien pigé notre utilité.

— Ils la pigeront ! lança le commandant Perminia, qui semblait plus détendu que la présidente. Nous allons convoquer un sommet. Les dirigeants du monde entier ou leurs représentants seront présents. Nous pourrons les convaincre de leur intérêt à collaborer avec vous.

Il nous offrait la possibilité de négocier de façon apaisée. La présidente avait le pouvoir de réunir les plus grands décideurs de la planète. Il ne fallait pas négliger cette proposition, qui me paraissait de plus en plus à notre avantage. Du moins, au regard des circonstances. La révélation de l'existence des natifs nous poussait à accélérer le processus de paix. Je ressentis les ondes de satisfaction émanant de mes compagnons. Celles de Carmichael et ma mère, notamment, bien qu'ils restassent impassibles.

— Bon, eh bien, c'est joli tout ça, mais à quel moment vous nous livrez Burns et sa clique ?

Connor était intervenu comme un cheveu sur la soupe. Sa remarque ne manquait néanmoins pas d'intérêt. Un silence tendu se maintint dans la pièce tandis que la présidente cherchait ses mots.

— Monsieur Burns est un homme que je n'aime pas, dit-elle à ma grande surprise. Il a trop de pouvoir, et nous avons encore renforcé son influence en vous confiant à lui. Il dispose désormais d'une armée. Il est protégé par de puissantes nations et vous n'aurez pas gain de cause si vous vous opposez à lui.

— Nous voulons Burns, Briggs et les deux docteurs responsables du Blézir, annonça Carmichael, d'une voix polaire.

— Ce ne sera pas possible. Ce sont des humains et…

— Humains ?

Connor éclata de rire. La seconde d'après, il quittait son siège et se posta devant nos invités, les deux mains serrées autour de leur gorge. Cela n'avait pris qu'une seconde. Je laissai échapper un petit cri. Les deux soldats qui patientaient à l'extérieur entrèrent dans la pièce et levèrent leurs armes. Ma mère leva un bras sans même les regarder. Leurs fusils furent éjectés, les deux soldats furent plaqués au mur, immobiles. La voix de Connor s'éleva tel un coup de tonnerre :

— J'ai été noyé, gazé, amputé, irradié un nombre incalculable de fois, et vous me parlez d'humanité ! Ne dites plus jamais cela !

Perminia et Salvory écarquillèrent des yeux effrayés. Ils ne cherchaient pas leur respiration, car Connor ne les étranglait pas vraiment. La présidente hocha la tête, le commandant aussi. Connor les relâcha, se releva et les toisa de toute sa hauteur. Je me doutais qu'à l'évocation de ses funestes souvenirs, la rage aurait du mal à quitter son esprit. Il reprit sa place, son souffle se calma peu à peu. Le voir ainsi me serra le cœur. Je savais qu'il n'avait pas oublié les événements du Blézir. C'était impossible. Mais j'avais eu l'impression que depuis la naissance des jumeaux, il se remettait de ce calvaire. Cette soudaine réaction me prouva que ce n'était pas encore le cas. Il savait seulement dissimuler ses tourments derrière son attitude nonchalante.

— Je vous présente mes excuses si je vous ai froissé, déclara la présidente. Je sais ce qu'on vous a fait subir au Blézir. Ce sont des actes innommables. Cependant, je tiens à vous signifier qu'il sera difficile de négocier la paix avec les humains si vous demandez la tête de quatre d'entre eux, dont l'un est très puissant, comme je vous l'ai dit.

— Qu'est-ce qui vous fait croire que vos semblables seront intéressés par une proposition de paix ? déclara Prisca. Nous nous sommes évadés et aucun média n'est au courant. Nous attirons toujours l'hostilité des humains. La révélation de notre existence a eu lieu il y a sept mois, et aucun autre sujet de conversation n'a émergé. Pourquoi cela changerait-il, maintenant que les natifs sont connus du grand public ?

— Parce que votre existence est extraordinaire, commenta le commandant. Vous leur faites peur. Changer votre image auprès des humains vous assurerait peut-être leur soutien.

— Et comment cela pourrait-il changer ?

— Proposez votre aide à l'humanité.

— Je pense que vous vous méprenez, Commandant, le contredit Carmichael. Les êtres humains vont nous haïr, voudront nous identifier, puis nous exterminer. Nous le savons tous, ici. Et vous êtes bien naïfs si vous pensez que cela ne se passera pas ainsi.

— Justement, Monsieur, déclara la présidente, nous savons que cela se passera ainsi. Mais ce ne sera pas le cas si nous signons un traité.

— Un traité ?

— Un traité de paix. Les natifs pourraient vivre normalement, et même fréquenter nos écoles sans avoir peur d'être découverts.

— Une chimère !

— Peut-être. Je ne dis d'ailleurs pas qu'ils ne subiront pas le racisme des humains. Je dis simplement que si vous nous aidez à endiguer les catastrophes, à lutter contre le terrorisme et le crime sur cette planète, et que nous rendons ces informations publiques, alors peut-être qu'ils vous verront de manière différente.

— Autrement dit, vous voulez que nous nous exposions et que nous vous aidions avec, pour contrepartie espérée, la paix.

— C'est cela. Quant à Burns...

— Hum...

Un froid envahit la pièce avant que la présidente ne poursuive :

— Je pense juste que vous ne devriez pas envisager ces négociations sous l'angle du chantage. Burns a outrepassé ses prérogatives. Il ne fait plus l'unanimité. Il est devenu trop puissant, d'autant qu'il dispose maintenant d'une force militaire. Les dirigeants américains ne lui font plus confiance, et eux ont du poids. De plus, nous avons été informés qu'il a disparu depuis quelques jours, ainsi que le colonel Briggs et les deux médecins qui se chargeaient de vous. Cette disparition coïncide avec la révélation de l'existence des natifs aux médias. Ils se sont tous entretenus sur la manière de divulguer l'information et nous n'avons rien pu faire pour l'étouffer.

— Quel intérêt a Burns de faire ses révélations s'il ne bénéficie plus de vos soutiens ? demandai-je.

— Justement. C'est étrange. Nous ne comprenons pas ce qui lui a pris, d'autant qu'il prônait la patience.

— Connaissant cet homme, nous ne devrions pas tarder à le savoir.

J'intégrai cette information, même si je trouvais étrange que Burns fasse cavalier seul. Certes, il était devenu puissant. Mais se couper de financements assurés par sa position ne semblait pas être une mesure réfléchie. Or, Burns avait tout d'un homme calculateur.

Ce fut sur cet échange que la discussion s'acheva. Ma mère libéra les soldats plaqués au mur et serra la main de la présidente.

— Nous attendons de vos nouvelles au sujet de cette rencontre.
— Elle devrait avoir lieu dans quelques jours.
— Très bien.

Le commandant et la présidente nous saluèrent d'un mouvement de tête et quittèrent le salon. Ethan regarda Prisca, Connor attrapa ma main, Carmichael s'approcha de ma mère, et nous convînmes ensemble que nous n'avions d'autre choix que de faire confiance à la présidente. Mais nous ne pouvions rester plus longtemps au Canada, au cas où leurs belles paroles auraient recélé un piège. Le départ fut donc prévu pour le lendemain. Dès que cette décision fut prise, Connor se précipita dans la chambre au pas de course. Je le suivis, un peu étonnée par son attitude. Je le trouvai pestant et fouillant dans nos affaires.

— Mais il est où, ce putain de portable ?!
— Tu devrais lui mettre une clochette.
— Très drôle, princesse.
— Essaie de regarder au bout de ce fil qui fait office de chargeur.

En suivant mes conseils, il le trouva dissimulé sous son oreiller.

— Tu te crois maligne, hein ? dit-il en s'avançant vers moi d'un pas lent.
— Je ne le crois pas. Je *suis* maligne.
— Mouais…
— Bah, tu vas où ? demandai-je, surprise de le voir me contourner et quitter la pièce.
— Je vais passer un coup de fil ! Pourquoi chercher mon portable, sinon ?

Et il me laissa en plan. Mais je ne restai pas seule longtemps à m'interroger sur son étrange comportement, car Johnny et Jésus se pointaient en tenant mes bébés à bout de bras.

— Amuse-toi bien ! lâcha le premier, tandis qu'il se saisissait de son téléphone qui vibrait dans sa poche.
— C'était un plaisir, lança le deuxième.

Je souris en les voyant se carapater à toutes jambes de peur que je ne leur demande de continuer à assurer leur garde. J'étais fatiguée par le manque de sommeil, et je n'aurais pas craché sur une petite sieste. Mais bon, mes amis n'étaient pas là pour remplir le rôle de maman à ma place, alors je contemplai un instant le visage poupon de mes bébés et m'installai sur le lit avec eux. Je caressai leur ventre et écoutai leurs premiers gazouillis. Un bruit me fit lever les yeux. C'était Connor, appuyé contre le chambranle de la porte, un sourire radieux aux lèvres.

— Ce soir, je te sors, princesse, déclara-t-il.
— Oh. Mais je n'ai jamais quitté Lior et…
— La famille s'en sortira très bien.

Il avait raison. Je devais aussi reconnaître que la perspective de prendre l'air était alléchante. Après la séquestration au Blézir et mon accouchement dans ce lieu isolé, une soirée en tête à tête avec Connor me semblait une très bonne idée. Je mordillai ma lèvre inférieure et opinai de la tête. J'étais heureuse de retrouver une certaine intimité avec l'homme que j'aimais, malgré les souvenirs permanents de Raphaël que je ne parvenais pas à refouler.

CONNOR

C'était une putain de mauvaise idée. Johnny avait mis le paquet, encore une fois. Non, mais des guirlandes ! OK, je lui avais demandé de m'aider à installer dans les bois un endroit suffisamment romantique pour faire ma demande, mais merde, c'était trop là ! À tous les coups, Izzy allait se foutre de moi. Je commençais à me demander si tout ça était vraiment une bonne idée... D'ailleurs, comment Johnny avait-il fait pour trouver tous ces accessoires en si peu de temps ? Il était parti avec Jésus faire des courses, puis ils étaient revenus avec une voiture pleine à craquer de fournitures diverses.

Encore ahuri par le spectacle qui s'offrait à moi, j'observais la mise en scène. Une petite table couverte d'une nappe blanche sur laquelle étaient posés des couverts en argent, des assiettes en porcelaine, une carafe de vin très élégante, des roses rouges dans un vase, un chandelier aux bougies vacillantes sous la légère brise du soir... Plus loin, Johnny et Jésus avaient aussi disposé une large couverture ; un panier qui devait contenir le dessert que j'avais préparé un peu plus tôt, à l'abri du regard de ma belle, s'y trouvait déposé. Deux candélabres encadraient le tout, quand au-dessus de la clairière étaient suspendues toutes ces putains de guirlandes. Il avait fallu une multitude de rallonges électriques pour les relier aux prises de la maison. Moi qui espérais quelque chose de simple, on pouvait dire que j'étais servi !

— Tu t'es cru dans un film à l'eau de rose, bordel ! lâchai-je à Johnny, qu'un sourire satisfait ne quittait plus.

— Quoi ? C'est génial, non ?

— On dirait une putain de scène d'*Autant en emporte le vent* !

— Et alors, on s'en fout.

— Non, on ne s'en fout pas. Ça ne me ressemble pas !

— Ouais, et bah heureusement, beau gosse. Tu n'allais quand même pas faire ta demande dans un décor de camping.

— Un peu de retenue n'aurait pas été inutile.

Jo se tourna vers moi et planta un regard acide dans le mien.

— Je me fais chier, ici, alors c'était une distraction bienvenue. Tu me proposes d'organiser ta petite sauterie et j'ai envoyé du lourd. Un merci t'écorcherait la gueule ?

Il n'avait pas tort. Mais merde, j'étais loin d'être ce connard de Clark Gable. Ce décor me mettait la pression.

— Ouais… merci ! Mais bordel, c'est quand même un peu…

— La ferme, me coupa le grand Noir en posant son index contre ma bouche. Izzy mérite une putain de demande hollywoodienne, alors fait pas le con et assure. Je t'ai même préparé un petit coin câlin. T'as intérêt à sortir le grand jeu, mec !

Je repoussai sèchement son doigt.

— T'as pas à t'en faire pour moi.

— Tu parles ! T'as les chocottes.

— Pas du tout ! mentis-je.

— T'as une putain de trouille, ça se ressent à dix bornes.

Il sourit d'un air goguenard. Je me retenais pour ne pas lui en coller une. Bien sûr que j'avais la pétoche ! Je n'avais pas prévu de faire ma demande aussi tôt, mais vu le bordel qui nous attendait avec les négociations et tout le reste, je ne voulais plus attendre. Je voulais passer l'éternité avec Izzy.

J'étais à peu près certain qu'elle n'allait pas refuser ma demande. Mais bon, c'était la première fois que je me lançais dans ce genre d'aventure romanesque avec une femme. Je n'avais même jamais aimé avant elle. Mon cœur n'avait jamais battu comme il battait pour elle. Mon esprit était devenu fou. Ne cessait de penser à elle. Ma princesse. Mon âme. Celle qui m'avait donné deux enfants. Celle qui avait fait de moi un homme presque respectable, après toutes mes conneries. Après tout ce qu'elle avait subi par ma faute, qu'elle me pardonne, me désire, et qu'elle éprouve pour moi ce que je ressentais pour elle était un putain de miracle ! Johnny avait raison, je devais assurer. Alors je me ressaisis de mon petit coup de panique et attendis l'arrivée de ma belle. Je glissai ma main dans ma poche et touchai l'écrin. Il me brûlait les doigts. Merde... j'allais m'évanouir comme une chochotte si je continuais à me torturer. Puis elle arriva enfin. Les dés étaient lancés.

ISABELLE

— Jésus, si je me vautre et que je me casse un bras, tu t'occuperas des gosses !
— Raison de plus pour moi de ne pas te laisser tomber, ma chérie.

Je souris et luttai pour ne pas retirer le bandeau posé sur mes yeux. Je marchais depuis au moins cinq minutes, et à chaque fois que je sentais une branche se briser sous mes pieds, ma curiosité grandissait.

— Et voilà, ma belle, nous sommes arrivés.

Il m'ôta enfin le bandeau, et je découvris un tableau incroyable au milieu des bois. J'éclatai de rire à la vue de chaque élément composant la décoration, et de Connor, planté debout, vêtu d'un costume sombre qui lui allait divinement bien. À la lueur des bougies et des guirlandes, il semblait un peu gêné et impatient de savoir ce que je pensais de sa surprise. Il passa sa main tatouée dans ses cheveux, ruinant d'un geste ses efforts pour discipliner sa crinière. Johnny leva les yeux au ciel, puis s'avança vers moi et me déposa un baiser sur la joue.

— Profite bien, ma belle.

Puis il m'envoya un clin d'œil et partit avec Jésus. Je les remerciai d'un regard pour leur complicité dans cette affaire, puis je parcourus à nouveau des yeux ce décor romanesque, avant de les fixer sur mon amant.

— Ils ont mis le paquet, lâchai-je avec un grand sourire.

— Ouais…

Je gloussai tandis que je m'approchais de Connor. Je lui attrapai les mains et me positionnai sur la pointe des pieds pour l'embrasser.

— C'est une très agréable surprise, dis-je tout contre ses lèvres.

Rassuré, il attrapa ma taille, me souleva et me serra fort contre lui. Sa bouche ne quittait pas la mienne, et son cœur battait à tout rompre contre le mien.

Puis il me reposa et je m'installai sur la chaise qu'il m'avançait.

— Que me vaut cette préparation incroyable ?

— Incroyable ? Pas si incroyable que ça. Je t'ai déjà préparé un dîner romantique au château, tu te souviens ?

— Oui, concédai-je, mais c'était juste avant que tu me drogues et m'enlèves pour me séquestrer à Copenhague.

Il crispa les lèvres.

— Ouais, c'est pas faux…

— Alors, c'est quoi ton excuse, maintenant ?

— Une envie de partager un moment seuls, tous les deux. Rien de plus.

— C'est vrai que depuis l'accouchement, il n'y en a eu que très peu, remarquai-je, touchée par cette attention.

— Et je voulais célébrer la naissance de nos bébés, aussi.

Je me mordillai les lèvres. Je refoulai presque des larmes de bonheur. Après tout ce que nous avions vécu, notre vie avait enfin pris un nouveau tournant : nous étions parents, à présent. Parents de deux bambins conçus dans un amour démesuré. En observant ses yeux plus sombres qu'à l'accoutumée en raison de la pénombre, je ne pus réprimer mon désir pour lui. Il m'envoûtait. Il avait capturé mon cœur à jamais. Et il était désormais à moi, sans que rien ne puisse jamais nous séparer. Je regrettais la mort de Stella, bien sûr, mais je savais que Connor avait prévu de divorcer après la chute du Collectif. Nous avions encore beaucoup d'obstacles à surmonter avant de pouvoir mener une vie normale.

Mais en cet instant, nous n'avions jamais été aussi proches de ce rêve que nous chérissions tous les deux.

— Ta mère garde Lior et Kathelle ? me demanda-t-il.

Cette question me surprit, car il le savait très bien. Il me servit de l'eau et se versa le vin que contenait une énorme carafe. Il tremblait légèrement.

— Euh, oui, répondis-je, un peu désarçonnée par son attitude étrange.

— OK.

Il sortit les plats d'un panier proche de la table. Dans un silence profond, nous attaquâmes par un délicieux filet mignon. Il ne me demanda pas si c'était bon. Crispé, il se passait sans cesse la main dans les cheveux et se mordait les lèvres. Qu'est-ce qui clochait ?

— Bon, qu'est-ce qui se passe ? lâchai-je, lasse de me poser des questions.

— Rien.

Je n'étais pas dupe. Et son petit sourire en coin, quoique séduisant, n'avait rien d'innocent et ne me paraissait pas sincère.

— Je veux juste profiter de cette soirée avant que l'on parte de cet endroit, dit-il. C'est mal ?

— Non. Bien sûr que non. Mais le fait que tu n'arrives pas à me regarder dans les yeux sans aussitôt les détourner me prouve que quelque chose ne va pas. De plus, tu es en sueur.

— En sueur ?

— Ouais, en sueur. T'as l'air très nerveux. C'est quoi le problème, Connor ?

— Il n'y a pas de problème.

Qu'est-ce qu'il me cachait ? À force de m'interroger, je commençais à me tendre, moi aussi.

— Dis-moi ce qu'il se passe.

Il finit son assiette sans prononcer un mot. *Il est sérieux, là ?*

— OK, donc tu me prépares un dîner romantique, tu as tout prévu pour faire de cette soirée un moment agréable, mais tu es stressé ! Y a un problème ?

— Pas du tout.

— Connor...
— Quoi ?
— Ça commence à m'agacer.

Surpris, il releva la tête. Puis il se la tapa avec la main et soupira.

— Je suis une putain de calamité.

Je plissai les yeux. Où voulait-il en venir ?

— Je ne te le fais pas dire ! ironisai-je pour détendre l'atmosphère.
— Me cherche pas, princesse. C'est assez dur comme ça. Fais chier !

Il jeta sa serviette en travers de la table. Il devenait clairement irritable.

— Mais de quoi tu parles, Connor ?!

Il avait l'air si nerveux que cela en devenait palpable. Pire, cela déteignait sur moi. Je m'attendais à un moment de détente. Détente que je n'avais pas volée, d'ailleurs. J'étais usée par mon manque de sommeil. J'avais les seins déjà douloureux parce que c'était l'heure de la tétée de Lior. Et j'avais dans l'espoir que cette soirée serait une bouffée d'air frais après les dernières semaines passées dans une promiscuité étouffante. Putain, mais il lui arrivait quoi, à Connor ?! Je me levai, agacée. Je ne savais pas pourquoi, mais j'étais déçue. À quoi cela servait-il de préparer un endroit digne du décor d'un film à l'eau de rose si c'était pour à peine m'adresser la parole ? Mais, quand il me vit debout, ses yeux s'écarquillèrent.

— Qu'est-ce que tu fous, bordel ?
— Je me casse.

J'allais partir, vraiment. J'étais fatiguée, j'avais besoin de soulager mes seins et de dormir. Je fis quelques pas vers la maison que j'apercevais de loin, grâce aux lumières provenant du salon.

— Princesse ! entendis-je crier derrière moi.

Je ne me retournai pas et continuai d'avancer.

— Princesse, putain ! Reviens, quoi !

Je me retins de lui brandir mon majeur.

— Princesse, reviens, s'il te plaît...

Cette fois, sa requête avait sonné comme une supplique. Mon cœur s'attendrit au son plus doux de sa voix. Je m'arrêtai, pris une profonde inspiration, puis je pivotai en lâchant un :

— Quoi ?!

Mes yeux s'arrondirent. Mon cœur manqua un battement. Mon souffle se coupa. À quelques mètres se tenait Connor, un genou à terre, tenant dans ses mains un écrin. Il se passa de longues secondes avant que je ne réagisse. Je m'approchai, toujours aussi ahurie. Ses yeux ne quittaient pas les miens. Sa timidité en cet instant me serra le cœur. Quand j'arrivai devant lui, mon regard se porta sur la petite chose bleue qu'il tenait entre ses doigts. Il l'ouvrit et dévoila ainsi un magnifique solitaire. Ma mâchoire faillit s'en décrocher. Je relevai vers lui des yeux hébétés.

— Je t'aime, Izzy, déclara-t-il tandis que son regard s'intensifiait. Je veux passer l'éternité à tes côtés. Je veux être ton mari. Je veux être le digne père de tes enfants et les élever avec toi. Je t'ai dans la peau, ma princesse. Alors, excuse-moi si je suis une merde pour exprimer ce que je ressens. Je…

— On va s'arrêter à « princesse », si tu veux bien.

Mes lèvres dessinèrent un sourire, les siennes aussi. Un sourire sublime, magnifique, qui me transporta de joie. Je l'observai, fascinée, puis lui répondis d'une voix chevrotante :

— D'accord, mon amour.

En moins de temps qu'il n'en fallait pour le dire, il se redressa et me souleva du sol. La seconde d'après, j'étais allongée sur la couverture, Connor au-dessus de moi. Il attrapa ma main gauche, planta ses yeux dans les miens et glissa lentement la bague le long de mon annulaire. Mon cœur s'emplit de joie. Mes lèvres se retroussèrent. Il posa les siennes sur ma nuque, puis, doucement, elles remontèrent jusqu'à ma joue, puis trouvèrent ma bouche. Ses mains défirent chaque bouton de la fine chemise que je portais. Il fit sauter le soutien-gorge et effleura de ses doigts mon sein gonflé.

— Déjà qu'ils étaient gros avant !

J'éclatai de rire. Je retrouvai Connor. L'homme que j'aimais. Incapable de rester sentimental trop longtemps, mais vibrant d'un amour sans borne pour moi. Quand un de mes mamelons laissa échapper un peu de lait maternel, il écarquilla les yeux.

— Bordel, ça m'excite !

La minute d'après, j'étais nue. Lui aussi, contre moi. Sa main caressait mes cheveux. Ses yeux bleus et avides erraient sur ma bouche.

— Tu vas devenir ma femme.

— Je dois être dingue.

— Tu l'es.

Ses lèvres s'emparèrent à nouveau des miennes. Ses jambes se calèrent entre mes cuisses. Il me pénétra lentement. En souriant. Heureux, comme je l'étais. Je posai mes mains sur ses fesses fermes, l'invitant à accélérer. Il s'exécuta. Ses hanches claquèrent sur ma peau, tandis que son regard restait rivé au mien. Il se mordilla la lèvre. J'enfonçai mes ongles dans sa chair.

— Ça fait si longtemps, putain !

Trop longtemps. Je gémis. Il gronda. Je relevai la tête contre son épaule. Il rua plus vite. Plus fort. Jusqu'à ce que je crie son nom, et qu'il crie le mien.

Connor. Bientôt mon mari. L'homme que j'aimerais pour l'éternité.

ETHAN

Nous avions fêté les fiançailles de Connor et d'Isabelle au petit-déjeuner. Ma nièce avait l'air de jouir d'un bonheur sans failles. La lueur chagrine qui avait habité son regard jusqu'à ce jour s'était atténuée. Je m'en réjouissais. Raphaël était parti, et rien ne le ramènerait. Ni le chagrin d'Isabelle, ni ses souvenirs, ni ses remords. Savoir qu'elle serait heureuse auprès de Connor était donc un soulagement. Bien que je n'appréciasse pas vraiment cet homme, que je trouvais imbu de lui-même et somme toute égoïste, je ne voulais pas qu'Izzy reste seule. Elle l'aimait avec ses défauts et ses qualités. Certes, ces dernières, j'avais du mal à les identifier, mais ce n'était pas important. Et en cet instant, je le jalousais.

Dans le salon, alors que Gabrielle annonçait le départ, j'approchai mes doigts de ceux de Prisca. J'effleurai le dos de sa main. À mon contact, son corps eut un imperceptible sursaut. Son regard trouva le mien. Ce geste instinctif de ma part semblait la surprendre. Je m'étonnai un peu de cette réaction. N'avais-je pas dit et prouvé que je la voulais ? En faisais-je trop ? N'en faisais-je pas assez ? Elle me disait souvent que j'étais insondable. En cet instant, je pouvais en dire autant d'elle. Je ne savais comment m'y prendre. Étais-je si cabossé de l'intérieur que je ne pouvais me conduire comme un homme ? Ou alors, elle ne me voyait pas comme tel. Cette pensée m'agaça. Depuis notre arrivée ici, j'avais beaucoup observé Carmichael. J'avais également examiné de plus près la relation de Johnny et Jésus, ainsi que celle de Jack et Jared. Même si nous nous étions physiquement retrouvés, Prisca et moi, il n'était pas difficile de constater que nous n'avions pas le même genre d'attachement. Pourtant, je l'aurais tellement voulu. J'aurais souhaité que les choses entre nous soient plus simples, moins chaotiques, plus à la hauteur de ce que méritait une femme comme elle. Mais il s'agissait de moi, *Ethan le fou*... Comment aurait-elle pu aimer un homme ainsi surnommé ? En la contemplant, je me décidai à lui révéler ce qui me tourmentait quand, soudain, tout ce petit monde se mit en branle pour décider de la marche à suivre.

Il fut convenu que nous irions au siège de l'ONU, à New York, afin d'être présents pour le début des négociations. Jack, Jared, Johnny et Jésus s'occuperaient des enfants dans un endroit sûr, proche du manoir de Connor ; quelques natifs triés sur le volet seraient chargés de leur protection. Thomas était déjà sur place afin de préparer le procès de Guillaume. Il devait se tenir le lendemain de notre rencontre avec les humains. Nous avions réservé des chambres au *Four Seasons* et devions nous soumettre à la protection des armées européenne et américaine. Cela avait été l'une des exigences du commandant Perminia, qui redoutait par-dessus tout une attaque des hommes de Burns. Personne n'avait émis d'objection bien que cette assistance nous parût inutile.

Les au revoir furent longs et déchirants. Izzy eut du mal à laisser ses bébés aux bons soins de nos amis, mais elle savait qu'il était impossible de les emmener avec nous. Nous ne pouvions décemment pas mener ces négociations en présence de nourrissons, même probablement immortels, après ce que nous avions subi au Blézir. Le risque était trop grand. Rien que leur existence pouvait attiser la convoitise puérile des humains. Nous avions même diligenté quelques natifs afin qu'ils s'assurent en amont qu'il n'y aurait aucun dispositif pour annihiler nos pouvoirs sur le lieu de la rencontre. Nous devions être prêts à toute éventualité. Quant au procès de Guillaume, il aurait été dangereux d'y emmener les jumeaux. D'après la présidente Salvory, les natifs avaient été infiltrés. Il ne fallait donc prendre aucun risque, du moins tant que les esprits des visiteurs n'auraient pas été dûment inspectés.

Chacun de nous plia bagage avant de s'installer dans les véhicules garés devant la maison. Après quelques dizaines de kilomètres, nous gagnâmes la grande route et une escorte policière entoura nos voitures. Arrivés à l'aéroport de Québec, nous décollâmes presque aussitôt.

Quand nous pénétrâmes dans les locaux de l'ONU, nous sentîmes la nervosité du commandant Perminia et de la présidente Salvory augmenter à mesure que nous progressions. On nous conduisit dans une vaste salle, que mes yeux parcoururent, à la recherche du moindre détail suspect. Derrière une immense table en demi-cercle siégeaient les dirigeants des plus grandes puissances de la planète. Ils portaient tous un casque de traduction sur la tête, mais les places derrière eux étaient inoccupées. On pouvait donc en déduire que derrière les miroirs sans tain qui surplombaient les murs, des personnes méticuleusement choisies pour leur discrétion assisteraient à nos échanges et transcriraient la moindre de nos paroles. Il n'était pas difficile de deviner que chaque chef d'État, ou son représentant, redoutait cette entrevue. Une bonne cinquantaine de gardes du corps étaient postés un peu plus loin, formant un cercle autour d'eux. Cela me fit sourire.

Nous suivîmes le commandant et la présidente de la Commission européenne. Carmichael et ma sœur se trouvaient en tête du cortège des immortels. Je tentai de glisser ma main dans celle de Prisca, mais Connor s'interposa entre nous, un rictus au coin des lèvres. *Que je hais cet homme...*

Nous nous positionnâmes devant l'espace ouvert de la table. Le commandant nous tendit des oreillettes de traduction et partit s'asseoir derrière le chancelier allemand et la présidente française. Un silence de mort régnait dans la salle. Ils étaient dix-neuf hommes et deux femmes, nous examinant tous de la tête aux pieds. Nous formions manifestement un plus bel exemple de parité. La durée de leur inspection m'irrita un peu. Aucun de nous n'émit une seule parole tandis qu'ils nous laminaient du regard. Ils ne nous adressèrent aucun salut. Rien. Mais, au regard de l'embarras qui commençait à apparaître sur leur visage, les gouvernants de ce monde s'attendaient à ce que nous ouvrions la discussion. C'était mal nous connaître.

Comme le silence s'éternisait, la présidente Salvory finit par se lever et se racla la gorge.

— Vous avez devant vous six des immortels qui se sont évadés du site du Blézir.

— Où est le septième ? demanda le Russe, ses yeux perçants nous toisant sans la moindre gêne.

Personne ne répondit, mais un regard de Carmichael dans sa direction fit se tortiller l'homme sur sa chaise. Cela ébranla la confiance qu'il semblait avoir en lui-même.

— Le septième n'a pas réussi à s'évader, répliqua la présidente, un peu gênée.

Je n'étais pas télépathe. Je faillis demander à Prisca de fouiller dans la tête de cette femme, mais une question du Russe me tira de cette pensée.

— Vous voulez dire qu'il est mort ?

— Les archives de Burns ont été soufflées par l'explosion du centre du Blézir, expliqua Salvory. Nous ne savons pas ce qu'il est advenu de lui, mais c'est possible, en effet.

— Donc, ils peuvent mourir ? voulut se faire confirmer le chancelier allemand. C'est un comble, pour des immortels !

— Et cela veut aussi dire que toutes les recherches de Burns ne nous serviront à rien, asséna le Russe.

— Burns nous a communiqué cinq mois de travaux, rétorqua Salvory. Et force est de constater qu'ils n'ont mené à rien d'autre qu'une perte de temps. C'est pour cette raison que ces négociations ont lieu.

— Il me semble que c'est aujourd'hui que nous perdons notre temps, Madame, répliqua le Russe.

Il n'en fallait pas plus pour que ma sœur réagisse. Une seconde plus tard, Gaby se planta devant l'homme qui sursauta sur sa chaise quand elle apparut soudainement face à lui. Les autres dirigeants poussèrent des petits cris effarés. Les soldats se tendirent et se saisirent de leurs armes. La présidente leur fit signe de se calmer. Gabrielle pencha sa tête au-dessus de celle du Russe, tandis que lui reculait la sienne, les yeux écarquillés de stupeur. Les cheveux blancs de ma sœur basculèrent en avant, leurs pointes se posant sur le dossier de l'irresponsable qui l'avait offusquée.

— Si vous avez des regrets parce que les recherches de Burns n'ont pas abouti, dit-elle d'une voix glaciale, sachez bien que je me ferai un plaisir de vous expliquer ce que nous avons subi durant ces longs mois de captivité. Je suis sûre que même Staline et votre putain de KGB n'ont pas été aussi imaginatifs que nos geôliers. Geôliers entre les mains desquels vous nous avez abandonnés.

— Vous… vous avez pourtant l'air de vous porter comme un charme, commenta le Russe, un peu moins sûr de lui.

Ma sœur se redressa.

— À votre avis, serions-nous ici à envisager la possibilité de vous aider si ce n'était pas le cas ?

— Nous aider ? En quoi ?

D'un geste du bras, Gaby activa sa télékinésie. Toutes les armes des soldats volèrent à travers la pièce et vinrent se poser en tas au milieu de la salle avec fracas. Des cris d'affolement accueillirent son exploit. Les militaires coururent en direction de leurs responsables. Je les repoussai à l'aide de mon pouvoir. Ils se confrontèrent à un bouclier invisible, leur visage marquant la stupeur.

— Comme ça, asséna ma sœur. Et croyez bien que ce n'est qu'une infime partie de ce que nous sommes capables de faire.

Elle se retourna en direction du tas d'armes et la minute d'après, il se désintégra en poussière. Un nouveau silence s'abattit dans la salle.

— Maintenant que nous parlons entre amis, reprit-elle d'une voix triomphante, je pense que nous pouvons entamer ces négociations.

— Vous seriez donc prêts à apporter votre concours pour renforcer nos armées ?

— C'est une possibilité, dit-elle. Cependant, j'aimerais d'abord revenir sur un sujet épineux. Comme vous le savez maintenant, nous avons aussi des faiblesses. Faiblesses que Burns s'est empressé d'étudier. D'ailleurs, je m'étonne qu'il ne soit pas à vos côtés puisque, d'après ce que nous savons, c'est vous tous qui lui avez donné l'ordre de nous capturer.

— Comme je vous l'ai déjà dit, il a disparu, commenta Salvory.

J'observai ses collègues dirigeants et sentis que certains n'en étaient pas aussi sûrs.

— Donc, remarqua Carmichael, avançant dans l'espace du demi-cercle, vous avez réussi à nous retrouver, mais n'avez pas pu localiser Burns ? Tu ne trouves pas ça étrange, ma puce ?

— Très, lâcha Gabrielle en rejoignant son mari.

— Écoutez, lança la présidente, nous n'avons pas le temps de nous quereller pour l'instant.

— Oh, détrompez-vous, Madame, répliqua Carmichael, froid et implacable, je crois que nous méritons une petite querelle, au contraire.

Ma sœur se tourna vers elle.

— Je crois même que vous nous la devez.

Les dirigeants se regardèrent, réalisant sans doute que nous n'allions pas leur offrir nos services si facilement. La démonstration de Gaby avait fait mouche et leur intérêt se révélait manifeste. Carmichael reprit la parole :

— Vous avez été claire, Madame, sur le fait que nous ne devions pas amorcer ces négociations sous l'angle de la vengeance. Pourtant, c'est exactement ce que nous allons faire.

La tension monta d'un cran.

— Nous ne négocierons qu'en échange de la garantie que Burns, le colonel Briggs, ainsi que les docteurs Shermann et Arroudian nous soient livrés.

— Ce n'est pas envisageable.

— Alors, nous n'avons rien à faire ici.

Carmichael et Gaby étaient déjà en marche pour quitter la salle quand le représentant chinois éleva la voix :

— Je suis d'accord.

Les lèvres de ma sœur esquissèrent un sourire. Elle se tourna en direction de l'homme et hocha la tête. Son mari partit lui serrer la main devant les regards outrés des autres dirigeants.

— Monsieur, vous serez satisfaits des services de notre communauté. Je m'étonne cependant qu'il n'y ait que vous qui mesuriez à quel point nous pouvons vous être utiles.

— Nous le savons très bien, affirma la présidente Salvory. Mais comprenez que nous redoutions votre petite vengeance.

— Petite vengeance ?! s'exclama ma sœur.

Cette fois, c'est Connor qui fila vers la présidente, qui arrondit des yeux horrifiés.

— Croyez-moi, Madame *la Présidente*, cracha Connor d'un ton polaire, si vous pensez qu'elle sera « petite », vous êtes loin du compte.

— Mon frère a un contentieux avec le colonel Briggs, annonça Carmichael.

— Et pas que…

— Mais il est humain ! s'insurgea le Russe.

— Pas d'après ce que nous avons vécu.

— Vous ne pouvez pas vous venger de Burns et…

— Pardonnez-moi de vous couper, reprit mon beau-frère, soudainement mielleux. À votre place, je reverrais ma position. Les natifs ont été dénoncés à la Terre entière. Vous connaissez maintenant notre existence. Vous avez une idée de ce que nous sommes capables de faire et si vous ne le savez pas, la présidente Salvory a toutes les preuves en main pour vous renseigner. Si vous refusez nos conditions, alors il ne fait aucun doute que ce sera une guerre ouverte entre notre communauté et la vôtre. Les humains ne chercheront pas querelle aux natifs si vous leur expliquez et répétez ce que nous faisons pour eux. Mais soyons clairs. Il n'est pas question que nous vous aidions à mener *vos* guerres. Pas question non plus que nous vous aidions dans des entreprises que nous n'estimerons pas dans nos valeurs.

— Et quelles sont vos valeurs ?

— La paix.

Cette remarque allégea soudainement l'atmosphère dans la pièce.

— Très bien, s'exprima l'Américain. Maintenant que nous sommes d'accord sur l'importance de la paix entre nos pays et avec vos semblables, que proposez-vous ?

La présidente Salvory exposa alors les détails des missions déjà entreprises par les natifs pour le compte de l'armée européenne. Elle renvoya chacune de ses déclarations à des annexes du dossier que chacun des dirigeants avait en sa possession. À mesure qu'elle s'exprimait, je sentis que l'intérêt grandissait chez beaucoup d'entre eux.

— Nous proposons donc un traité de paix avec les natifs, lâcha enfin la présidente.

Des discussions naquirent dans des chuchotements. Puis l'Américain, un homme paraissant affable, mais dont le regard ne trompait pas sur sa détermination, se leva.

— Nous sommes d'accord pour signer ce traité, mais à une condition.

Prisca se rapprocha de moi. Je sentis sa présence, presque son souffle. Elle comme moi réalisions que ce qui allait être dit allait engager l'avenir des natifs. Notre avenir.

— Vous, les immortels, ne pouvez vivre parmi nous, asséna l'homme.

Je tournai vivement la tête en direction de Prisca. Elle paraissait aussi étonnée que moi. Chacun de nous l'était.

— Vous ne pouvez pas rester à la tête des natifs, reprit l'Américain. Savoir que des immortels se cachent parmi nous ne fera qu'alimenter la haine et la jalousie des humains. Ils peuvent peut-être concevoir que vos semblables mortels puissent évoluer dans notre société, même si je recommande leur plus grande discrétion, mais vous, vous repoussez toutes les lois divines. Et cela n'est pas possible. Beaucoup d'êtres humains sont croyants. Par votre simple existence, vous remettez en question leur foi. Libres à vous de juger ces hommes, si vous le souhaitez. Mais ils sont des milliards et vous n'êtes que six.

— En d'autres termes, déclara Carmichael, vous craignez que nous soyons vénérés.

À la réaction de son interlocuteur, je compris que mon beau-frère avait tapé dans le mille. Nous saisissions mieux pourquoi notre évasion n'avait pas été rendue publique. L'homme politique ne s'en laissa pas compter et poursuivit ses explications :

— Nous vous demandons simplement de ne plus intervenir dans les affaires de ce monde. Je n'étais d'ailleurs pas d'accord pour que votre existence soit révélée aux médias.

— Pour les expériences, en revanche, vous n'avez pas dit non, remarqua ma sœur, acerbe.

— Il est vrai. Mais comprenez-nous. Vous êtes uniques. Vous défiez toutes les certitudes de ce monde.

— Qu'envisagez-vous ? Que nous disparaissions de la surface de cette planète ?

— Non. Mais que vous vous cachiez, oui.

— Nous cacher ?

Le Premier ministre canadien se leva à son tour.

— Nous vous remercions de l'aide que les vôtres nous apporteront à l'avenir, mais je suis d'accord avec mon homologue. Il faut vous faire oublier. La paix ne sera possible qu'à cette condition. Vous êtes éternels. Pas nous. Si nous signons aujourd'hui ce traité, vos semblables devraient être en sécurité. Pas vous. Vous savez déjà toutes les guerres de religion qui ont été menées. Certains d'entre vous en ont été témoins. Vous serez vite la cible des extrémistes religieux.

— Il a raison, me chuchota Prisca.

Je tournai mes yeux vers elle. J'avais toujours admiré la sagesse de cette femme. Si elle partageait le point de vue des humains, alors je lui faisais confiance.

Du regard, Carmichael sollicita l'avis de Connor, de sa sœur et de toute notre assemblée.

— Nous sommes d'accord, dit-il après s'être assuré que nous validions cette proposition.

— Parfait, établit la présidente Salvory. Dans ce cas, nous nous engageons à signer le traité avec le responsable mortel que vous choisirez. De plus, nous vous remettrons Burns, le colonel Briggs et les docteurs Arroudian et Shermann quand nous les aurons localisés, contre la garantie que vous ne chercherez pas à vous venger sur d'autres humains. Est-ce d'accord pour tout le monde ?

Les hochements de tête approuvèrent les propos de la femme.

Des mains furent serrées et les discussions prirent fin dans une ambiance encore tendue. Mais alors que nous partions, Prisca me prit la main. Et toutes ces négociations me sortirent de la tête. En me rendant à l'hôtel, je n'avais plus qu'elle dans mon esprit dérangé.

PRISCA

Nous étions entrés au *Four Seasons* par la porte de service. Le commandant Perminia s'était assuré que nous serions chacun confortablement installés dans des chambres sans que nous ayons à croiser un seul humain. J'occupais une suite agréable. Carmichael et Gaby en partageaient une, tout comme Connor et Izzy. Ils avaient réussi à joindre Jack et à prendre des nouvelles des enfants. Tout se passait bien d'après Isabelle, même si elle me confia que Jésus et Johnny espéraient un retour express des jeunes parents.

L'amour parental me fascinait. J'avais toujours rêvé d'être mère, mais je me savais incapable de surmonter la mort d'un enfant. Cela faisait déjà longtemps que j'avais pris la décision de ne jamais prendre un tel risque. Perdre Salomon, le natif mortel que j'avais tant aimé, puis Pia, cette jeune femme courageuse à laquelle je m'étais tant attachée, avait fini de me convaincre qu'il était déraisonnable d'envisager de concevoir un jour. Et je l'avais depuis longtemps accepté. Désormais, je rêvais seulement d'aimer et d'être aimée. Je réalisai aussi que mon inclination pour Ethan allait bien au-delà de ce que j'avais imaginé. Mais lui, m'aimait-il ? Il n'avait jamais paru se consumer d'amour pour moi. Il m'avait seulement déclaré « *J'ai envie de te baiser* » quand j'eusse souhaité qu'il me clame « *J'ai envie de te faire l'amour, Prisca* ». Cela en disait long sur son affection. Je n'étais que la femme qui l'avait réconcilié avec les plaisirs charnels. Et quels plaisirs ! Faire l'amour à Ethan, dont les pouvoirs étaient si puissants, sans que j'eusse à retenir ma force et mon penchant pour les relations passionnées, m'avait comblée et emplie d'émotions jusqu'alors inconnues de moi. J'aurais pu me perdre en lui. *Pour lui*. Je le voulais corps et âme. Mais lui, me voulait-il de cette façon ? Je ne pouvais que l'espérer.

Seuls Ethan et moi séjournions dans des chambres individuelles, puisque nous n'avions pas exposé clairement notre relation. Si relation il y avait, bien sûr. Depuis que nous avions fait l'amour au Canada, nous ne nous étions plus touchés une seule fois. Il y avait eu des regards. Des effleurements. Des murmures. Mais rien de plus. Pourtant, je ne cessais de penser à lui, de vouloir recommencer. Mais comme je l'avais soupçonné, Ethan n'était pas prêt. Loin de là. Même s'il s'ouvrait peu à peu au reste de notre groupe, il demeurait encore distant envers moi. Il me parlait à peine. Ses regards, en revanche, je les sentais souvent sur moi. Que devais-je en conclure ? Je ne voulais pas le bousculer, je ne voulais pas souffrir. Il m'avait déjà fuie tant de fois. Mes pensées vagabondèrent et je me souvins quand nous avions fait l'amour, au Blézir. De sa gêne. De sa maladresse adorable. De ses yeux pénétrant mon âme. Je voulais revoir ces yeux-là. Mais le voulait-il aussi ? Pia n'avait pas encore quitté son esprit. De cela, j'étais certaine. Puis il y avait eu cette fois-là, au Canada, quand j'avais ressenti qu'il n'était qu'à moi. M'étais-je trompée ? Il était si insaisissable...

On toqua à la porte de la chambre. Le room service, probablement. Sortant de la douche, je resserrai mon peignoir et passai une serviette autour de mes cheveux, de manière à ne pas être reconnue par l'humain qui se trouvait derrière ma porte. Quand j'ouvris, je restai interdite face à Ethan qui se tenait de dos. *Allait-il partir ?*

— Hey, dis-je.

Il se retourna, les joues un peu rosies.

— Salut.

J'ouvris la porte en grand. Il sembla hésiter, puis entra, ses yeux errant sur la décoration de la suite, déambulant un peu avant de s'asseoir sur le divan. Il n'était pas difficile de deviner qu'il était nerveux tant il se triturait les mains.

— Je vais m'habiller et je reviens, lançai-je.
— Non.
— Pardon ?
— Non. Ne me laisse pas seul.

Je clignai des yeux, surprise par sa voix qui faiblissait. Alors, je pris place sur le fauteuil face à lui. Les pans de mon peignoir s'écartèrent, laissant paraître un genou dénudé sous son regard soudain intense.

— Tu vas partir si je quitte cette pièce, c'est ça ?
— C'est possible, répondit-il en me fixant des yeux.
— Comme à chaque fois.

Il marqua la surprise par un mouvement de la tête. Son regard vrilla vers la moquette.

— Je suis désolé.
— Tu n'as pas à l'être.
— Je voudrais que ça soit plus simple.
— J'aimerais aussi, Ethan.
— Je ne sais pas pourquoi je suis là.
— Tu te poses peut-être trop de questions.

Un silence passa sans qu'il relève la tête. Quand il le fit, ses iris me transpercèrent.

— J'ai envie de toi.

Cette fois, c'est moi qui marquai l'étonnement. Je restai même hébétée tandis qu'il se levait et s'approchait. Il me tendit la main. Je la pris et me relevai.

— Je n'arrête pas de penser à toi, Prisca.

Mes mots restèrent bloqués dans ma gorge. La serviette enroulant mes cheveux glissa au sol. Ma chevelure humide cascada sur mes épaules. Les mains d'Ethan attrapèrent le col de mon peignoir et le firent glisser le long de mon corps. Nue, face à lui, ma respiration connut un soubresaut. Ses yeux maintenant avides détaillèrent ma plastique ; ses doigts se posèrent sur ma poitrine. Mes mamelons se durcirent aussitôt à son contact. *Qu'est-ce qu'il se passe ?*

— Je sais que tu ne m'aimes pas vraiment, déclara-t-il en titillant un de mes tétons, mais je voudrais passer la nuit avec toi.

Son souffle caressa mon visage et sa voix rauque attisa le feu qui coulait dans mes veines. Ses doigts descendirent le long de mon ventre. Une main se logea entre mes jambes. Son pouce remua contre mon clitoris. Je laissai échapper un feulement.

— Ethan...

— Chut...

J'aurais aimé que l'on parle. J'aurais aimé le comprendre. Mais je refusais de l'arrêter. Je voulais qu'il continue de me toucher. Son autre main remonta lentement sur mes hanches, mes côtes, ma poitrine et vint se placer autour de mon cou. Il le serra tandis que ses lèvres se posaient sur les miennes.

— J'ai envie de toi, répéta-t-il entre deux baisers.

Je laissai sa langue pénétrer ma bouche. Ses doigts me caresser. Mon corps connut un spasme. Il sourit contre mes lèvres. *Qu'est-ce qu'il lui arrive ?*

— Comment as-tu fait, Prisca ?

— Je... je ne comprends pas, réussis-je à dire dans un gémissement.

— Comment as-tu fait pour m'envoûter suffisamment pour que je consente à tenir à la vie ?

— Tenir à la vie ? répétai-je, le cerveau assailli par le désir qu'il provoquait en moi.

— Je n'y tiens plus. Mais avec toi... peut-être que...

La seconde d'après, sans comprendre ce qu'il m'arrivait, il m'attrapait par les fesses et me soulevait dans ses bras. Nous volâmes jusqu'au lit où il me déposa.

— Je vais te prendre, maintenant.

Mon cœur manqua un battement. Il retira ses vêtements et se dévoila nu sous mon regard. La chaleur de son corps vint se conjuguer à la mienne tandis que d'un geste brusque il me pénétrait. Ses mouvements furent intenses, puis se durcirent. Comme si sa rage, son envie, son esprit se laissaient aller à cette union sauvage. Il s'abandonnait sans que ses yeux quittent les miens. Je criai son nom sous ses à-coups frénétiques puis je le poussai sans ménagement. Il bascula sur le dos. Je m'empalai autour de lui et ce fut à mon tour de me saisir de sa gorge.

— La vie, c'est ça, Ethan, lui soufflai-je tandis que je le chevauchai comme une furie.

Ses mains s'enfoncèrent dans mes chairs. Mon corps s'embrasa. Puis ce fut l'irruption. La délivrance, l'extase.

Mais comme je le redoutais, le matin, le lit était vide de lui.

GABRIELLE

— Nous allons donc devoir nous cacher tout le reste de nos vies, lançai-je à Carmichael.

Il était sous la douche. La porte de la salle de bain était entrouverte. Je n'avais pas osé l'y rejoindre. Depuis la mort de Raphaël, c'est à peine s'il m'avait touchée, alors je ne voulais pas risquer un nouveau refus. Et je ne voulais pas lire sa culpabilité dans ses yeux.

— Nous nous sommes toujours cachés des humains, répondit-il en forçant la voix, cela ne va pas changer notre mode de vie. Il faudra sans doute prendre des mesures extrêmes au début, de manière à nous faire oublier, et veiller à ce que le royaume soit bien administré en notre absence.

— Génial… lâchai-je.

Je n'avais pas oublié notre séjour au Canada. Bien que nous goûtions à une forme de liberté après le Blézir, la peur d'être reconnus avait régi nos vies. Mais mon mari avait raison. Alors, j'imaginais qu'il allait me falloir accepter cette fatalité. Notre immortalité nous y avait condamnés.

Quand Carmichael sortit de la salle de bain, simplement couvert d'une serviette blanche autour des hanches, mes yeux se rivèrent sur ses abdominaux, avant de se lever sur son buste charpenté et ses lèvres envoûtantes. *Bordel...* Il capta aussitôt mon changement d'humeur et esquissa un sourire. Il en rajoutait, en plus ! Ne sachant si ce sourire invitait à la débauche ou non, je préférai me glisser sous les draps en poussant un soupir.

— Ça ne va pas ? demanda Carmichael en plissant le front.

— Non !

Ma réponse aurait pu convenir à une gamine prépubère, mais je m'en foutais. J'avais les hormones en ébullition et le pouvoir d'attraction de mon mari ne m'aidait pas à contenir mon effervescence. De sa démarche féline, il approcha près du lit et s'y assit. Sa main replaça une mèche de mes cheveux derrière une oreille, puis ses doigts me caressèrent la joue.

— Je lis en toi comme dans un livre ouvert, dit-il.

— Ah ouais ? Et elle est bien, mon histoire ? répliquai-je.

— Elle est coquine.

— C'est peut-être dû au fait que tu n'as pas bouquiné depuis un moment.

— Tu as raison, j'ai négligé la lecture ces temps-ci.

Mes lèvres s'incurvèrent. Je retrouvai un peu de mon mari. Même si son chagrin luisait encore dans la profondeur de ses yeux émeraude, son expression ne laissait aucun doute sur son désir. Des picotements me parcoururent la poitrine.

— Je te demande pardon.

Non. Non. Non... pas ça. Pas maintenant. Plus jamais.

— Mick, ne t'excuse pas.

Son torse se pencha au-dessus de moi. Son visage se plaça à quelques millimètres de mes lèvres.

— Je t'aime, Gaby.

Mon sourire s'élargit. Le sien aussi. Mon cœur explosa. Je voulais mon mari. Je voulais le rendre heureux. Je voulais qu'il ne souffre plus, je voulais être tout pour lui. C'était égoïste. Mais j'avais besoin de Carmichael. Après tout ce que nous avions vécu, je n'aspirais plus qu'au calme, à la paix, et à notre communion.

Son souffle se fit haletant. Ses pupilles se dilatèrent. Ravie de voir cette expression empreinte de luxure sur son visage, je me passai la langue sur la lèvre, puis lui dis :

— Prouve-le.

Il m'embrassa. D'un baiser fougueux qui m'emporta. Ma main caressa son crâne couvert de tresses. Mes doigts glissèrent jusqu'aux lignes de son dos, avant d'attraper les pans de sa serviette et d'éjecter cette dernière à travers la chambre.

— Je suis nu, dit-il.
— Ouais.
— Et tu es sous les draps.
— Reouais.
— Quand vas-tu t'en extirper pour que je te prenne ?

Putain !

Je sortis aussitôt de sous la couverture et retirai ma chemise de nuit. J'avais été si rapide qu'il me manquait uniquement la bave aux lèvres pour exprimer mon envie. Carmichael s'esclaffa. Je le frappai sur son torse.

— Te moque pas !

Il rit de plus belle, tout en se plaçant au-dessus de moi. Il me pénétra en douceur, les yeux vissés aux miens.

— C'est ça que tu veux, dit-il en se retirant.
— Oui, putain.

J'attrapai ses fesses, l'invitant à réitérer son geste. Il n'y manqua pas.

— C'est ça qui t'a manqué ?
— Bordel, mais oui !

Il se glissa de nouveau en moi, avec une lenteur éprouvante.

— Tu aimes que je te prenne comme ça.
— Absolument. Mais plus vite ne serait pas de refus.

Il n'en fallait pas plus pour qu'il se retire encore.

— Mick !
— Gaby... murmura-t-il en souriant.

Puis il entra brusquement en moi. Ses mouvements devinrent rapides, me pilonnant comme je l'espérais. Je poussai un cri. Il recommença, et recommença encore.

— Tu vas être servie, ma puce.

Ma puce… Enfin, il me surnommait à nouveau ainsi, dans l'intimité d'une chambre. Enfin, je le retrouvais. J'éclatai d'un rire de bonheur. Mais très vite, il se dissipa sous la véhémence de ses assauts, se transformant en halètements et gémissements que je ne pouvais retenir. Mon mari m'était revenu, du moins durant ce moment. Et tandis qu'il me martelait, que ses grondements rauques résonnaient dans la pièce, que je fondais sous la chaleur de mon désir, je pensais que même une vie cachée serait une vie heureuse, si je la passais à ses côtés.

CONNOR

Je m'allongeais sur le dos, repu de cette *très* satisfaisante séance de sexe. Si j'avais su que demander Izzy en mariage allait la transformer en chaudière ambulante, je l'aurais fait bien avant. En repensant à cette soirée-là, je poussai un soupir. Ma princesse cala sa tête sur mon torse et caressa mon ventre avec ses doigts.

— Un soupir de contentement ? demanda-t-elle.

— Un soupir d'exaspération.

Elle redressa la tête et me fusilla du regard. Qu'avait-elle compris ? *Meeeerde...*

— Je ne parle pas de cette magnifique baise, princesse ! Putain, t'es dingue ? Je repensais à ma demande en mariage.

Son visage se radoucit. Elle lâcha même un petit rire.

— C'était mignon.

— T'as failli me larguer seul comme un con dans cette forêt, tellement j'ai merdé.

— Ouais, mais tu t'es rattrapé avec ton genou à terre.

— C'était très embarrassant.

— C'était au contraire très romantique.

Le coin de mes lèvres dessina un sourire. Izzy avait l'air heureuse et retrouver son regard lumineux sans une once de tristesse était un soulagement. Évidemment, je savais qu'elle n'avait pas oublié Raphaël. Mais elle commençait à faire son deuil et la perspective du mariage avait supplanté quelque peu sa douleur.

— Je ne sais pas ce que tu m'as fait, repris-je, mais je suis devenue une chiffe molle depuis que je te connais. Si on m'avait dit il y a un an que je me prosternerais devant une nana pour la faire mienne pour la vie, j'aurais explosé de rire.

— Je dois m'estimer heureuse alors, d'avoir fait succomber *le grand* – que dis-je – *l'illustre* Connor Burton Race.

Elle formula cela en glissant sa main sous les draps. Ses doigts s'enroulèrent autour de mon sexe qui se redressa dès qu'elle le toucha. *Bordel !*

— Hum… J'aime que tu me parles de cette façon…

— Quand je flatte ton ego ?

— Ouais.

— Je vois ça, dit-elle en soulevant le drap qui dévoila mon buste tatoué et ma queue aussi droite que cette putain de Tour Eiffel.

Ses mouvements de va-et-vient m'arrachèrent un grondement. Elle approcha son visage du mien et me sourit. J'attrapai une mèche de ses longs cheveux blonds et plaquai sa bouche sur la mienne.

— Tu vas me rendre fou.

— Tu l'es déjà.

Je me mordis la lèvre et l'embrassai à nouveau.

— Fou de rêver à un avenir avec toi ? Ouais, carrément.

— Un avenir ? répéta-t-elle. Que prévois-tu ?

— Déjà ce mariage, puis j'aimerais…

— T'aimerais…

— Comment veux-tu que je te parle avenir si tu n'arrêtes pas de me branler ?!

— Je pensais que tu étais capable de faire deux choses en même temps.

Je m'esclaffai. Izzy m'imita, sans pour autant retirer sa main de mon sexe. *Bordel…* Je pris son visage en coupe.

— Je t'aime, petite princesse effrontée.

— Je t'aime, espèce de sale pervers tatoué.

Putain !

Je la retournai comme une crêpe et fonçai direct dans son vagin. Elle poussa un cri tout en éclatant d'un rire rauque.

— Je vais te montrer comme je suis pervers !

Et je ne me fis pas prier. Je me fondis en elle, heureux, débordant de vitalité. Même si mes bébés me manquaient, j'avais Izzy pour moi seule dans cette chambre d'hôtel, et je comptais bien en profiter. Ce sentiment me fit du bien. Il était puissant. M'engloutissant tout entier dans un abîme d'allégresse. Un avenir s'offrait à nous, et nous avions tout le temps d'y penser.

Une chiffe molle ? Ouais, clairement !

THOMAS

— Ils arrivent aujourd'hui.
— C'est une excellente nouvelle, me lança Laura.

Nous avions investi le manoir de Connor pour y tenir le procès de Guillaume. J'avais redouté qu'une foule de natifs ne fasse le voyage pour y assister, et ma crainte se confirmait depuis deux jours. Le manoir et ses alentours ne désemplissaient pas. Tous les appartements du domaine accueillaient des visiteurs, tandis que les hôtels voisins, et même jusqu'à New York, affichaient complet. Cette affluence n'avait qu'un seul motif : ils voulaient tous la peau de mon fils.

Une dernière fois, je parcourus des yeux la salle de Vertumne. Des centaines de sièges avaient été installés. Le procès devait se tenir dans deux heures. Puis je m'en allai avec un soupir vers les escaliers du manoir. J'étais éreinté. Usé. Ces derniers mois m'avaient vieilli de plusieurs années. Les épaules presque avachies, je ne sentis pas la présence de Laura derrière moi quand je fus sur le point d'ouvrir la porte de ma chambre.

— Thomas.

Je me retournai et fis face à son visage, d'une blancheur laiteuse, et à ses grands yeux verts dissimulés derrière une longue frange rousse.

— Oui, Laura.

— Tu n'es pas obligé d'y assister.

— Tu sais bien que si.

Elle baissa son regard vers le sol, comme si elle se sentait soudain embarrassée. Je posai une main sur son épaule.

— Viens boire un café.

Elle acquiesça et nous entrâmes dans la chambre. J'avais fait installer une cafetière sur la commode. J'avais tant besoin de caféine pour tenir. Mes insomnies me bouffaient la vie. Laura s'installa sur le canapé. Je lui tendis sa tasse et pris place à ses côtés.

— Je suis désolée, dit-elle.

— Pourquoi ?

— Parce que je suis la première à en vouloir à ton fils.

— Tu es surtout la première à avoir laissé ta haine de côté pour consentir à ce qu'il nous aide à sortir nos amis du Blézir, alors que tu as toutes les raisons de vouloir sa mort.

Je repensai à Pia. Sa fille. Laura m'avait souvent parlé d'elle durant les longs mois où nous tentions de trouver un moyen de permettre l'évasion des immortels. Je ne l'avais que peu connue. Suffisamment pour constater sa ressemblance frappante avec sa mère.

Mais Pia était morte. À cause de mon fils. Et Laura était sur le point de divorcer. À cause de mon fils. Ses larmes s'étaient taries. À cause de mon fils.

— Je ne veux pas qu'il meure.

Surpris, je tournai la tête et fixai mes yeux dans les siens.

— Tu en as tous les droits, Laura.

— Mais je ne le veux pas.

— Pourquoi ? Il t'a fait tant de mal qu'à ta place, je…

— Pour toi.

Je restai silencieux, tentant de considérer le sens de ces deux mots. Était-ce un gage d'amitié ? Ou autre chose… ? Cela ne pouvait être autre chose. Certes, les derniers mois passés ensemble avaient développé une sorte de complicité entre nous. Nos cœurs étaient si bousillés que nous nous étions soutenus. Mais je restai le père de l'homme qui avait tué sa fille. Je repensai tout de même à ces derniers mois. À ce que Laura et moi avions accompli.

Alors, je l'observai. L'observai vraiment. Détaillant chaque trait de son visage, mon regard s'attarda sur ses mignonnes taches de rousseur, sur ses lèvres pleines et son nez joliment retroussé. Elle avait à peine quarante ans, donc plus jeune que moi d'une bonne vingtaine d'années. Je la trouvais belle et attirante. Sauf qu'avec ce qu'avait fait mon fils, comment pouvais-je seulement songer à un… Un quoi ? Un avenir entre nous ? Je me maudis de penser à elle de cette manière.

Sous l'insistance de mon regard, Laura baissa le sien. Elle posa ses mains nerveuses sur ses genoux et se leva, prête à me quitter. Mon cœur battit soudain la chamade, alors je lui attrapai le bras. Elle posa ses yeux sur moi. Je me redressai et lui fis face.

— Merci d'être là, dis-je, la voix hésitante.

Elle hocha la tête. Du rouge lui monta aux joues. Je lui souris. Puis elle déclara :

— Si le procès tourne mal, tu partiras, n'est-ce pas ?

J'acquiesçai. Si mon fils venait à mourir aujourd'hui, alors jamais plus aucun natif ne me reverrait. Je m'étais déjà interrogé sur ce que je ferais si ça arrivait. Le mieux était que je me retire jusqu'à ce que la mort m'emporte. Loin des miens. Loin de tout.

Laura voulut se défaire de mon bras. Je resserrai ma prise.

— Laura… Je sais que je suis le père de l'homme qui a tué ta fille, mais…

Malgré l'horreur qu'exprimaient mes mots, son regard ne se détourna pas. Mais je ne pus poursuivre. J'en étais incapable.

— Tu es un homme bien, Thomas.

Sa voix était douce. Son air timide.

— Je reconnais qu'au début, je n'ai vu en toi qu'un moyen d'aider Connor et les immortels à sortir de cet horrible endroit, continua-t-elle. Cela me révulsait de travailler de concert avec toi. Puis, j'ai appris à te connaître. J'ai été témoin de tes actes. J'ai estimé ton intelligence. Je… t'apprécie, bien que tu sois le père d'un homme qui a réduit ma vie en miettes, comme il l'a fait avec la tienne. J'ai juste…

— Juste quoi ?

Il y eut un silence. Seuls nos yeux parlaient pour nous. Je restai un moment à la regarder. Je dirais même, la contempler. Mes yeux se rivèrent à ses lèvres, et je n'eus soudain plus envie de penser. Alors je l'attirai vers moi et la pris dans mes bras. À la chaleur de son contact, j'eus cette impression de retrouver la vie, et je resserrai mon étreinte. J'enfouis mes mains dans ses cheveux. Elle caressa les lignes de mon dos.

Notre étreinte dura longtemps. Le temps d'un moment de grâce. Loin des soucis. Loin du procès. Loin des épreuves que j'allais subir durant cette journée. Laura m'apportait ça. Soudain, je n'eus plus envie de la lâcher.

GUILLAUME

Ils étaient si nombreux que j'aurais pu en rire de dépit. J'étais cuit. Alors que j'avançais dans la salle de Vertumne, les injures à mon encontre se multiplièrent. Des sifflements parcoururent la foule. Si mon père n'avait pas été présent à mes côtés, j'aurais été réduit en charpie dès mon arrivée. Mais Thomas Valérian était respecté dans la communauté. Même si je l'avais trouvé pitoyable une bonne partie de ma vie, il m'apparut soudain comme le grand homme fier que j'aurais aimé qu'il soit tout au long de la sienne.

Je pris place dans un fauteuil en cuir, dressé pour l'occasion sur une vaste estrade qui accueillait aussi mon père, Laura Petersen, les voyants Souillac et une télépathe d'une soixantaine d'années, Allyson. Je savais qu'elle était sortie avec mon oncle, Éric, à une époque. Mais encore une fois, la reine Gabrielle avait sonné le glas de cette relation.

Mon père se leva. D'un geste de la main, il voulut faire taire l'assemblée, mais il ne recueillit que des invectives.

— Tu ne peux pas te tenir ici, Thomas ! cria un natif.
— En tant que père, tu ne peux pas le juger ! hurla-t-on plus loin.
— À mort ! beuglèrent tant d'autres encore.

Mon père soupira, contourna la table, puis vint se dresser à mes côtés.

— Je ne suis pas là pour être juge, clama-t-il avant de me désigner du doigt. C'est mon fils qui est assis ici.

— Un traître !

— À mort !

— Je vous demande simplement le calme pour convenir de son sort, tenta d'expliquer mon père.

— Qu'il meure !

Je soupirai.

— Papa, laisse-moi. Pars d'ici.

Ahuri, il se tourna vers moi.

— Non !

— Papa. Laisse-les me tuer. Ils ne se calmeront pas avant que cela soit accompli.

— Tu entends quand je te dis *non* ?!

Puis soudain, une chose improbable se passa. Laura Pertersen se posta à côté de mon père et lui prit la main. Cette femme d'ordinaire plutôt timide s'adressa à la foule.

— Je suis la mère de Pia Petersen, dit-elle, tandis que le silence s'abattait à l'instant même où le son de sa voix s'était élevé dans la salle. Comme vous le savez, ma fille est morte à cause de l'explosion du château. Les actes commis par Guillaume ont aussi causé la mort de la famille d'Estelle Monteiro, puis ont entraîné les décès de Raphaël et de Stella. Il a livré les immortels à l'infamie et notre existence a été révélée aux humains.

Une boule me remonta dans la gorge à la mention de Stella. *Je veux mourir...*

Laura prit une inspiration avant de continuer. La foule attendait patiemment ses arguments. Arguments qui, j'en étais certain, allaient me condamner.

— Je ne veux pas sa mort ! lâcha-t-elle brusquement.

Des murmures effarés traversèrent l'assemblée. Moi non plus, je ne comprenais pas.

— Non, je ne la veux pas ! renchérit-elle. On ne combat pas ses ennemis en répétant leurs erreurs. On les condamne à l'oubli. Je propose que Guillaume soit enfermé dans une prison, destitué de ses pouvoirs grâce à des drogues que nous lui inoculerons. Il restera auprès de son père, sous sa surveillance. Je m'engage moi-même à m'assurer que sa sentence soit exécutée, s'il le faut !

Des cris de stupeur s'élevèrent. Cela était couru d'avance, mais ce qui me choqua, ce fut la main de mon père resserrant son emprise sur celle de Laura. Ce fut le regard qu'ils échangèrent. J'y discernai une lueur que je n'avais jamais aperçue sauf quand…

— À mort ! hurlèrent certains natifs, ce qui m'arracha à mes pensées.

— Qu'on le tue, maintenant !

Les natifs commençaient à dangereusement s'animer.

— Va-t'en, Papa, clamai-je à mon père en me levant de mon siège. Prends Laura avec toi et pars d'ici.

— Guillaume…

— Écoute-moi ! Pars avec elle, et ne revenez pas.

— Je ne te laisserai pas.

— Ça devait se finir comme ça, tu le sais. J'assume mes actes, Papa. Je ne suis pas fier de ce que j'ai accompli. Je t'ai fait défaut. Je ne suis pas le fils que tu mérites. Mais pour une fois, écoute-moi et va-t'en !

— À mort !

Les cris s'intensifièrent quand, soudain, les portes de Vertumne éclatèrent. Des débris furent projetés dans l'allée centrale, entre les chaises des visiteurs. Et elle apparut. Cette femme que je haïssais, et son mari pour lequel je n'avais que mépris. Ma cousine suivit, tenant la main de Connor. Ethan et Prisca se tenaient derrière eux. Lorsque ma tante Gabrielle avança dans l'allée, elle captura toute l'attention. Son regard parcourut l'assemblée. Celui, glacial, de son mari était vissé sur moi. Gabrielle approcha de Thomas et sourit avec douceur quand elle remarqua sa main dans celle de Laura. Il lui répondit en l'imitant.

— On a failli être en retard, lui lança la Reine Blanche, avec un clin d'œil.

— On aurait peut-être dû, déclara son mari en me toisant avec toute la haine que je lui inspirais.

Gabrielle l'ignora, comme elle m'ignora. Elle n'eut pas le moindre regard jeté pour moi. Je la honnissais. C'était plus fort que moi.

— Vous ne le tuerez pas !

La voix de ma tante résonna comme un écho dans la vaste salle tant le silence était tenu. Mais quelques mouvements de foule me firent penser que même si tout le monde la redoutait, cela n'allait pas se passer aussi facilement qu'elle l'espérait.

— Je sais ce que vous allez dire, poursuivit-elle d'une voix toujours aussi forte, et vous aurez raison. À cause de cet homme, ma fille a été séquestrée et tuée. Le fils de Carmichael a connu le même sort, mais lui ne reviendra pas. Puis le château, ma maison, *notre maison*, a été réduit en cendres ! Nous avons été capturés, torturés et tués à de si nombreuses reprises que je ne vous en ferai pas le compte… Je hais cet homme bien plus que vous tous réunis ! Et je décide qu'il sera épargné.

Des « non ! » s'élevèrent. Certains natifs se levèrent de leurs chaises pour s'insurger. Gabrielle leva une main. Tous se rassirent brusquement. Les voix se turent. L'immobilité avait saisi toutes les personnes présentes. Gabrielle les avait tous figés. Carmichael s'avança à ses côtés, puis ce fut Connor.

— Il va vivre, dit le premier. Et si nous le laissons vivre, c'est pour une seule et unique raison.

Le roi déchu se tourna vers mon père.

— Nous le laisserons vivre parce que c'est ton fils, Thomas. Que depuis quarante ans, tu as rendu des services irréprochables à la communauté. Nous te devons l'administration du royaume. Nous avons récupéré tout ce qui a été volé et tout ce que Guillaume a voulu nous prendre grâce à toi. Nous sommes libres, grâce à toi. Tu n'as jamais failli. Et pour te remercier, je laisse la vie sauve à ton fils, même s'il a arraché celle du mien.

Ma mâchoire manqua se décrocher. Reconnaissant, mon père hocha la tête. Je faillis vomir, mais le voir soulagé et reconnu pour ses actes m'inspira une vive émotion. Une émotion que j'aurais préféré ne pas ressentir.

— Et ce n'est pas tout ! lança Connor à la foule immobile. Je suis toujours roi de ce royaume. Maintenant que je suis libéré, c'est à moi que vous devez allégeance.

Il posa une main sur le bras de sa belle-sœur.

— Euh, Gaby. Tu peux les démuseler, s'il te plaît ? lui souffla-t-il. Ça passera peut-être mieux si on ne les contraint pas au silence, en fait.

Elle hocha la tête. Des soupirs de soulagement accueillirent cet acte libérateur.

— En tant que roi, j'ordonne que Guillaume ne soit pas tué.

Cette fois, personne ne contredit cette décision. Était-ce les mots de Carmichael ? La reconnaissance de la bravoure de mon père ? La peur des pouvoirs de Gabrielle ? La crainte de son frère qui semblait tendu à ses côtés ? La promulgation de Connor qui reprenait les rênes ? Peu importait. Mon père respirait à nouveau.

Je ne pouvais pas vraiment dire que je regrettais mes actes. On avait beau me marteler le crâne en brandissant la morale et l'éthique, c'était comme si j'étais fermé à tout. Hermétique. Seule la vengeance avait habité mon esprit toutes ces années. Rien ne pouvait effacer cela. Mais voir mon père soulagé gonfla mon cœur de cette étrange émotion. Je réalisai que je n'avais jamais voulu le rendre malheureux. Bien sûr, j'avais su qu'il le serait à la minute où il apprendrait mes méfaits. Mais j'avais eu peur pour lui. Je l'aimais. C'était mon père. Et je n'étais pas un fils digne de lui.

— Ce sera mon dernier acte en tant que roi ! asséna soudain Connor.

Mon regard vrilla aussitôt dans sa direction. L'étonnement perceptible de la foule ne se fit pas attendre.

— J'abdique.

Cette révélation sonna comme un coup de marteau sur une enclume. Ça n'empêcha pas l'intéressé de poursuivre.

— Je vais épouser Isabelle Valérian et me retirer du monde, avec tous les immortels ici présents.

Des expressions de stupeur traversèrent les visages des natifs.

— Nous allons signer un traité avec les humains, expliqua Connor. Un traité qui vous garantira la paix. Bien sûr, nous ne sommes pas stupides. Nous savons que le chemin de l'acceptation ne se fera pas sans heurts. Vous serez sans doute victimes de racisme, d'actes délictueux. Il vous faudra faire preuve de patience et d'intelligence. De discrétion, aussi. C'est pour cette raison qu'il faut quelqu'un à votre tête. Je suis bien placé pour savoir que le royaume doit être administré par un roi.

Carmichael avança derrière son frère. Les deux anciens dirigeants natifs étaient donc tous deux d'accord sur le choix de la personne qui prendrait la relève.

— Ce sera Thomas Valérian.

Nouveau silence. Les natifs s'observèrent et Carmichael ne reprit la parole qu'après que l'annonce eut été enregistrée par leur cerveau.

— Comme je l'ai dit tout à l'heure, nous devons beaucoup à Thomas. Il a géré les affaires du royaume d'une main de maître. Il a mené l'assaut dans la guerre contre les Six. Il a risqué sa vie pour nous faire évader de prison. Il a toujours été là pour nous, pour vous. Il fera un excellent roi.

Mon père restait hébété. Ses yeux faisaient des va-et-vient dans ses globes oculaires.

— Thomas a tout notre respect, mais il n'est pas immortel ! cria un des natifs de la foule.

— Certes, admit Carmichael. Il vous appartiendra donc à tous de réfléchir à la façon dont vous conviendrez de sa succession. Peut-être devriez-vous mettre en place un processus d'élection. Ce sera à vous de décider de la suite, plus à nous. Sachez cependant une chose importante : nous ne serons jamais loin. Si d'aventure un roi ou une reine outrepassait ses prérogatives en administrant le royaume sans avoir à cœur l'intérêt des natifs, alors nous interviendrons. Et il ou elle le regrettera amèrement.

La messe était dite.

— Mais vous allez vraiment partir ?! demanda une femme au cœur de la foule.

— Oui.

— On ne vous reverra plus ? s'enquit un autre dont la voix trahissait la tristesse.

— Il est probable que non.

Gabrielle prit la main de son époux. Chacun des immortels fit face à l'assemblée. Ce moment signait comme un adieu. Je n'allais pas m'en émouvoir, non. Moi, j'observais mon père. Et il semblait heureux. Je le vis croiser le regard de Laura et je compris que l'avenir n'appartenait plus aux immortels, qu'un tout autre futur se profilait. Et s'il était meilleur, alors j'étais comblé d'avoir pu y participer. Malgré mes actes. Malgré les morts. Non, je ne regrettais rien.

GABRIELLE

— *P*risca ? criai-je tandis qu'elle montait les escaliers.
— Tu as déjà rassemblé tes affaires ?
— Je n'avais rien ici.
— Ah.
Prisca redescendit quelques marches et s'arrêta devant moi.
— Qu'est-ce que je peux faire pour toi ?
— Comment sais-tu que je vais te demander quelque chose ?
— Oh, cela fait plus de quarante ans qu'on se connaît, maintenant, Gaby. Je sais quand tu vas me demander quelque chose, et j'ai comme dans l'idée que ça ne va pas me plaire.
— Mais si, tu verras !
Ce que cette femme était intuitive ! J'en étais effarée à chaque fois. Elle haussa les sourcils et attendit avec grâce que j'accouche de ma demande.
— Bon, OK. Voilà, j'aimerais que tu me coupes les tifs.
J'avais dit cela avec un grand sourire.
— Pas question !
— Putain, Prisca, tu peux pas me le refuser !
— Johnny va me tuer !
— Tu es immortelle !

— Johnny va me pourrir la vie.

— Mais non.

— Il a menacé physiquement Jack pour le dissuader de te couper les cheveux !

— Il n'aurait jamais mis ses menaces à exécution.

— J'en doute.

— Allez, Prisca. Ethan m'a dit que tu savais t'y prendre avec des ciseaux. S'il te plaît.

Je lui lançai un regard de biche, que j'espérais attendrissant. Elle soupira puis abdiqua. Trop heureuse, je tapai des mains. Je sautillais presque à côté d'elle quand nous gagnâmes sa chambre.

— Tu veux quoi, comme coupe ?

— Un carré plongeant.

— Seigneur…

— Tu penses que ça ne va pas m'aller ?

— Oh si… Mais Johnny va te trucider.

— Ça fait bien longtemps que lui et moi ne nous sommes pas embrouillés. Une petite dispute entre amis, et un petit câlin ensuite, voilà tout ce que je risque !

— Vous me faites rire.

Je m'approchai de Prisca, les cheveux humides après les avoir shampooinés. Elle avait disposé des ciseaux et un peigne sur la coiffeuse devant laquelle je m'installais.

— T'es sûre ?

— Vas-y.

Elle coupa une première mèche en soupirant. Puis elle entreprit d'en couper d'autres. Je fermai les yeux. Le contact de ses doigts sur mon crâne n'était pas désagréable. Depuis le temps que je voulais changer de coiffure, je savourais l'instant. Mais je n'oubliai pas non plus d'aborder un sujet qui me tenait à cœur. Je décidai de mettre les pieds dans le plat.

— Alors, toi et Ethan ?

— Quoi, moi et Ethan ? dit-elle tout en poursuivant sa tâche.

— Vous êtes ensemble ?

— Pas vraiment.
— Ça veut dire quoi « pas vraiment » ?
— Ça veut dire que ton frère est compliqué.
— Ouais, c'est peu de le dire.

J'aimais mon frère. J'aurais même donné mes deux bras pour lui. Mais il était étrange. Il l'avait toujours été, même s'il avait progressé, s'il s'était « humanisé ». Mais il subsistait en lui une noirceur, un inaltérable désarroi, une mélancolie. Et plus les années passaient, plus les signes de sa lassitude se devinaient dans son regard insondable. Cela ne s'était pas arrangé avec la mort de Pia…

— Ne te fais pas trop d'espoir, Gaby.
— Je sais, Prisca. Avec lui, je le sais. Mais il n'a jamais eu personne avec qui vraiment partager sa vie. Je serais heureuse que ce soit toi.
— Je ne crois pas qu'il voie les choses comme toi.
— Et toi, comment les vois-tu ?
— Je préfère ne pas y penser. Anticiper un avenir imaginaire n'apporte que souffrance. Et je ne veux plus souffrir.
— Parfois, il faut savoir provoquer les événements pour qu'ils arrivent.
— Crois-moi, les événements, je les ai déjà provoqués.

Son sourire mutin me fit brusquement tourner la tête.

— Gaby ! J'ai failli te couper une mèche beaucoup plus courte ! Arrête de bouger !
— T'as fait l'amour avec Ethan ?

Elle éclata de rire, puis haussa les épaules. Je pris ça pour un oui. Ma bouche s'ouvrit comme un four.

— Oh, putain !
— T'emballe pas, Gaby.
— Si je veux !
— Ton frère me fuit. Toujours. Vraiment, ne t'emballe pas.

Ça ne m'étonnait pas de lui. Je posai ma main sur celle de Prisca et l'observai un instant.

— J'aimerais que tu sois ma sœur.
— Je suis déjà ta belle-sœur.

— Tu comprends ce que je veux dire. Et j'aimerais que tu rendes mon frère heureux.

— Ça, je doute d'y parvenir.

— Laisse-lui du temps.

— Il n'est pas suffisamment attaché à moi. Il n'est pas prêt, et ne le sera peut-être jamais.

— Dis-lui ce que tu ressens.

— Non. Je ne le ferai plus.

— Tu l'as déjà fait ?

— En quelque sorte.

— Comment ça ?

— C'était au Blézir. Je lui ai... presque dit.

— Bah, dis-lui vraiment.

— Je ne préfère pas, asséna-t-elle après un dernier coup de ciseau. Bon, comment te trouves-tu ?

Je m'observai dans le miroir.

— J'adore !

— Johnny va détester.

— Encore mieux !

Nous rîmes, et Prisca me serra dans ses bras. C'est la première fois qu'elle le faisait. Et au-delà du fait qu'elle était ma belle-sœur, je sus en cet instant qu'elle était aussi mon amie. Sans doute la meilleure. Elle m'épousseta les épaules, puis se leva, satisfaite. Éprouvait-elle le même attachement vis-vis de moi ? Je n'eus pas vraiment le temps d'y réfléchir, car Connor et Izzy entraient dans la pièce, riant probablement d'une vanne de ce dernier. J'avais été surprise qu'il annonce son abdication, et soulagée aussi. Il n'avait pas l'air d'être abattu, au contraire, à en croire son sourire étincelant à l'égard de ma fille.

— Carmichael m'a envoyée te cher...

Izzy s'arrêta net en découvrant mon visage.

— Johnny va te tuer !

Je gloussai.

— Ouais, je sais. Comment tu me trouves ?

— Divine !

Elle s'élança vers moi et me serra contre elle. Que c'était agréable de la voir enfin si heureuse ! Mon cœur se gonfla de son bonheur, et je la serrai plus fort.

— Jo va vraiment faire une attaque.

— Je sais.

— Je pourrai l'assommer quand il pétera un plomb, lâcha Connor avec un sourire qui me laissait entendre qu'il l'envisageait sérieusement.

— Cela sera peut-être nécessaire.

Prisca éclata de rire, mais cet éclat s'éteignit vite quand Carmichael et Ethan, livides, entrèrent dans la chambre.

— Que se passe-t-il ? m'enquis-je, me levant brusquement.

Leurs mines défaites ne me disaient rien qui vaille. Je les connaissais assez bien tous les deux pour comprendre instantanément que l'heure était grave.

Le regard de Carmichael vrilla vers Izzy, puis vers son frère.

— On les a enlevés.

Tout l'air de la pièce s'échappa d'un coup. Mon cœur manqua un battement. Izzy s'écroula sur le sol en hurlant. Connor la rattrapa, le visage terni par l'inquiétude. La colère me saisit. Vengeresse, elle courut dans mes veines. Et si j'avais su ce qu'il allait se produire, j'aurais sans doute tout tenté pour la maîtriser.

PARTIE II
VENGÉS

JOHNNY

La veille...

— JACK, Jack ! Magnez-vous le train, ce petit monstre est en train de me pisser dessus !

J'en avais plein le cul de changer des couches. On faisait ça chacun à tour de rôle, mais j'avais l'impression d'y passer tout mon putain de temps. Et deux bébés, c'était deux fois plus de couches !

Non, mais qu'est-ce qui fait que les mioches chient aussi souvent ?

— Je crois qu'on devrait arrêter de les alimenter, Jack. Je suis sérieux.

— Monsieur, vous m'avez déjà dit ça hier, et avant-hier, et je vous ai répondu que ce n'était pas envisageable.

Jésus et Jared entrèrent dans la chambre. Nous étions désormais quatre, entourant comme des cons la table à langer où Lior poussait des cris. J'avais récemment investi dans un casque antibruit que je portais en permanence, pour ne plus avoir à supporter ces hurlements de brebis égorgée. Et les cris de Lior n'étaient rien comparés à ceux de sa sœur. Justement, la belle au bois *pas dormant*, allongée dans son lit, se décida à imiter son jumeau, juste pour me faire chier ! Ce casque, c'était de la merde ! Je le retirai d'un geste impatient.

— Je vous préviens, les mecs. Si Izzy et Connor ne se ramènent pas par ici vite fait, bien fait, je vais péter un plomb. Je vais péter un plomb !

Ma voix dérailla. Jésus gloussa et alla chercher la petite. Jared me poussa et termina de foutre du talc sur les fesses du petit monstre, puis referma la couche. Quand il voulut prendre Lior dans ses bras, je le poussai à mon tour.

— Non, non, beau gosse. Laisse faire Tonton.

J'aimais le contact du petit monstre contre ma peau. Ça m'apaisait et ça l'apaisait aussi. Quand il était dans mes bras, il la fermait, la plupart du temps. Je souris quand Jésus se pointa avec sa sœur.

— Eh bien, nous allons devoir changer une autre couche, je crois.

— Non, mais c'est pas possible ! m'écriai-je.

Dans mes bras, le petit ne broncha pas à ma voix qui s'envolait vers les aigus. Il avait déjà l'habitude. *Bon petit.* Jésus coucha sa sœur sur la table à langer. Mais alors que je m'apprêtais à maudire la gamine, comme j'aimais si bien le faire, malgré sa bouille adorable et ses petits airs charmeurs, un bruit à l'étage me fit sursauter.

— Vous avez entendu ?

— Ça doit être Caleb, me lança Jared.

Caleb et quelques natifs télékinésiques assuraient notre protection depuis que nous avions quitté les immortels.

— Caleb est en bas avec les autres, et ça venait d'en haut.

Une veine sur le front de Jack saillit tandis qu'il se dirigeait vers la porte. La seconde d'après, il fut poussé sans ménagement à l'intérieur. Des hommes en noir investirent la pièce et se saisirent de nous. Je faillis en faire tomber le petit.

— Briggs ! souffla Jared, qui reconnut aussitôt les traits du colonel.

Je pâlis et serrai plus fort le petit contre moi. Il me fut brutalement arraché des mains.

— Emmenez-les tous et n'oubliez pas la petite sur sa table à langer, bordel !

Jack m'envoya un regard chargé de stupeur et d'inquiétude. Jésus se tourna vers moi et l'angoisse que je lus dans ses yeux me sidéra. Mes jambes tremblaient tandis qu'on nous traînait en dehors de la maison.

— Laissez-nous, bande d'enculés ! hurlai-je.

— Il paraît que les mecs qui se font enculer sont ici, lâcha Briggs en riant, alors qu'on nous poussait dans une fourgonnette.

— Ah ! Ah ! Ah ! Un général homophobe ! Quel cliché ! Vous êtes aussi raciste ?

— Ta gueule !

— Donnez-nous les bébés, s'il vous plaît, supplia Jésus aux hommes qui tenaient Lior et Kathelle.

— On t'a dit de la fermer !

— Non, répliquai-je, vous l'avez dit à moi ! Vous savez, la tapette black qui se fait enculer !

— Ferme ta gueule !

— Quelle répartie ! Bon, on m'avait dit que les militaires n'étaient pas des lumières, enfin sauf toi, Jared. Toi, t'es Einstein comparé à ces connards !

Je pris un poing dans la tronche. Je ne l'avais pas volé. Ma bouche pissa le sang. Jésus retint un cri.

— Donnez-nous les bébés ! beuglai-je.

— C'est bon, j'en ai assez ! souffla Briggs. Assommez-les.

CONNOR

*L*e lendemain...

J'arrivais à peine à contenir mon angoisse, mais je prenais sur moi pour Isabelle qui, elle, était si abattue que mon cœur en était dévasté. Nous étions dans l'avion qui nous menait là où nous avait donné rendez-vous cet enfoiré de Briggs. C'est lui qui avait contacté mon frère pour lui annoncer la capture de mes gosses et le point de rencontre. J'étais si fou de rage que je redoutais de ne pas contrôler mes pouvoirs plus longtemps. Je voulais tout casser. Hurler. Vomir... Mais je me retenais. Pour Izzy. Et avec la vie de mes enfants entre les mains de ce putain de colonel, je n'allais pas courir le risque que ma colère fasse exploser notre avion en plein vol.

Nous étions tous partis du manoir sans demander notre reste. J'avais comme dans l'idée que je n'y mettrais pas les pieds avant longtemps. Ce qui venait d'arriver nous prouvait que nous n'aurions désormais d'autres choix que de nous cacher aux yeux du monde. Rien que d'imaginer que je puisse perdre mes enfants, que j'avais eu la stupidité de quitter des yeux durant deux jours, cela me rendait dingue. Je serrai les poings et la mâchoire, me retenant de crier. Me retenant de pleurer.

En pensant à Lior et Kathelle, une boule remonta dans ma gorge. J'avais le sentiment qu'on m'avait enlevé une partie de mon âme ; la partie qui me liait à Isabelle et à mes bébés. Je n'avais jamais ressenti une telle angoisse durant toute ma longue existence. Mon pouls s'emballait à chaque fois que je pensais à la petite bouille de mes enfants. J'étais transi de peur et de fureur contre Burns et Briggs. J'allais leur faire payer très cher, putain. Mais bordel, j'avais une de ces trouilles ! Et je pensais à Jack, aussi, espérant qu'il ne lui était rien arrivé.

Le temps semblait ralentir. On était encore à trois heures de l'aéroport de Salt Lake City. Ces connards nous avaient donné rendez-vous sur le site sinistré du Blézir. Un silence de mort pesait sur la carlingue depuis le décollage. Chacun de nous était rongé par l'angoisse. Un peu plus tôt, Izzy s'était levée pour aller rejoindre sa mère. J'étais incapable de la réconforter alors que c'était ce qu'elle attendait de moi. Je m'en voulais et étais prêt à me filer des baffes. Mais j'avais si peur qu'il arrive du mal à nos bébés que je ne pouvais exprimer mes émotions sans risquer un coup de sang. En songeant à ma faiblesse de caractère, je lançai un coup de pied dans le sac d'Izzy qui traînait sous le siège devant moi. Il se renversa. Un carnet tomba sur le sol. Je fronçai les sourcils et me baissai pour le ramasser. J'ouvris la première page et me liquéfiai quand je découvris qu'il s'agissait de celui de Raphaël, à l'époque où il était détenu au Blézir. Je me tournai et levai la tête pour voir où se trouvait Izzy. Elle était lovée dans les bras de sa mère. Gaby affichait une mine affligée, transie d'inquiétude pour ses petits-enfants et pour Johnny, bien entendu. Le lien qui l'unissait à cet homme, son ami depuis toujours, avait depuis longtemps forcé mon admiration. Je l'aimais beaucoup aussi, même s'il était chiant. Quant à Jésus, il faisait l'unanimité parmi nous. Je pâlis en imaginant le pire à leur sujet.

Voyant qu'Izzy ne semblait pas vouloir quitter les bras de sa mère, je me plongeai dans la lecture des dernières pages du carnet, en toute discrétion. Je ne savais pas encore que ce que j'allais y lire m'ébranlerait à ce point.

« *Cela fait quatorze jours qu'elle est morte. Quatorze jours qu'on me l'a enlevée et que je suis seul dans une cellule minuscule. Heureusement, on m'a laissé ce carnet et un crayon. Ça m'occupe. Je n'arrête pas de penser à elle. Stella ne méritait pas ça. Je me rappelle encore ses yeux effrayés et ses suppliques. Ça me déchire le cœur et hante mes cauchemars. S'ils n'étaient pas venus nous sortir de la chambre, je crois que je lui aurais fait l'amour. Cela aurait consolé mon cœur meurtri par l'absence d'Isabelle. Je sais que Stella n'avait pas de sentiment pour moi ni moi pour elle, mais chacun de nous était brisé par sa propre existence, et notre séquestration a fini de nous achever.*

Quand ils sont arrivés dans la chambre, ils ne nous ont pas bandé les yeux, ce qui n'a fait qu'alimenter notre angoisse. S'ils ne prenaient plus cette disposition, alors cela voulait dire que c'en était fini de nous. Nous ne nous sommes fait aucune illusion.

Ils nous ont laissés dans la salle blanche durant une heure. C'est à ce moment-là que Stella m'a confié ses sentiments pour Connor. Lui qui désirait simplement la consoler de l'abandon de mon père, avait, sans le vouloir, éveillé en elle des sentiments qu'il ne méritait pas. Elle avait espéré qu'il les partagerait un jour. Elle m'a raconté qu'elle y avait cru le soir du bal, à l'occasion du retour de Gabrielle. Ce qu'elle ignorait, c'est qu'il avait déjà rencontré Izzy.

Ses parents ne lui donnant que peu d'amour, la poussant à atteindre des objectifs toujours plus ambitieux, elle avait cherché une famille auprès des immortels. Elle avait vu que des humains, tels que Johnny et Jésus, avaient été invités à un dîner en famille et espérait pouvoir en faire partie. Carmichael avait refusé sa demande. Je ne pouvais le lui reprocher. Il aurait été mal venu d'intégrer sa maîtresse à la table familiale, mais le point de vue de Stella était différent. Sachant qu'il n'y avait plus aucun espoir avec mon père, elle avait espéré qu'on lui accorderait la confiance nécessaire pour intégrer ce qu'elle avait toujours désiré : un cercle d'amis qui l'auraient aimée pour ce qu'elle était en tant que femme, et non comme le bourreau de travail qu'elle était devenue. Elle avait aussi souhaité que Connor la regarde autrement, qu'il voie ce qu'elle était prête à lui offrir. Mais cela n'était jamais arrivé, car Connor était tombé amoureux d'Isabelle. Comme moi... Et il ne lui avait pas fallu longtemps avant de comprendre que cet amour était aussi fort que celui que Carmichael vouait à Gabrielle. Elle en avait été désespérée, mais avait rongé son frein et fait comme si cela ne l'atteignait pas.

Par la suite, Isabelle avait été enfermée dans le bunker, sous les injonctions de Connor. Stella avait été déçue de savoir qu'un homme tel que lui pouvait se montrer si cruel, mais cela n'avait pas atténué ses sentiments. Puis Izzy s'était échappée, et elle et moi avions vécu des moments que mon cœur chérira à tout jamais. Stella avait été nommée Seigneur du Territoire du Milieu. Un jour, elle avait reçu l'ordre de rejoindre le manoir, et Connor lui avait proposé le mariage. Elle n'en avait pas cru ses oreilles. Sa demande avait été loin d'être des plus romantiques et quand il lui avait expliqué ses motivations, elle n'avait pu cacher sa déception. Seulement, elle n'avait pas le choix si elle voulait protéger sa communauté et malgré sa rancœur, elle ne voulait aucun mal à Isabelle et Prisca, les premières à être visées par les menaces de mort du Collectif Delta. De plus, son cœur faisait des bonds dans sa poitrine à l'idée de se marier avec l'homme qu'elle aimait. Peut-être que si elle épousait Connor, il tomberait amoureux d'elle... La nuit de noces l'avait convaincue que ce ne serait jamais le cas. Il s'était montré charmant, mais ne l'avait pas touchée.
Elle avait espéré qu'avec le temps, elle réussirait à faire battre son cœur. Mais il y avait Isabelle, et elle n'avait pu s'empêcher de la détester pour cela.

Stella m'a tout avoué dans la salle blanche, comme s'il fallait que quelqu'un sache toute la vérité avant qu'elle quitte ce monde. Moi, j'espérais encore que nous ne soyons pas tués. Contrairement à elle, je pouvais renaître, mais quelque chose me disait que cette fois, je ne verrais plus la lumière du jour.
Briggs a demandé à ses hommes de nous emmener dans la salle 12. Nous avons été traînés et avons essuyé quelques coups. En arrivant, j'ai vu ce large tube rempli d'eau avec tout un tas de boutons de commande juste à côté, sur un ordinateur dont les fils étaient reliés à la base métallique du dispositif. On nous a déshabillés sous les remarques grivoises des gardes. Je n'ai pas quitté Stella des yeux. Elle pleurait, et ça m'a brisé le cœur. Contrairement à moi, elle n'avait pas l'expérience de la douleur. Sa peur était telle qu'elle tremblait et que des spasmes incontrôlés secouaient ses membres. Son regard planté dans le mien, elle resta là, en silence, terrorisée. Un homme lui a caressé un sein en disant au colonel que c'était bien dommage d'en finir avec elle. Ses larmes ont redoublé. Le colonel a lancé un regard méprisant à l'homme en lui ordonnant de la fermer. On nous a hissés sur la grande échelle et nous avons dû plonger dans le tube, entièrement nus. Il était un peu trop étroit pour deux personnes. Nous

avons battu des jambes pour ne pas nous noyer. Stella était si effrayée qu'elle n'arrivait plus à respirer. J'ai tenté de la rassurer en lui demandant de me regarder, de ne pas quitter mes yeux. Elle sanglotait et ne trouvait pas la force de hurler tant elle paniquait. L'eau tiède est soudain devenue plus froide. J'ai entendu Briggs ordonner "Plus bas !", "Encore plus bas !". Mon corps s'est mis à trembler, l'eau était si glaciale que la chaleur a rapidement déserté nos corps épuisés. On a tenté le tout pour le tout afin de garder la tête hors de l'eau. Je n'ai pas lâché les yeux de Stella. Le froid attaquait nos chairs. Et quand il n'a plus été possible de se battre contre l'inévitable, et avant que nos têtes soient immergées, je lui ai murmuré : "Je suis désolé". »

Je refermai le livre, la gorge serrée. Un goût de haine se tapit dans ma bouche. Je n'avais pas imaginé ce que Stella, ma défunte épouse, avait vécu, et j'étais loin de me douter que sa mort eut été si douloureuse. Je me consolais à l'idée que Raphaël avait été présent à ses côtés, et qu'elle n'était pas morte seule. Mais cela n'aurait pas dû arriver. Je n'avais jamais détesté Stella, car je m'étais douté de ses sentiments confirmés par les écrits de mon neveu. Mais je ne les avais jamais partagés. Mon cœur appartenait déjà à Izzy. Seulement Izzy. Si j'étais déjà ivre de colère contre Briggs, cette histoire ne fit que renforcer ma rage.

Je tournai les pages. Je crus qu'il n'y avait plus rien, mais je vis de nouveau l'écriture de Raphaël s'épancher sur le papier. C'était une lettre adressée à Izzy. La boule au ventre, encore ébranlé par ma lecture, je me tournai à nouveau et m'assurai que ma princesse était toujours dans les bras de sa mère. Je savais que je n'avais pas le droit de lire ces lignes, mais ma curiosité était trop forte. Je ne pus m'en empêcher.

« *Plume... mon amour...*
Tu dois être surprise que j'utilise le mot "amour" pour m'adresser à toi, car je ne l'ai jamais prononcé. Pourtant c'est le premier qui m'est venu le jour où mes yeux se sont posés sur toi dans le bunker. Je suis un imbécile de ne jamais t'avoir avoué mes sentiments. Je croyais en avoir le temps et je n'imaginais pas, alors, la profondeur de ton attachement pour Connor. Mais je l'accepte et en suis heureux, finalement. Car aujourd'hui, je vais mourir et je ne reviendrai plus. Briggs va m'incinérer. Je dois t'avouer que j'ai peur, mais ma pire crainte

est de quitter ce monde sans t'avoir révélé tout ce que je ressens à ton égard. Je t'aime, Plume. Je t'aime tellement.

Je me souviens quand tu es morte pour la première fois, de ce jour où ils t'ont pendue devant moi. J'ai cru que l'on m'arrachait le cœur, qu'on le piétinait. J'étais si dévasté que je voulais me donner la mort, car après t'avoir rencontrée, pourquoi continuer à vivre si tu n'étais pas là ? Quand on y songe, c'est fou de ressentir un tel désarroi pour la perte d'une femme à qui on n'a jamais adressé le moindre mot. Et pourtant... Mon âme avait éclaté en morceaux. Je n'avais pas mené une existence heureuse jusqu'alors, et soudain, tu m'étais apparue. Toi, petite blonde effrontée, pétrie de courage, au regard transperçant mon cœur. Je trouvais enfin quelqu'un qui le faisait battre si vite que je crus qu'il allait traverser ma poitrine quand tes yeux se sont posés sur moi pour la première fois. Les nuits que nous avons passées ensemble, je me plais à me les remémorer seconde par seconde. Me fondre en toi m'a apporté un bonheur tel que j'en souris encore. Je tente de me souvenir de chacun des gémissements qui s'échappaient de ta bouche, de chacun de tes baisers, de tes caresses, de ton odeur... Tu m'obsèdes, je suis à tes pieds.

Mais tout cela, je l'ai gardé pour moi. Je pense avoir bien fait, car je sais que ces sentiments ne sont pas réciproques. Tu aimes Connor comme moi je t'aime, et bon sang, que ça fait mal ! Que ça me tue ! Mais finalement, c'est le mieux qui pouvait t'arriver. Je peux partir en caressant le rêve que tu t'échappes, que tu retrouves Connor, et que tu deviennes mère. Je te vois heureuse et entourée d'amour avec l'homme que tu aimes et tes enfants. Je sais que tu y arriveras, que tu t'échapperas. Et alors que je vais bientôt quitter ce monde, je prie un quelconque dieu pour que cela arrive, car c'est tout ce que je te souhaite, ma petite plume. J'ignore si tu liras cette lettre, mais l'écrire me fait du bien. Je t'aime d'un amour si ardent que mon cœur explose. Ton image est imprimée dans mon esprit et je me console à l'idée qu'elle sera la dernière que je verrai quand je mourrai. Toi, ma Plume, celle qui a illuminé mon âme et qui m'a fait connaître le bonheur durant des jours qui resteront à jamais les plus beaux de mon existence, après des siècles de vie.

Je t'aime.

Raphaël. »

Je déglutis et refermai le carnet d'un coup sec. En repensant à mon neveu, à la profondeur de ses sentiments et à son désespoir, des larmes faillirent jaillir de mes yeux. Je planquai le carnet dans le sac d'Izzy. Si elle l'avait gardé auprès d'elle, c'est qu'elle ne voulait plus se séparer du souvenir de Raphaël. Je le comprenais et cela ne me rendait pas jaloux. Seulement triste. Car je réalisais que la lueur de chagrin qui habitait le regard d'Isabelle depuis mon retour était sans doute liée à cette lecture. Je savais qu'elle pouvait visualiser les images en plus des mots, et cela me glaça le sang quand j'imaginais ce qu'elle avait pu ressentir en *voyant* Raphaël mourir auprès de Stella. Il s'était finalement réveillé peu après, pour trouver à nouveau la mort, et ses dernières confidences avaient été pour elle. Je savais que j'avais eu de la chance de la rencontrer en premier. Que j'avais eu de la chance qu'elle me pardonne et qu'elle mette de côté ses sentiments pour Raphaël afin de vivre à mes côtés. Moi qui lui avais fait tant de mal. Moi qui l'avais trahie, même si je l'aimais tant… Mais le chagrin de savoir que mon neveu était mort dans ces conditions, et que sa dernière pensée eut été pour celle qu'il désirait de toutes ses forces et que j'aimais de tout mon cœur m'ébranla tellement que j'en serrai les poings. Il n'avait pas mérité une fin pareille. Il était un homme bon et bien meilleur que moi.

Mais j'étais amoureux d'Isabelle, moi aussi, et quand elle revint s'asseoir à côté de moi, je la serrai fort, l'embrassai, la rassurai et me rendis compte de la chance que j'avais. Je lui dis que je serais toujours là pour elle et pour nos bébés. Nous allions les récupérer, et mieux encore, nous allions nous venger.

JOHNNY

*S*ite sinistré du Blézir, Utah

Les mains menottées devant mon bas-ventre, je fus tiré en avant par l'un des mercenaires de Briggs. Jésus me suivait, subissant le même traitement. Mes poignets saignaient à force que l'on nous trimballe de gauche à droite. Je faillis me péter la gueule en sortant du camion. Jack, lui, n'eut pas la même veine. Il trébucha et tomba. Jared invectiva nos geôliers. Il reçut un poing dans la tronche.

La lumière me brûla les rétines. Je clignai plusieurs fois des yeux, puis les écarquillai quand je découvris où nous avions mis les pieds. Des centaines de soldats armés jusqu'aux dents étaient alignés les uns à côté des autres. Certains étaient postés sur le toit du Blézir, et je devinais, à cause des nombreux reflets lumineux éparpillés aux alentours, que des snipers étaient dissimulés dans la forêt. Le paysage magnifique des Rocheuses était bafoué par cette abondance d'armes, de lance-roquettes, de mitraillettes, ainsi que par tous ces militaires prêts à en découdre.

On nous tira jusqu'à l'arrière du camion. La tension était palpable. De là où je me trouvais, je pouvais jeter un œil par delà la première ligne de soldats. Je découvris alors ce que je redoutais le plus. Les immortels avançaient d'un pas lent, leur regard parcourant les forces en présence et estimant le danger. Mon cœur se gonfla de les voir ici, mais mon angoisse me paralysait les entrailles. J'avais un mauvais pressentiment. C'est alors que j'entendis la voix forte de cet enfoiré de Briggs qui se tenait aux côtés de deux médecins en blouse blanche.

— Comme ça fait plaisir de vous revoir, les monstres ! Ça fait une paye !

— Où sont-ils ?!

C'était Gaby. Quand j'aperçus son visage et ses cheveux en forme de carré plongeant, je faillis lâcher un cri. Seigneur, c'était quoi, ce massacre ! La bougresse avait profité de mon absence pour se faire couper les tifs ! *Putain, Gabe... Si je sors de ce guêpier, tu vas prendre cher !*

— Qu'y a-t-il ? s'enquit Jésus, inquiet, en constatant mon effarement.

Il prit un coup de crosse dans le ventre pour m'avoir adressé la parole. Soudain, ma réflexion au sujet de la coiffure de Gaby me parut bien futile.

— Rien, rien, mon amour, répondis-je avant de prendre un coup à mon tour.

J'inspirai franchement, puis me laissai submerger par l'horreur de notre situation. Briggs s'avança de quelques pas en direction des immortels, se détachant ainsi de la formation militaire.

— Voilà comment ça va se passer, lâcha ce connard, vous allez vous rendre en échange de vos amis. Le premier niveau du Blézir a été réhabilité, et vous allez nous suivre tranquillement…

— Où sont les bébés ?!

— … puis nous allons continuer nos petites expériences et vous allez gentiment nous laisser faire, poursuivit Briggs qui ignora la demande de Gaby.

— OÙ SONT LES BÉBÉS ? hurla Izzy, poings fermés, le regard mitraillant cet enculé de colonel.

— Ils sont en lieu sûr. Et ils resteront avec nous.

— Ce n'est pas ce dont nous avions convenu ! lâcha Carmichael en faisant un pas en avant.

— Rien à foutre de ce dont nous avions convenu.

— Nous avons eu l'assurance qu'on nous laisserait tranquilles, un traité a été signé.

— Le traité concerne les natifs.

— Nous sommes des natifs.

— Nope, lança Briggs avec un rire sinistre, vous êtes immortels. Vous êtes une espèce différente, c'est ce que nous avons conclu.

— Qui, « vous » ?

— Les dirigeants de quelques pays qui sont très intéressés par la perspective de percer le secret de votre immortalité. Vous pensez vraiment que votre pouvoir n'allait pas attirer la convoitise des plus puissants de cette planète ? Vous avez vraiment cru qu'ils allaient vous laisser vivoter tranquillement durant des siècles ?! Vous êtes encore plus stupides que ce que je pensais ! Enfin, imaginez un peu si, demain, nous avions la possibilité de devenir éternels, nous aussi ! Les puissants de ce monde pourraient se faire des milliards et des milliards de dollars en proposant cette opportunité miraculeuse aux plus riches. Pourquoi croyez-vous que nous avons mené toutes ces expériences ? Alors, voilà le deal : vous allez gentiment nous suivre, ou nous tuerons vos amis un par un sous vos yeux. Est-ce clair ?

Un silence menaçant succéda à cette effrayante tirade.

— Briggs ! tonna la voix de Gaby, dont le timbre furieux n'annonçait rien de bon. Soit vous nous rendez nos amis et les bébés, soit vous et votre armée êtes morts. Est-ce clair aussi pour vous ?

Briggs se tut un moment. Aucun de ses sbires ne pipait mot. La menace de Gabe en avait ébranlé quelques-uns, si on considérait l'atmosphère soudain très lourde qui pesait sur les soldats autour de nous. Chacun d'eux savait de quoi les immortels étaient capables après l'évasion menée par Izzy. Mais ça n'impressionna visiblement pas le colonel qui s'esclaffa en se tournant vers ses troupes.

— Amenez-moi les deux premiers !

À cet ordre, deux militaires s'approchèrent de Jésus et de moi, puis nous tirèrent par les menottes. *Merde, ils n'y vont pas de main morte !*

Quand je rentrai dans le champ de vision de Gaby, je découvris son expression terrorisée. Un des soldats braqua son arme sur ma tête. Un autre fit de même avec Jésus. Je déglutis lorsque je vis mon mari menacé me passer devant. Puis je devins livide quand le soldat lui lança un coup de pied derrière les genoux, forçant Jésus à s'agenouiller. On me plaça à côté de Briggs. Je restai debout, une arme posée sur la tempe. Mon regard se baissa sur l'amour de ma vie. Mes yeux retinrent des larmes ; ma bouche, un cri.

— Ils vont nous sauver, mon amour, ils vont nous sauver, tentai-je de le rassurer avant de prendre un nouveau coup dans les côtes.

Je connaissais la puissance de Gaby et de tous les autres. Je n'avais aucun doute sur l'issue de cet affrontement. Ma meilleure amie était capable de figer tout ce petit monde si elle le voulait. Je devinais qu'elle attendait de voir Jack, Jared et les bébés pour enfin abattre son courroux sur Briggs et sa bande. Mais j'avais la trouille, putain !

— Où sont les autres ? lâcha-t-elle, à bout de nerfs.

— On ne va pas vous les servir sur un plateau ! D'abord, deux d'entre vous doivent venir et se faire gazer avant d'être enfermés. Là, on vous en livrera deux autres. Puis deux d'entre vous viendront encore, jusqu'à ce qu'enfin vous soyez tous là où vous devez être, claquemurés comme des monstres !

La patience de Gaby était à bout. Elle approcha d'un pas tandis qu'Ethan et Prisca se proposaient pour nous remplacer. Je pâlis en constatant que Carmichael semblait décontenancé. Il se passait quelque chose. C'est alors que Gaby tendit la main de manière soudaine. Je m'attendais à un événement spectaculaire dont elle avait le secret, mais rien ne se produisit. Étaient-ils encore privés de leurs pouvoirs ? Si c'était le cas, nous étions foutus. Je faillis pisser dans mon froc quand je vis le regard effrayé de ma meilleure amie se poser sur moi. Puis elle se tourna et fit léviter un rocher auprès d'elle. Elle avait donc toutes ses capacités. Jésus tourna son visage pâle vers moi. Lui et moi comprîmes que quelque chose d'invisible protégeait l'armée de Briggs. Ce dernier riait à gorge déployée. Puis, subitement, tout s'enchaîna. Jésus se leva d'un bond et se rua sur le soldat qui le tenait en joue. Le soldat lui asséna un coup de poing qui le fit basculer en arrière.

— JÉSUS ! criai-je.

Je supposai qu'il voulait tester la barrière invisible, afin de savoir si elle protégeait physiquement chacun des soldats, ou si elle se dressait seulement face à nous. Cette information pouvait aider les immortels à y voir plus clair sur le phénomène qui les empêchait de nous atteindre, et mon mari l'avait bien saisi. Jésus se releva, inspira profondément et se jeta à nouveau sur le soldat. Un autre voulut le plaquer à terre, mais il réussit à l'éviter et son poing percuta le nez du militaire qui pissa aussitôt le sang. Il venait de prouver qu'on pouvait les toucher si le bouclier invisible était contourné. Jésus s'empara alors de l'arme du soldat qu'il allait braquer sur nos ennemis. Je lâchai un sourire, espérant comme lui faire diversion dans une impulsion. Gaby et Carmichael lévitèrent, prêts à s'élancer et à contourner le bouclier invisible. Mais au moment précis où leurs pieds quittaient le sol, une détonation claqua.

Et le monde s'assombrit.

Car Jésus, mon mari, l'homme que j'aimais, mon meilleur ami et mon âme, venait d'être tué d'un tir de sniper en pleine tête.

Ma respiration se coupa. Ma gorge se serra. Le corps de Jésus s'abattit sur le sol terreux. De la poussière s'éleva autour de lui. Une flaque de sang se forma sous son crâne. Mes yeux ne purent contenir les larmes qui les assaillaient. Mon cœur s'asséchait et mon âme s'évapora...

— JOHNNY !

C'était la voix de Gaby. Mais je l'entendis à peine. Mon regard ne pouvait plus quitter le corps de mon mari. Figé. Terrassé. Fatigué... Puis je trouvai la force de lever les yeux vers la femme que j'avais toujours tant chérie. Celle avec qui j'avais vécu des aventures époustouflantes, avec qui j'avais partagé des fous rires, pour laquelle j'avais été prêt à donner ma vie tant je l'aimais. Mais désormais, je n'étais plus rien. Sans Jésus, je n'étais que néant. Alors, je plantai mon regard dans celui de Gabrielle et lui dis :

— Pas sans lui, Gabe.

Un silence tenace suivit mes paroles. Puis elle hurla :

— JOHNNY, NON !

Elle tendit le bras, tentant de briser la barrière invisible entre elle et moi. Izzy se rua sur le côté, espérant la contourner, mais fut projetée en arrière, non loin de la première ligne de soldats. Carmichael leva les mains et se concentra. Connor, Ethan et Prisca les y aidèrent, mais ils ne trouvèrent pas la faille. De toute façon, c'était trop tard. Ça ne servait à rien. Je ne le voulais pas.

— Pas sans lui, murmurai-je.

— JO ! cria Gaby.

Désolé.

Pas sans lui...

Je lui adressai un sourire. Elle que j'aimais tant en avait besoin, plus que jamais. Alors je lui lançai :

— La ferme, Chêne.

Puis je fis ce que je devais faire et me ruai sur Briggs. Je fus aussitôt abattu. Mon corps se fracassa au sol, mais la douleur ne m'atteignit pas. Celle de mon cœur supplantait tout. Les ténèbres m'engloutirent lentement. Mais avant de sombrer, je réussis à glisser ma main dans celle de Jésus.

À tout de suite, mon amour...

ISABELLE

*L*e corps de Johnny tomba comme une pierre aux côtés de celui de Jésus. Un silence s'abattit sur les montagnes Rocheuses. Mon souffle se coupa. Des larmes investirent mes yeux quand je vis Johnny s'emparer de la main de Jésus. Puis il la relâcha et resta inerte. L'âme de Johnny s'envola auprès de son amour. La tristesse qui pesa soudain sur ma poitrine m'empêcha de respirer. Mes pensées se tournèrent vers ma mère, et je la cherchai du regard. Je la vis, debout, à une dizaine de mètres de moi, toute son attention dirigée sur le corps de Johnny. Elle ne bougeait pas. Ses yeux grands ouverts n'exprimaient rien, mais sa poitrine se soulevait à un rythme alarmant.

Ses jambes furent les premières à bouger. Elle recula de quelques pas, son regard toujours fixé sur le corps de son meilleur ami. Puis elle secoua la tête plusieurs fois, comme si elle voulait effacer ce moment de son esprit. Elle leva les yeux vers le ciel. Ses lèvres tremblèrent et des larmes jaillirent sur ses joues. Elle murmura lentement :

— Non… Non… Non…

Elle le répéta plusieurs fois, son corps frémissant reculant encore, tandis que chacun de nous restait figé, comme si la stupeur avait enraciné nos jambes dans la terre maudite du Blézir.

Ma mère secoua de nouveau la tête, refusant l'impensable. Une chape de plomb s'abattit sur le site. Elle recula encore, s'approchant de Carmichael statufié par l'horreur. Le corps de ma mère glissa jusqu'au sol. Ses genoux s'enfouirent dans la terre poussiéreuse. Ses bras ballants bougèrent étrangement autour d'elle, suivant les mouvements de sa tête qui allait de gauche à droite et de droite à gauche, sans discontinuer. Elle murmurait des mots désormais inaudibles. Puis, quand elle s'arrêta de bouger et releva les yeux vers le colonel, le silence de mort qui régnait fut soudain troublé par un bruit inquiétant. La terre tremblait sous nos pieds. De la poussière s'élevait et obscurcissait ma vision. C'est alors que ma mère poussa un hurlement presque inhumain, chargé d'un tel désespoir qu'il fit redoubler mes larmes. Je trouvai la force de me jeter sur elle, mais je fus aussitôt éjectée par le bouclier invisible qu'elle avait érigé autour d'elle.

« *Maman !* » criai-je par la pensée.

Carmichael, juste derrière elle, sortit de sa transe et se précipita sur sa femme en hurlant son nom. Elle ne réagit pas à son appel. Il pleura et écarta ses bras pour l'enlacer. Mais quand il le fit, sa tête se leva subitement vers le ciel. Son corps semblait transi par les émotions de ma mère, par sa rage et par sa douleur. Le tonnerre fit vibrer le sol. Les cimes des arbres alentour vacillèrent. Mon oncle Ethan réussit à percer le bouclier télékinésique de sa sœur et s'agenouilla auprès d'elle et de Carmichael, qui demeurait comme possédé. Dans un craquement sinistre, et sous le regard stupéfait des soldats, les murs du Blézir se fissurèrent. Briggs serra la mâchoire. Un autre grondement se fit entendre sous nos pieds. La terre remuait encore. Quand mon oncle enroula ses bras autour des épaules de sa sœur pour la réconforter et la raisonner, le phénomène s'amplifia tant qu'une gigantesque crevasse se forma entre nous et nos assaillants. Ethan fut happé par les émotions de ma mère, comme Carmichael un peu plus tôt. Englouti par sa fureur, lui aussi leva les yeux au ciel et s'immobilisa.

« *MAMAN !* » répétai-je en hurlant mentalement. « *Maman, laisse-moi entrer, je t'en prie !* »

Mais rien n'y fit. J'avais beau essayer de l'atteindre, la barrière invisible qui me séparait de ma mère était infranchissable. Je pensai à mes bébés. Mon regard rongé d'angoisse vrilla vers Connor. La terre s'ouvrit sous les pas de la première ligne de soldats, qui fut engloutie dans les profondeurs. Prisca eut le réflexe de faire léviter le corps inerte de Johnny et Jésus avant qu'ils les suivent dans l'oubli. Les docteurs Arroudian et Shermann coururent et réussirent à s'échapper, gagnant un talus et disparaissant derrière lui en hurlant leur terreur. Connor esquissa un mouvement rapide de la main et réussit à maintenir Briggs dans les airs. Le bouclier invisible qui le protégeait venait de céder sous le pouvoir destructeur de ma mère, conjugué à celui de Carmichael et d'Ethan. Soudain, je me rappelai la prophétie.

« Deux élus dont la souveraineté sera toute puissante, frère et sœur de sang, elle seule en sera le cœur, car ils seront à l'origine de l'Avènement de ceux qui ont été choisis. Un pouvoir ultime et si grand qu'un acte isolé à leur encontre provoquera l'annihilation du monde terrestre ».

Seigneur ! Et si les deux élus n'étaient autres qu'Ethan et Carmichael et que ma mère était le centre de cet éclat gigantesque de pouvoirs ? Elle qui semblait capturer ceux de ses frères de sang ? Une autre interprétation ! *Frères au pluriel !* Dans le corps de Carmichael coulait le même sang que celui de ma mère et d'Ethan, même s'ils n'étaient pas de la même fratrie. Un acte isolé pouvait-il être la mort de Johnny ? Je pâlis à cette pensée et criai le nom de Connor. Mais ce dernier, que je discernais à peine derrière le nuage de poussière qui se formait telle une tornade, faisait léviter le corps de Briggs jusqu'à lui. La terre se souleva encore et se déroba sous les pieds d'autres rangées de soldats, dont les corps s'évanouirent dans les abîmes. Des tirs de snipers tentèrent de nous atteindre, mais le bouclier de ma mère nous protégeait tous.

Je tournai mon regard vers Prisca qui se trouvait être la plus proche de moi. Elle était comme tétanisée, les yeux fixés sur Ethan. À ma gauche, l'un des camions, dont Johnny et Jésus avaient été extraits, glissa sous terre. C'est alors que j'aperçus Jack et Jared, terrorisés, tentant d'échapper à une mort certaine. Ils couraient, mais la crevasse s'étendait jusqu'à eux. Je tendis la main et me saisis de leurs corps à l'aide de ma télékinésie. Je me ruai vers eux en volant et les attrapai chacun par le bras. Un effort de concentration et leurs menottes se détachèrent. Je cherchai un point de terre ferme et le trouvai non loin de Prisca.

C'est alors que je vis Connor s'avancer lentement vers le colonel à genoux, figé devant le regard vengeur de celui qu'il avait martyrisé. Connor esquissa un rictus lugubre. Il échangea quelques mots avec son ancien tortionnaire, avant de lui faire lever les bras, qu'il lui arracha avec un sourire triomphant. Briggs hurla et tangua, prêt à tomber à la renverse. Il n'en eut pas le temps. Connor plantait déjà la main dans sa poitrine et en extirpait son cœur. Mon fiancé soupira de soulagement après avoir accompli ce geste vengeur et se tourna enfin vers moi. Ses yeux se posèrent sur ma mère, son frère et mon oncle. Je lus dans son regard qu'il comprenait enfin la menace. Jack et Jared se tenaient derrière moi, se demandant ce qu'il se passait. Connor partit en direction du Blézir à toute vitesse et en revint quelques minutes plus tard, mais sans nos enfants. Je m'épouvantais à l'idée qu'il arrive du mal à mes bébés, qui demeuraient introuvables.

— Prisca ! hurlai-je alors qu'un vrombissement cataclysmique nous parvenait des montagnes. Prisca !

La glace au sommet des cimes se craquelait. Des avalanches se déclenchaient. Les arbres étaient engloutis dans la terre qui les avalait les uns après les autres. C'était le chaos, et Prisca restait figée, ne sachant comment faire pour arrêter ce cauchemar.

— Prisca ! Fais quelque chose !

Elle se tourna lentement vers moi.

— Que veux-tu que je fasse ? J'ai essayé, mais je ne peux pas avancer !
— Parle à Ethan !
— Quoi ?
— Parle à Ethan, dis-lui quelque chose qui nous le ramène. C'est le seul à pouvoir arrêter ça ! Carmichael porte le deuil de son fils. Il est trop en colère, et ma mère le tient. Mais Ethan, on peut le ramener !
— Il est si brisé qu'il ne se laissera pas faire… Il n'est pas assez attaché à la vie, il me l'a dit et je doute que…

— Il t'aime ! lui criai-je.

Les épaules de Prisca s'affaissèrent. Ses yeux s'élargirent de surprise.

— Je sais que tu doutes, renchéris-je, car il n'est pas du genre à avouer ses sentiments, mais je le sais, car je l'ai lu, Prisca ! Je l'ai ressenti !

Sa bouche s'entrouvrit.

— S'il te plaît, Prisca ! Si tu arrives à toucher son cœur, on a une chance d'arrêter ce massacre. Son pouvoir conjugué à celui de ma mère te permettra d'accéder à lui, si tu arrives à lui parler.

— Il... m'aime ?

— Prisca, lança son frère.

Connor vint me rejoindre et envoya un regard à sa sœur, un regard qu'elle seule comprit. Elle hocha la tête et inspira profondément.

— On va tous les trois lier nos pouvoirs pour que tu puisses traverser cette barrière, clama Connor. Si tu parviens à te faire entendre d'Ethan, c'est gagné.

Connor et moi nous concentrâmes tandis que Prisca avançait d'un pas. Au bout du deuxième, elle s'arrêta, stoppée par le bouclier invisible. La tornade s'intensifia. Des montagnes s'écroulèrent sur elles-mêmes. Des roches s'élevèrent comme des projectiles éjectés vers le ciel. En retombant, elles alimentèrent l'implacable tempête. Un autre bruit fracassant percuta nos tympans. On aurait dit des milliers de chevaux lancés au galop. Quand je vis une déferlante d'eau boueuse investir la vallée, je sus que le barrage qui se trouvait à quelques kilomètres de là avait cédé. La crevasse s'élargit encore. Connor dut se concentrer pour nous protéger. Il étendit les bras et dirigea les eaux sur le point de nous submerger et de nous tuer sous son impact destructeur droit sur le Blézir. Elles fracassèrent le bâtiment et y creusèrent un gigantesque sillon. Puis elles s'engouffrèrent dans les profondeurs de la terre dans un vacarme étourdissant. Prisca, protégée par sa bulle télékinésique, dut hurler pour se faire entendre.

— Ethan ! Ethan !

« *Mon oncle, je t'en prie, écoute ce que Prisca a à te dire* », murmurai-je dans les méandres de son esprit.

— Ethan, j'ai attendu trois siècles avant de te rencontrer, continua

Prisca, trois longs siècles. Je sais que je n'ai pas vu en toi celui que tu étais vraiment, celui que tu dissimulais derrière tes souffrances morales, tes souvenirs pénibles. Mais maintenant, je te vois, Ethan. Et j'aime ce que je vois.

« Ethan, laisse-la venir à toi. Elle te parle. Écoute-la. »

ETHAN

Au moment où j'enserrai ma sœur dans mes bras, son ire et sa douleur investirent mon corps sans que je ne puisse rien contrôler. Le poison de sa souffrance, de sa peine et de sa dévastation, s'insinua et se répandit dans mes veines, avant d'enflammer mon esprit. Je ne pouvais maîtriser ce qu'il se passait, car je ne voyais plus rien. Je sentais la présence de Carmichael, je l'entendais pleurer la mort de son fils dont il n'avait pas fait le deuil, mais aussi la perte de Johnny qu'il aimait énormément. Je ressentais son chagrin de voir sa vie s'effondrer à travers sa femme, qui n'était plus là. Car, Gaby avait perdu l'esprit. Sa conscience avait déserté son corps. La haine et la peine avaient remplacé toute autre émotion et rien n'aurait pu endiguer un tel déferlement de désespoir. Je m'abandonnais à cette sensation vengeresse qui me grisait, m'enfermant dans une forme de plénitude, alors que tout mon être irradiait de mes pouvoirs destructeurs. C'était si étrange, si plaisant, d'enfin lâcher les armes pour m'engloutir dans cet abîme obscur…

Puis une voix tinta sous mon crâne. C'était celle d'Izzy. Mais je ne pouvais ou ne voulais établir le contact. Une ombre devant mes yeux m'aveuglait, et le silence réinvestit mon âme. J'étais si bien, là, dans les bras de ma sœur pour l'éternité. Enfin, c'était fini. Enfin, tous nos tourments allaient disparaître, comme nos corps le feraient quand plus rien ne pourrait les maintenir en vie. Nos souffrances passées, conjuguées les unes aux autres, s'évaporaient. C'était un délice de sentir mon âme lentement s'extirper de mon corps.

— Ethan ! Ethan !

Non, je ne voulais plus entendre ce nom. Ce nom appartenant à une personne qui se détestait, qui ne voulait plus rien savoir de la vie. J'avais cru le vouloir. J'avais cru pouvoir vivre comme le faisaient les autres, mais je n'étais pas fait pour ça. Rien ne me retenait dans ce funeste monde.

— ... et maintenant, je te vois, Ethan. Et j'aime ce que je vois.

Était-ce la voix de Prisca qui s'insinuait dans mon esprit ?

« Écoute-la, Ethan, écoute-la. »

J'aurais pu répondre, mais je ne le fis pas. Je pensai juste : *Izzy... désolé, ma grande... je ne peux plus rien faire. Je ne veux pas le faire.*

— Après ce que nous avons vécu dans cette chambre, après ce que nous avons partagé, j'aurais dû te dire ce que je ressentais pour toi, mais je me suis fermée, car j'ai peur, Ethan, peur que tu m'échappes. Peur que tu ne m'aimes pas assez.

Prisca... c'est elle.

— Je m'en veux... Si tu savais comme je m'en veux de ne t'avoir rien dit. Je t'en prie, laisse-nous une chance !

Je ne peux pas, Prisca... Je n'y arrive pas.

« Ethan, elle te dit ce qu'elle ressent. » dit encore Izzy « Écoute-la. Concentre-toi. Tu es plus fort que tu ne le penses. Tu peux te mesurer aux pouvoirs de Maman. Tu le peux, Ethan ».

Non, c'est impossible.

La souffrance de Gaby n'était plus qu'une éruption de lave qui brûlait tout, engloutissait tout. Qui m'engloutissait, moi.

— Je veux un avenir avec toi. Je veux être à tes côtés pour l'éternité, Ethan.

Mes poings se fermèrent, je serrai les dents et crus qu'elles allaient exploser sous la puissance de ma mâchoire. Je tentai de reprendre possession de mon être, mais Gaby et Carmichael me retenaient, ils ne voulaient pas lâcher, tant ils étaient transis de désespoir. Leur affliction s'abattit sur moi et je ne pus lutter.

— Je veux te retrouver, Ethan. Je te veux auprès de moi.

« *Tu peux y arriver, tu peux y arriver. Continue, Ethan.* »

Je voulais extirper mon corps de l'étreinte mortifère de ma sœur. Même si c'était moi qui l'enserrais dans le monde physique, c'était elle qui retenait mon esprit prisonnier. Mais je parvins à m'écarter de quelques centimètres, et ça me fit mal, *si mal...*

« *Tu y es presque, Ethan* »

Le chagrin de Gaby me rappela à elle. Je la sentais m'attirer comme un aimant. Je luttai de toutes mes forces.

— Je te veux pour l'éternité... parce que...

Je veux vivre !

— ... parce que...

Gaby, laisse-moi vivre !

— ... parce que je t'aime, Ethan.

CONNOR

Au moment où Prisca prononça ses derniers mots, elle réussit à poser une main sur l'épaule d'Ethan. Nous fûmes alors tous violemment expulsés en arrière. Le sol vrombit avec force sous nos pieds. La poussière fut soufflée d'un seul coup, arrachant le reste des arbres alentour. Puis tout se calma subitement. Seul le bruit de l'eau se déversant dans la crevasse troublait le silence sinistre de la vallée. Ethan avait réussi. Je me tournai vers Izzy qui se relevait et laissa échapper un petit sourire, tandis que Jack se jetait dans les bras de Jared. La coulée de boue avait été presque entièrement engloutie dans la large fissure où s'était désormais écroulé le site du Blézir, ainsi que la totalité de l'armée de Briggs. Ethan se jeta en arrière, essoufflé, le regard ahuri. Prisca se rua vers lui. Izzy et moi allâmes les rejoindre.

Carmichael et Gaby étaient évanouis. Des larmes perlaient sur les joues d'Ethan. Ses yeux se tournèrent vers Prisca. Ma sœur s'agenouilla devant lui et lui déposa une multitude de baisers sur les lèvres.

— Je t'aime, répétait-elle, je t'aime, je t'aime !

Ethan lui sourit, d'un sourire que je ne lui avais jamais vu. Encore éprouvé par la débauche d'énergie qu'il avait dû canaliser pour réussir à maîtriser Gabrielle et mon frère, il arriva difficilement à se lever. Puis il attrapa le visage de ma sœur et l'embrassa encore et encore. Ces deux-là avaient enfin établi le lien qui les unirait à jamais. Je jetai mon regard dans celui d'Izzy. Elle était partagée entre le soulagement et une profonde inquiétude. Je le savais, car j'éprouvais le même étrange mélange de sentiments. Nos bébés n'étaient pas ici. Les paroles prononcées par Briggs avant que je le tue, et qu'elle n'avait pas entendues, n'avaient fait que renforcer cette conviction. « *Vous ne les reverrez jamais* », m'avait-il dit avant que je lui arrache les deux bras. J'observai mes mains. Le sang de cet enfoiré avait séché entre mes doigts et sous mes ongles.

— C'est Burns qui doit les détenir, lança Izzy.

Prisca se tourna vers elle.

— Je me suis glissée dans l'esprit de Briggs, et c'est effectivement ce qu'il pensait. Quelqu'un ou quelque chose les a protégés et n'est pas loin d'ici. Il était certain d'être en sécurité et l'image de Lior et Kathelle était imprimée dans ses pensées.

Ma sœur était décidément d'un sang-froid à toute épreuve, sauf peut-être quand elle avait vu Ethan être happé par le pouvoir dévastateur de Gaby. Je n'avais pu investir l'esprit de Briggs tant le mien était rongé par l'angoisse. Je me tournai vers Jack qui tenait la main de Jared.

— Comment allez-vous tous les deux ?

— Nous allons bien, étant donné les circonstances, mais… monsieur Johnny et monsieur Jésus sont…

— Je sais, mon ami. Je sais…

Même si je n'avais pas été aussi proche de Johnny et Jésus que l'était Izzy, j'éprouvais du chagrin en réalisant que je n'entendrais plus jamais les saillies du premier, toujours validées par les éclats de rire du second. Ils me manquaient déjà. Izzy, elle, pleurait encore et ne pouvait contenir sa tristesse, maintenant que sa mère était maîtrisée. Ses yeux restaient fixés sur les corps inertes du couple.

Je la serrai dans mes bras et collai ma joue sur sa chevelure.

— Ils sont morts, dit-elle enfin. On n'entendra plus jamais leurs voix. Leurs rires…

— Je sais, ma princesse. Je sais.

Elle sanglota encore avant de lever ses yeux vers moi.

— Et nos bébés, Connor.

— On va les retrouver. J'en suis convaincu.

Je caressai sa joue et l'embrassai. Ce que je l'aimais… Cela me déchirait le cœur de la voir si malheureuse. Je voulais tant qu'elle connaisse enfin le bonheur qu'elle méritait. Depuis notre rencontre, elle n'avait vécu que douleur et désolation. Nous avions connu de bons moments, et je me souvins alors de ces quelques jours sur l'île Valériane, mon île loin de tout, à l'abri des radars et du monde, où personne ne pouvait nous atteindre. Je fis le vœu en cet instant de pouvoir à nouveau m'y réfugier en compagnie de ma belle. Mais il nous fallait d'abord retrouver nos enfants. Car maintenant que j'étais père et que je comptais assumer cette responsabilité, il n'était pas question que je ne l'exerce pas en y mettant tout mon cœur. Quant à celui qui détenait mes enfants, il ne se doutait pas encore que j'étais prêt à tout pour me venger de cet acte abominable.

— Eh bien ! s'écria une voix derrière nous. On a failli tous y passer !

Chacun de nous se tourna vivement en direction de la voix. Une voix sombre que nous avions déjà entendue à de nombreuses reprises. Mais alors que je pensais me trouver seulement nez à nez avec Burns, je ne réalisai pas tout de suite qu'il détenait encore un prisonnier. Ce dernier s'avança en titubant, le visage maculé de sang, le regard éteint. *Raphaël !*

RAPHAËL

uelques semaines plus tôt,
le jour de l'évasion des immortels, au Blézir

Ils avaient dit qu'ils m'incinéreraient, mais ils n'avaient toujours pas mis leur plan à exécution. On m'avait ligoté sur une planche en bois, à côté de l'incinérateur qui trônait au-dessus de moi telle une menace de mort imminente. La pièce se trouvait juste derrière la petite porte menant au tube d'eau où j'avais connu la mort avec Stella.

L'attente devint insoutenable au bout d'une heure. Au bout de deux jours, je hurlai à pleins poumons pour qu'on me sorte de là. Au bout de quatre, je gisais sur cette planche, assoiffé, affamé et baignant dans mes propres déjections. Ma déchéance n'aurait pu être plus abominable. Je voulais qu'ils en finissent. Je voulais qu'ils m'achèvent. Au bout de dix jours, je ne cessais de m'évanouir, ne connaissant que de brefs moments de lucidité. Dans le noir, seuls les reflets métalliques de l'incinérateur miroitaient dans la pénombre, grâce au rai de lumière sous la petite porte. Les premiers jours, l'odeur pestilentielle de chair brûlée avait été intolérable. Ils avaient déverrouillé la porte de ce four crématoire pour recueillir les cendres de Stella. Les émanations qui en avaient jailli avaient imprégné mes narines. Je savais que c'était elle qui avait fini dans cet antre de la mort, et j'espérais bientôt l'y rejoindre. Je n'en pouvais plus.

Jusqu'au jour où j'entendis Briggs, dans la pièce d'à côté, ordonner à ses hommes de plonger le corps de Connor dans le tube.

— Au moins, là, il ne pourra pas se réveiller ! avait-il dit. Quand je pense qu'il a cru qu'il pourrait mener une vie tranquille au Blézir avec sa petite amie enceinte ! Comme si j'allais laisser faire ça !

Il s'était esclaffé, puis les soldats et ce maudit colonel étaient partis, me laissant une nouvelle fois à mon sort. Depuis, je n'avais entendu aucun bruit, jusqu'à ce qu'une explosion fasse trembler toute la structure du bâtiment. Je pouvais discerner les sons de multiples tirs d'armes à feu. Je crus même entendre ceux de lance-roquettes. Des coups pleuvaient, des cris déchiraient l'atmosphère. C'était un massacre qui se jouait dehors ! Enfin était venue l'heure de l'évasion. Un souffle d'espoir envahit ma poitrine. Puis la porte de la salle 12 vola en éclat. Je le devinais, car le vacarme provenait de la pièce d'à côté. Je perçus des bruits de pas de l'autre côté du mur.

— Mademoiselle, vite ! entendis-je crier Jack, d'une voix déformée par la peur.

Izzy ! J'entendis un fracas. De l'eau se déversa jusqu'aux abords de ma planche. Je compris qu'elle avait fait exploser le tube où se trouvait Connor. Un sourire étira mes lèvres craquelées. Isabelle avait retrouvé ses pouvoirs ! Je voulus crier son nom, mais comme je n'avais ni bu ni mangé depuis des jours, mon cri se perdit dans les airs, tel un chuintement. La panique commença à se saisir de moi. Elle ne pouvait m'entendre !

— Plume ! Plume ! tentai-je de hurler, au désespoir.

Je me tortillai sur ma planche. Mes liens s'enfoncèrent dans ma peau. Je ne pouvais pas bouger, et l'inquiétude s'empara de moi. Des larmes s'invitèrent dans mes yeux. Je les refoulai, mais sentis que je ne pourrais pas éviter longtemps de laisser éclater mon désarroi si on me laissait pourrir ici.

— Izzy… je t'en prie, entends-moi… pitié, Izzy…

Mes mots n'étaient que des murmures. Les larmes jaillirent de mes yeux et coulèrent sur mes tempes. Si j'avais eu mes pouvoirs, j'aurais pu lui parler par télépathie. Elle aurait pu ressentir ma présence, mais là… Non. Je ne pouvais y croire. Isabelle allait ouvrir cette porte et me sauver. Elle ne partirait pas sans m'avoir trouvé. Je le savais. Je lui faisais confiance. L'espoir renaquit et s'affaiblit presque aussitôt quand j'entendis :

— Connor, mon amour, déclara Isabelle, le timbre de sa voix chargée par l'émotion, nous allons sortir. C'est fini.

Puis plus rien. Plus rien jusqu'à ce qu'une énorme explosion fasse trembler les murs et qu'une poutre du plafond s'abatte sur moi.

ISABELLE

es semaines plus tard, sur le site sinistré du Blézir

MES YEUX EFFARÉS NE QUITTAIENT PLUS ceux de Raphaël. Je criai son nom. Il tourna son regard vers moi et m'envoya un léger sourire, comme si me voir en ces circonstances atténuait sa souffrance. Son corps était couvert d'ecchymoses, son teint blafard. Burns l'empoigna par les cheveux et le fit s'agenouiller. Puis il leva son autre main et deux nacelles lévitèrent jusqu'à lui, jusqu'à se poser à ses pieds. Les pleurs de mes bébés m'envoyèrent une décharge électrique dans tout le corps. Un frisson traversa mon échine, ma gorge se serra. Connor et moi nous ruâmes aussitôt vers Burns, mais nous fûmes éjectés si loin que je glissai jusqu'à me trouver auprès du corps évanoui de ma mère. Mon amant, plus agile que moi, réussit à se tenir sur ses pieds et recommença. Il fut propulsé en arrière sous les rires de Burns.

— Eh bien, mon petit-fils, t'es décidément très têtu !

Quoi ?! Qu'avait-il dit ? Et c'est à cet instant précis que je réalisai pourquoi son visage ne m'avait pas paru inconnu lors de notre première rencontre. Je l'avais déjà vu. Je me souvins alors de ma projection dans le passé, quand Magnus avait demandé à Connor, alors âgé de quinze ans, de fouetter à mort trois prisonniers. Il avait ouvert un tiroir et en avait sorti l'outil de l'exécution. Trop focalisée sur le fouet, je ne m'étais pas arrêtée sur le portrait que contenait ce tiroir. C'était celui de Burns. Il m'apparaissait désormais très clairement. Burns était un natif ! Et un immortel, de surcroît ! Et si on en jugeait par la résistance sidérante de son bouclier de protection, il devait être très puissant. J'en perdis mes mots d'effarement.

— Alors, Connor ? reprit-il. Tu ne comprends rien, hein ? Et toi, Prisca ? Ne veux-tu pas embrasser ton grand-père ?

— Mais de quoi parlez-vous, putain ?

Burns s'esclaffa. Puis son rire s'éteint d'une sinistre façon, tandis que ses yeux se posaient sur le corps inerte de Carmichael.

— C'est le meilleur d'entre vous, vous savez ? dit-il en désignant mon beau-père du doigt. Il est rusé. C'est un guerrier. Il a de la classe. Il me ressemble tant.

— C'est le père de Magnus, lâchai-je devant les regards éberlués d'Ethan, Prisca et Connor.

— Non, ce n'est pas possible ! s'écria Prisca, horrifiée.

— Et pourtant, c'est le cas, confirma Burns avec un rictus triomphant. Je dois admettre qu'il me tardait de vous révéler ma véritable identité, mais je devais d'abord attendre la naissance de ces deux bambins.

— Mais… je ne comprends pas.

— Si seulement tu prenais un peu plus de recul, parfois, Connor ! Tu y gagnerais, je te le jure.

— Vous ne pouvez pas être…

— Oh si, je le suis. Veux-tu connaître toute l'histoire ou préfères-tu que j'accomplisse dès maintenant ce pour quoi je suis venu ?

— Pourquoi êtes-vous venus ?

— Pour vous tuer, bien sûr.

— Vous ne pouvez pas vous mesurer à nous.

— Bien sûr que si, répliqua Burns en pouffant. Maintenant que Gabrielle et Carmichael sont hors jeu et qu'Ethan tient à peine sur ses jambes, je crois que je peux faire tout ce que je veux. Je ne vais pas passer l'éternité à attendre que vous me tombiez dessus. Je compte bien élever vos bébés et régner sur cette Terre à leurs côtés. Je serai dorénavant leur père. Et maintenant que les natifs sont révélés aux humains, je vais pouvoir rassembler la plus belle armée du monde.

— Vous êtes dingue !

— J'ai deux millénaires d'existence derrière moi et jusqu'à il y a quelques années, jamais je n'aurais pensé que mes desseins puissent enfin se réaliser. Je vous remercie infiniment pour votre aide précieuse. En particulier ces deux-là !

Son regard fielleux se posa sur Ethan et ma mère. Mes yeux écarquillés ne pouvaient plus quitter Burns. *Putain, mais qu'est-ce qu'il se passe ?*

JIM BURNS

Environ mille cinq cents ans plus tôt,
Quelque part en Angleterre

Je toquai à la porte de la chaumière où j'étais sûre de la trouver. Cela faisait déjà quelques années que j'avais disparu, mais je ne doutais pas de l'accueil qu'elle me ferait. Mes fils devaient être des hommes, à présent. J'espérais sincèrement qu'ils ne me décevraient pas. À en croire la qualité du domaine sous le soleil crépusculaire, je devais au moins reconnaître qu'ils savaient s'occuper d'une ferme.

Elle m'ouvrit et quand elle m'identifia, le sang déserta son visage.

— Bonjour, Marianne.

Elle ne me répondit pas. Les mots restèrent bloqués dans sa gorge. Cela m'amusa.

— C'est qui, Mère ? entendis-je, derrière elle.

— T'occupes ! déclara une voix de garçon à l'attention du premier. Va remuer la soupe, plutôt !

Marianne restait figée. Je poussai moi-même la porte et entrai dans la maison sans y être invité. Une chaleur agréable se dégageait de l'âtre où un chaudron était suspendu au-dessus du feu. Un jeune homme se tenait devant et en goûtait le contenu à l'aide d'une louche. Un autre garçon était assis derrière une table et fabriquait un objet à l'aide d'un couteau et d'un bout de bois. Quand ses yeux se levèrent sur moi, j'y lus de l'appréhension. Il ne me connaissait pas, mais il comprit aussitôt qui j'étais. Je lui souris, puis détournai les yeux vers son frère qui s'était levé. Ce dernier semblait moins instinctif.

— Peut-on savoir qui vous êtes, Messire ?

Son assurance m'affirma que je n'avais pas à me faire de soucis quant à son caractère. Il ne faisait aucun doute qu'il couvait un tempérament bien trempé. Quant à l'autre, je pouvais deviner une lueur retorse derrière son sourire de façade. Ces constatations me rendirent fier d'eux.

— Que fais-tu là, James ? demanda Marianne d'une voix glaciale.
— Je suis venu en visite.
— Après dix-sept ans d'absence ?
— Tu sais que ça ne représente rien pour moi.
— Pour moi, en revanche, c'était une bien longue période.

Je me tournai vers elle. Ses cheveux avaient blanchi. Ses dents avaient jauni. Sa silhouette s'était amoindrie. La femme que j'avais déflorée avait disparu sous la force des années. Mais ses yeux… Oh oui, ses yeux… Ses profonds lacs bleus miroitant au milieu de son visage étaient aussi perçants que lors de notre première rencontre. Marianne était une native télépathe extrêmement puissante. Je l'avais vue anéantir des consciences pour servir mes intérêts. Intérêts qui s'étaient rapidement mués en désir. Je l'avais prise quelques fois. De la première était né Blake. D'une autre, Magnus. Les deux garçons avaient hérité de son regard, mais la question était : avaient-ils hérité de mes pouvoirs ? Seraient-ils immortels ? Moi qui avais connu tant d'échecs, pouvais-je espérer qu'enfin mon vœu s'accomplisse ? Je ne pouvais lire leurs pensées. C'était bon signe. Mais en observant la déchéance physique de leur mère, je ne pus réprimer un certain dégoût. Les années ne tarderaient pas à l'emporter…

Ce constat me conforta dans mon idée. Même si mes garçons survivaient au temps, ils seraient à jamais souillés du sang de leur mère. Un sang impur de mortelle.

Je m'en allais peu après avoir eu cette pensée. Sans regret. Ni remords. Même quand, plus tard, j'appris que mes fils étaient éternels, je ne cherchai pas à les revoir.

J'étais le seul dans ma condition. Et je le resterais. Du moins, c'est ce que j'avais cru...

Longtemps...

ISABELLE

Face à l'impossibilité de briser la barrière protectrice de Burns, je poussai un cri de désespoir. Mes enfants étaient juste là, sous mon nez, et je ne pouvais les atteindre.

— Que voulez-vous, bordel de merde ? hurla Connor, dans le même état de nervosité que moi.

— Voyez-vous, déclara Burns, très calme, je suis le seul natif conçu par deux immortels. Enfin, c'était le cas jusqu'à ce que vos bébés voient le jour, bien sûr. Mes parents étaient Ludmila et Thélion. Ça doit vous dire quelque chose, n'est-ce pas ? Certains d'entre vous les ont connus, puisque je crois savoir qu'Ethan a tué ma mère en lui perforant le ventre, et que Gabrielle et Carmichael ont décapité mon père. Mais rassurez-vous, je ne vous en tiens pas rigueur. Bien au contraire ! Grâce à vous, j'ai pu m'échapper de mon tombeau grec, dans lequel j'ai été emmuré pendant plus de mille ans. Quand la montagne d'Eos s'est effondrée, j'ai été libéré.

Mon souffle se coupa. Je redoutais la suite. Le sourire narquois de Burns me laissait deviner ses cruelles intentions. Mes yeux passèrent de lui aux couffins de mes bébés. Mon cœur me martelait la poitrine.

— Évidemment, continua Burns, il m'a fallu de nombreux mois avant de me remettre d'un tel châtiment. Mes parents m'avaient enterré vivant après que Priam, mon oncle, eut appris ma naissance. Lui qui n'arrivait pas à concevoir d'enfant avec sa sœur et épouse Althéa n'aurait pu souffrir que sa fratrie ait réussi là où il avait échoué. De plus, mes frasques commençaient à fatiguer mes parents. Ils ont découvert la naissance de deux de mes enfants. Deux enfants devenus immortels.

— Magnus et Blake, devina Ethan.

— Exactement. Comme mes parents ne voulaient pas que Priam et Althéa soupçonnent qu'ils étaient à l'origine de leur existence par l'intermédiaire de leur propre fils, et qu'ils n'aimaient pas trop la concurrence, j'ai été puni. On m'a enterré vivant sous la montagne d'Eos, si profondément que mes puissants pouvoirs ne réussirent jamais à me sortir de là. Alors, forcément, Gabrielle et Ethan m'ont très vite intéressé, puisqu'ils ont réussi un miracle que je n'ai jamais réussi à produire.

Burns jeta un coup d'œil dans les couffins contenant Kathelle et Lior avant de poursuivre sa tirade :

— Mais avant cela, Égéria, ma tante, a empoisonné toute sa fratrie. J'ai donc pourri en Grèce, jusqu'à ce que vous meniez cette fameuse *Guerre des Six*. Une fois libéré, j'ai rejoint le continent et ai commencé à bâtir mon empire parmi les humains. Je suis devenu puissant et richissime. Mais avant de donner naissance à Magnus et Blake et d'être emmuré vivant, je m'étais attribué un nom de famille : Burton Race. Auprès des natifs du XXIe siècle, que je voulais sous ma coupe, il n'était plus question que j'arbore ce nom. Connor, Carmichael et Prisca portant ce patronyme, il me fallait être plus discret. Alors je choisis de le diminuer un peu et me fis appeler « Burns ». Il ne me restait plus qu'à déstabiliser le royaume natif afin d'en prendre le contrôle. J'ai donc envoyé plusieurs hommes recueillir des renseignements auprès de certains de nos semblables, qui avaient la dent dure contre les sauveurs de la communauté. J'ai fait connaissance avec un certain Karl Johannsen. Je lui fournissais des hommes et de l'argent en échange de renseignements. J'ai tout su de votre histoire, mais c'est celle de Guillaume qui m'a le plus intéressé. En lui étaient enracinés tous les motifs de vengeance que je pouvais espérer, sans parler du fait qu'il était proche de votre cercle. Sauf que je me suis vite aperçu que le jeune homme n'était pas un gamin méchant.

Mais de quoi parlait ce cinglé ? Guillaume ! Qu'avait à voir Guillaume là-dedans ? Je savais que mon cousin avait fait appel à Burns pour l'aider à accomplir ses projets de revanche à la tête du Collectif Delta. Se pouvait-il qu'il eût été manipulé sans même en avoir conscience ?

— Je l'ai rencontré quand il avait à peine vingt ans, continua Burns. J'ai manipulé son esprit des années durant, distillant le poison de la rancœur et de l'amertume afin qu'il fomente le complot qui vous a tous menés ici. Puis vous vous êtes évadés du Blézir. Comme j'avais œuvré à manipuler les voyants de la communauté native, j'ai su par les Souillac que je ne pourrais empêcher votre évasion. Je me suis alors résigné et ai fait croire que Raphaël était mort. Ainsi, j'avais encore du poids pour vous faire revenir, vous piéger et obtenir ce que je voulais. J'ai même manipulé l'esprit de certains de mes commanditaires pour qu'ils oublient l'existence de Raphaël. J'avais dû leur révéler qu'il était vivant afin de les rassurer, le temps de mettre tout ce plan à exécution. Une fois que j'ai su comment procéder, je n'avais plus qu'à attendre que vous accouchiez, très chère Isabelle. Puis vous avez eu la charmante idée de négocier un traité avec les humains qui, soit dit en passant, sont ceux qui vous ont laissés crever ici. J'ai ri en l'apprenant et m'en suis frotté les mains. Tout se passait comme prévu. J'avais œuvré pour que l'existence des natifs soit révélée à toute la planète, espérant cette issue. Vous m'avez ainsi offert l'occasion d'enlever vos bébés, malgré la protection des puissants télékinésiques qui se chargeaient d'eux. Il n'a pas été difficile de les tuer. Après tout, aucun de vous ne savait que je possédais des pouvoirs. J'ai pris le risque de les perdre à chaque fois que je mettais un pied au Blézir. Même Briggs l'ignorait !

Il soupira et s'esclaffa en pensant à cet enfoiré de colonel.

— J'ai manipulé cet homme depuis le premier jour. Quel être méprisable... Je suis heureux que tu lui aies arraché le cœur, Connor, mais je suis surpris que tu en aies trouvé un dans sa poitrine.

— Rendez-nous nos enfants, le suppliai-je.

— Ça ne va pas être possible, n'est-ce pas, Raphaël ?

Raphaël baissa la tête, mais Burns la releva en lui tirant les cheveux. Je hurlai son nom.

— Oh, tu écoutes, Raphaël ? déclara Burns d'une voix acide. Cette fois, elle t'entend. Quand je pense qu'elle t'a laissé croupir dans le Blézir et qu'elle s'est enfuie avec tous les autres !

Non ! Je n'avais pas fait ça ? Oh, non !

— Je ne savais pas que tu étais en vie, Raphaël. Pardonne-moi !

— Elle n'en avait que pour Connor, lâcha Burns. Elle n'en a jamais eu que pour Connor.

Les yeux de Raphaël se remplirent de larmes. Il était à bout, et le voir dans cet état fora un trou béant dans mon cœur. *Raphaël !* Puis son ravisseur se tourna vers les nacelles. Mon souffle se coupa. Le corps de Connor se tendit comme un arc.

— Ils dorment… C'est mignon. Ne vous inquiétez pas, je m'en occuperai bien. Eux et moi allons faire de grandes choses, vous savez. Mais il n'est plus l'heure de discuter.

Burns leva sa jambe et poussa sèchement Raphaël, qui roula jusqu'à nous. Je me jetai à ses côtés et lui caressai les cheveux.

— Je suis là.

— Plume, va-t'en. Il va te tuer.

Mes yeux se levèrent vers Burns. La fureur que je ressentis à sa vue me transforma en torche. Je canalisai mon pouvoir dans sa direction et tentai de l'éjecter loin de mes enfants. Connor et Prisca joignirent leurs efforts aux miens, mais rien n'y fit. Burns se moquait de nous. Quand Ethan se posta derrière nous et se concentra sur lui, le sourire de notre ennemi s'affaissa un peu, mais pour quelques secondes à peine. Burns fut légèrement projeté en arrière, puis se redressa aussitôt. Nous nous ruâmes sur lui, mais fûmes stoppés par sa barrière télékinésique. Il leva la main et nous propulsa violemment loin de lui. Je tentai un nouvel assaut, mais subis le même échec. Connor me prit la main et me fit pivoter vers lui.

— Il est trop puissant, Izzy. On risque de toucher les bébés si nous ne faisons pas attention.

— Comment pouvons-nous faire ?

Il me regarda intensément, et j'aurais juré le voir déglutir.

— Tu rêves si tu crois pouvoir me battre, Connor, lâcha Burns avec indolence. Une petite démonstration, peut-être ? Regardez qui je vous amène.

Les docteurs Arroudian et Shermann sortirent de derrière la butte et lévitèrent jusqu'à Burns. Leurs visages horrifiés étaient paralysés par la peur. Les voir ne m'inspira pourtant que du dégoût. Ils nous avaient fait tant de mal. Burns s'approcha d'eux et leur sourit.

— Vous avez été efficaces, vraiment. Mais quand même, vous êtes sacrément pervers ! J'ai bien vu que vous preniez du plaisir à les torturer. Prêt à tout au nom de la médecine !

Puis Burns recula et les posa au sol. La seconde d'après, les jambes des médecins commencèrent à être grignotées par la force télékinésique et destructrice de Burns. Je réalisai avec effarement qu'il possédait le même pouvoir dévastateur que ma mère et Ethan. Et s'il était doté de ce pouvoir, alors il était en mesure de briser nos barrières et de nous vaincre. Les médecins hurlèrent, et leurs cris de douleur déchirèrent l'atmosphère. Leur sang gicla en milliers de petites gouttes. Leur peau s'émietta et s'envola jusqu'à ce qu'ils meurent dans un dernier râle, et qu'ils ne restent plus rien d'eux. J'avais voulu qu'ils souffrent, et cette volonté avait été satisfaite, d'une certaine manière. Mais la peur que m'inspirait un tel pouvoir entre les mains de Burns m'empêcha de me réjouir. J'étais morte de trouille et, quand je me tournai vers Connor, mes larmes débordèrent de mes yeux.

— Je vais trouver une solution, me dit-il, ébranlé par cette découverte et tentant en vain de le dissimuler. Occupe-le, princesse, tu veux bien ?

Je hochai la tête. Connor attrapa mon visage entre ses mains et m'embrassa. Puis il me sourit et me lança un clin d'œil.

— J'ai un plan. On va y arriver, ma douce. Je t'aime.

J'opinai à nouveau de la tête, légèrement rassurée par son optimisme, et me tournai en direction de Burns. J'écartai les bras et fis léviter toutes les énormes roches qui se trouvaient dans mon périmètre. Prisca se joignit à moi. Nous les propulsâmes sur Burns, mais elles se heurtèrent à son bouclier invisible. Nous recommençâmes et recommençâmes encore. Il arrêta tout, sans aucune difficulté. Je tressaillis de peur en le voyant élever les bras dans notre direction. Nous étions foutues. Il allait se concentrer pour nous pulvériser quand, soudain, nous vîmes Connor lui faucher les jambes à une vitesse ahurissante. Il plaqua Burns à terre et s'écria :

— Maintenant, Ethan !

Je me tournai vers mon oncle et le vis serrer la main de ma mère qui s'éveillait sous mes yeux mortifiés. Je compris ce qu'il se passait. Quand je me tournai vers le père de mes enfants, l'homme que j'aimais plus que ma propre vie me sourit. Mais ce sourire ne dura qu'une seconde. Une seconde suspendue dans les airs. Une seconde de grâce, avant l'horreur. Car juste après, je ne perçus que de la poussière s'élever vers les cieux.

De la poussière…

Connor avait été réduit en poussière.

Il s'en était allé, donnant sa vie pour sauver nos bébés.

Pour me sauver, moi.

Je m'effondrai, anéantie, les lèvres tremblantes, et hurlai son nom. Encore et encore.

Mais jamais plus il ne m'entendrait.

Jamais plus il ne m'étreindrait.

Jamais plus il ne m'adresserait un mot.

Ses derniers pour moi avaient été : « Je t'aime ».

PARTIE III
AIMÉS

JACK

uatre ans plus tard, sur l'île Valériane...

LA LUMIÈRE du petit jour traversa les stores de la cabane. Je clignai un peu des paupières avant de m'étirer entre les draps. Jared était déjà réveillé, la tête tournée face à moi, enfouie sur son oreiller. Son sourire s'élargit quand ses yeux se posèrent sur ma bouche.

— Le beau au bois dormant a passé une bonne nuit, on dirait.

Je gloussai comme un idiot et l'embrassai. J'en avais assez des bois, justement, mais je les préférais à la plage.

— Il faut que j'aille voir Mademoiselle Izzy.

— Ola, fais gaffe ! « Izzy » ? Bientôt, tu ne diras peut-être plus « Mademoiselle » ! Mais que se passe-t-il ?

— Arrête de te moquer, Jared. Je n'y arrive pas. Même si mon maître est mort, elle sera toujours la femme de son cœur, et elle restera Mademoiselle. Mais tu remarqueras que j'arrive de mieux en mieux à me passer de ces formalités avec les autres.

— De mieux en mieux ? Pas vraiment. Ça revient souvent.

— En tout cas, je ne t'appelle pas « Monsieur Jared », c'est déjà ça.

— Oh, j'aime bien quand tu m'appelles Monsieur Jared. Du moins, quand le moment est approprié.

Je compris ce qu'il entendait par « approprié » et mes lèvres se retroussèrent. Jared me lança un clin d'œil et laissa ses doigts caresser lentement mon torse.

— Elle a l'air d'aller un peu mieux, ces derniers temps.

— Hum… Oui, c'est vrai, concédai-je. C'est grâce à ses enfants. Monsieur Lior ressemble tellement à Monsieur, c'est son portrait craché. Et c'est le seul, avec sa sœur, capable de la faire sourire.

— Elle semble plus apaisée, je trouve.

— Déjà, elle a pardonné sa mère et son oncle. On peut dire qu'il lui aura fallu le temps.

— Ils ont exécuté l'ordre de Connor, Ethan n'avait pas le choix.

Je me souvins alors de ce jour maudit. De mon maître soufflant à l'oreille d'Ethan, pendant que Mademoiselle Isabelle et Prisca attiraient l'attention de Burns. Je me trouvais juste à côté. Ces souvenirs envahirent mon esprit :

— Ethan, utilise ton pouvoir du toucher et réveille Gaby ! ordonna monsieur Connor. Prends-lui la main, aspire son pouvoir et fais-moi un passage dans le bouclier.

— Entendu, répondit Ethan en fixant ses yeux sur lui.

— Quand je l'attraperai, je le clouerai au sol, loin des enfants, et là, tu…

Son regard s'emplit d'une étrange lueur. Il n'arrivait pas à prononcer la suite de sa phrase. Ses yeux devinrent humides.

— Là, tu… utiliseras ton pouvoir de destruction.

— Non ! répliqua Ethan. Pas question. Avec la puissance de Gaby, tu n'y survivrais pas.

— Je sais.

Ethan secoua la tête et refusa de nouveau. Mon maître l'attrapa par le menton, rapprochant son visage du sien.

— Tu vas le faire, car tu sais aussi bien que moi que cet homme va causer notre mort à tous. Il n'est pas question que mes bébés et Izzy soient blessés ou meurent dans l'affrontement !

— Mais si Gaby se réveille et…

*— Elle est évanouie et tu tiens à peine debout ! Ce sera un miracle si t'arrives déjà à me forcer le passage alors, ne discute pas ! C'est la seule solution.
— Izzy...
— Ma princesse survivra et élèvera nos enfants. Quand je ne serai plus là, demande à Raphaël de s'occuper d'elle. Il l'aime comme un dingue. Il prendra soin d'elle.
— Mais...
— Putain, Ethan. Ne discute pas. C'est déjà assez dur...
Les yeux déterminés de mon maître étaient pleins de larmes quand ils se posèrent sur sa « princesse », qui luttait dos à lui. Sa pomme d'Adam remonta sa gorge. Puis son regard s'ancra dans celui de Raphaël.
— Rends-la heureuse, Raph, ou je reviendrai d'entre les morts pour te botter le cul.
Puis, après lui avoir lancé un mince sourire, il soupira et lui dit :
— Et... sois heureux, toi aussi.
Les yeux de Raphaël s'emplirent d'incompréhension. Le rire triomphant de Burns nous tira de nos épanchements. Il s'approcha des bébés et se pencha au-dessus d'eux, élevant un bras vers Isabelle, prêt à la détruire. Alors, Ethan n'eut d'autre choix que d'accepter. Il s'abaissa au niveau de sa sœur et posa ses doigts sur son front. Gabrielle s'éveilla, le regard hagard et perdu dans les ténèbres. Son frère lui prit la main et concentra son pouvoir sur le bouclier télékinésique de Burns. Sa main se leva en direction de la faille qui se formait dans la barrière invisible. Mon maître s'y précipita. Il faucha Burns puis se tourna une dernière fois, envoyant un sourire d'adieu à Isabelle. Il se sacrifia pour la femme qu'il aimait, et les enfants qu'il aurait rêvé de voir grandir.*

En repensant à ce moment funeste, des larmes me montèrent aux yeux. Jared les essuya avant de déposer un doux baiser sur mes lèvres. Je saluai sa présence divine, car sans lui je ne savais pas si j'aurais pu surpasser mon chagrin. Même s'il était plus vieux que moi de quelques siècles, j'avais toujours considéré Monsieur Connor comme mon fils. Je l'avais vu commettre des bêtises, lui avais fait la morale et avais ri avec lui. Je l'aimais profondément. Il me manquait tant. *Mon maître...*

Je m'habillai et laissai Jared dans la cabane.
— Embrasse-la de ma part.

— Je n'y manquerai pas, déclarai-je en lui lançant un clin d'œil.

Je traversai les bois et parvins jusqu'à la plage. Des voix s'élevaient depuis le porche de la maison de Mademoiselle Isabelle.

— Non, non, non et non !

C'était la voix de Gabrielle. Des cris de joie parvinrent à mes oreilles. Quand je la vis, la mère de Mademoiselle était assise dans le rocking-chair et pointait ses index en direction des deux bambins.

— Pas question que vous m'appeliez Mamie, putain !

— Gaby, ton langage ! tonna gentiment la voix rocailleuse de Monsieur Carmichael, juste derrière elle.

— En même temps, c'est raide de se faire appeler Grand-Mère quand on ne fait pas vingt ans.

— Ouais, c'est bon, Ethan, souffla sa sœur, n'en rajoute pas.

Monsieur Ethan s'esclaffa. Depuis ce jour terrible, il avait changé. Énormément changé. Et ce changement, nous le devions à Prisca. Il souriait beaucoup plus, engageait de nombreuses conversations et, comme le disait sa sœur : il se lâchait même un peu trop parfois. Il était devenu friand de blagues douteuses, auxquelles il était souvent le seul à en rire. Pourtant, sa dulcinée était devenue son meilleur public.

— Bonjour, Jack, me lança cette dernière.

— Bonjour. Vous êtes tous bien matinaux.

— Comme tous les jours, Jack, commenta Ethan. Nous ne sommes pas comme Jared et vous, nous savons nous retenir de bon matin.

Et voilà. Il venait confirmer d'une phrase ce que j'avais pensé une minute plus tôt. Prisca serra ses lèvres pour ne pas sourire. Gaby leva les yeux au ciel, tandis que Carmichael venait me serrer la main.

— Très drôle, Monsieur Ethan, lâchai-je.

— Oh, Jack, vous ne pouvez pas me reprocher de vous taquiner un peu.

— Je préfère que vous vous désintéressiez de ma vie sexuelle, si cela ne vous dérange pas.

— Oh ! lâcha Gabrielle en se levant, la mine faussement choquée. Eh bien, comme vous y allez, Jack ! Le mot « sexuel » est sorti de votre bouche ! Heureusement que Johnny n'est pas là, sinon il…

Comme à chaque fois qu'elle évoquait le nom de Monsieur Johnny, elle ne put terminer sa phrase. Je lui envoyai un léger sourire qu'elle ne vit pas, car ses yeux s'étaient baissés, traversés par le chagrin. Il arrivait souvent qu'elle nous parle de lui comme s'il n'avait jamais disparu.

— Il m'aurait dit, déclarai-je à Madame, « *Jack, vous vous lâchez ! Espèce de sodomite obsédé !* »

Gabrielle releva les yeux sur moi et son sourire illumina mon âme.

— Il aurait dit pire que ça, Jack. Vous le savez.

— Oui, je sais, répondis-je en lui rendant son sourire.

— Est-ce qu'on pourrait éviter de parler de sodomie devant mes enfants, s'il vous plaît ? demanda Isabelle qui venait de nous rejoindre sous le porche.

— *Ch*odomie ! cria Lior.

La mâchoire de sa mère faillit en tomber. Carmichael s'esclaffa. Gaby resta interdite, Ethan et Prisca sidérés.

— Putain ! lâcha Isabelle en claquant sa paume contre son front.

— Putain ! s'exclama la petite Kathelle.

Isabelle soupira et s'agenouilla devant ses deux enfants.

— Mes bébés d'amour, même si vous aurez sans doute ma peau un jour... Je ne veux pas avoir à vous punir à cause de la bêtise des grands. On ne dit pas ces mots-là !

— Mais Tonton Jack, Mamie et toi, vous les avez dits, Maman !

— On ne m'appelle pas « Mamie », leur rappela gentiment Gabrielle, avec des yeux assez sombres, néanmoins.

Isabelle soupira à nouveau et voulut répéter son explication qui ne tenait pas vraiment debout, quand un bruit de moteur de bateau retentit. Les corps se tendirent aussitôt. Je pris les enfants par la main et allai les faire entrer dans la maison. Je m'arrêtai lorsque je vis le regard de Carmichael s'illuminer et le souffle de Mademoiselle Isabelle se couper. Elle s'élança sans attendre vers la plage. Je me tournai pour voir qui pouvait provoquer un tel ravissement dans les yeux de mes amis. Et quand je discernai enfin qui se trouvait derrière le volant de l'engin qui filait à vive allure en direction de l'île, l'expression sur mon visage ne fut que soulagement et joie. Il revenait. *Raphaël.*

ISABELLE

Mon cœur fit un bond dans ma poitrine en l'apercevant. J'espérais son retour depuis longtemps déjà. Des mèches de ses cheveux bruns attachés en catogan, qui s'étaient échappées sous la force du vent et de la vitesse du bateau, voletaient autour de son visage. Il ralentit aux abords de la plage et sauta dans l'eau. Son jean était retroussé jusqu'aux genoux, sa chemise blanche, trempée par les embruns, collait à son torse. Il était d'une beauté divine. Il l'avait toujours été.

Je me rappelai ce jour, où nous avions tous décidé de venir vivre sur cette île. Après ce qu'il s'était passé dans les montagnes Rocheuses, nous avions compris que l'on ne nous laisserait jamais tranquilles. Notre immortalité alimenterait à jamais la curiosité des humains, et il nous faudrait de nombreuses années avant que leur intérêt pour nous se tarisse. Jack avait tout de suite pensé à l'île Valériane. Et cette île, cachée du monde et à l'abri des radars, abritait nos vies depuis déjà quatre années.

À notre arrivée, je n'étais plus rien. La mort de Connor avait été si douloureuse, son absence si déchirante, que mon âme avait déserté mon corps. Le chaos l'avait remplacée.

J'en voulais à Ethan et à ma mère. Eux qui avaient tué l'amour de ma vie. Je savais que Maman ne l'avait pas souhaité, qu'elle était presque inconsciente quand c'était arrivé. Ethan, lui, avait obéi à Connor pour qui seules la vie de nos enfants et la mienne importaient. Il s'était sacrifié pour nous.

Mais il m'avait abandonnée. Et longtemps, je lui en avais voulu, à lui aussi. Longtemps, j'avais pleuré son absence... et je la pleurais encore. Chaque jour.

Durant de longs mois, j'étais restée des heures durant à contempler son portrait. Celui que j'avais peint quand nous étions venus sur cette île, la première fois. À cette époque, je nageais dans un bonheur parfait, j'étais si éprise de lui, si heureuse et si aimée... Sur ce portrait signé de mon nom, il souriait, assis sur la plage, les bras tendus en arrière pour soutenir son buste tatoué. Je me rappelais ce jour où je lui avais demandé de rester des heures dans cette position.

— *Les bras me brûlent, princesse ! Tu ne préférerais pas prendre une photo ?*
— *Ça ne fait que vingt minutes, Connor...*
— *J'aurais pu occuper différemment ces vingt minutes.*
— *Je ne préfère pas savoir ce que tu en aurais fait.*
— *Bien sûr que si.*
— *Dis, pour voir ?* avais-je demandé en lui adressant un regard mutin.
— *J'aurais ôté ta jolie petite robe à fleurs, arraché ta petite culotte et t'aurais prise de toutes les façons possibles !*
— *Comme c'est original !*
— *Quoi, tu te lasses déjà de moi ?*
— *Si je te peins, c'est que je n'arrive pas à me rassasier de toi.*
— *Princesse...*
— *Oui ?* avais-je répondu innocemment, tandis que mon pinceau se posait sur la toile.
— *Si je ne te fais pas l'amour maintenant, tu vas devoir ajouter un élément dans ton portrait.*
— *Ah ? Quel élément !*
— *Regarde mon pantalon.*
J'avais éclaté de rire en constatant cette déformation verticale qui s'érigeait sous la force de son désir. Il m'avait sauté dessus la seconde suivante, m'immobili-

sant sur l'étendue de sable blanc. Son regard s'était planté dans le mien, son souffle caressant mon visage.
— Je t'aime, petite effrontée trop excitante.
J'avais souri. Il m'avait embrassée. Et j'avais finalement dû réaliser le portrait en deux fois, car Connor n'était pas homme à patienter.

Je sentais encore sa peau sous mes doigts, sa bouche dévorant mes lèvres, ses hanches onduler contre moi, le liquide bleu de ses prunelles figé dans les miennes. J'entendais encore sa voix rauque prononçant mon nom…

Mais désormais, l'élu de mon cœur s'en était allé. Jamais plus je ne le serrerais dans mes bras, jamais plus je n'éprouverais ses baisers, ne sentirais son corps tatoué contre le mien, ni n'entendrais ses répliques mordantes, ou encore ne supporterai sa mauvaise humeur matinale qu'il me plaisait tant de moquer. Non. Cela n'arriverait plus. Et lentement, cette sensation de vide m'avait engloutie. Elle m'avait tellement submergée que mes amis et ma mère avaient dû s'occuper de mes enfants durant presque deux années. Je ne voulais plus quitter ma chambre. J'avais sombré, n'ayant plus que le portrait de Connor et ses quelques mots rédigés sur son petit carnet bleu pour me maintenir dans ce monde cruel et injuste. Un monde sans lui… Une place froide dans le lit à mes côtés.

Raphaël avait tenté de m'aider. Mais Burns l'avait brisé.

Nos deux âmes bousillées n'avaient pas réussi à se trouver.

Quand je l'avais abandonné à son sort, il avait voulu mourir. Finalement, son cœur meurtri lui avait crié de rester en vie, conscient que je courais un danger. Il n'avait pensé qu'à moi… Et puis, il avait enfin été libéré, mais c'était un jour sinistre, marqué par la mort de trois personnes irremplaçables. Personne n'avait vraiment pu se réjouir de le savoir en vie. Pas comme il l'aurait fallu. Pas comme il l'aurait mérité. C'était impossible.

En y pensant, des images de Johnny et Jésus déferlèrent dans mon esprit. Ma mère et moi savions que nous les perdrions un jour, comme nous savions que Jack et Jared nous seraient enlevés, eux aussi. Mais pas de cette façon. Non. Pas de cette façon.

C'était cruel, mais c'était ainsi. Nous étions immortels, et nous verrions partir tous nos proches qui ne l'étaient pas. Je l'avais enfin compris. J'avais trente-trois ans d'existence en ce monde, et je l'avais enfin compris…

Sur cette île, chacun de nous s'était reconstruit peu à peu. Moi plus lentement que les autres. Ethan et Prisca avaient bâti une maison à l'autre bout, à flanc de montagne, près d'une cascade où je m'approchais en criant leurs noms depuis la fois où je les avais trouvés nus, en train de faire l'amour sauvagement. Le souvenir de ce moment embarrassant me brûlait encore les rétines et s'était imprimé bien trop profondément dans mon esprit. Mais voir mon oncle si heureux était un cadeau dans mon univers obscur. Une fois que je l'eus pardonné, j'avais réalisé à quel point son bonheur et celui de Prisca me faisaient du bien. Leur amour me consolait. J'aurais pu croire que le manque de Connor m'aurait rendue envieuse de leur relation, mais non. J'aimais les observer, eux qui avaient mérité cette allégresse après un passé douloureux et sombre. Mon oncle était transformé. Prisca était toujours souriante. Ils se touchaient tout le temps. Des gestes simples, comme celui de prendre une main, d'effleurer une joue, ou de se voler un baiser… Des gestes d'une grande beauté.

Ma mère et Carmichael avaient construit une cabane près du sommet de la montagne. La vue du balcon était resplendissante. Tous deux avaient mis du temps à panser leurs plaies et coulaient maintenant des jours tranquilles. Carmichael avait renoué avec son fils, si heureux de l'avoir retrouvé vivant, malgré la mort de son frère, qui l'avait anéanti. Mais Raphaël avait choisi de nous quitter, peu après son arrivée sur l'île. Par ma faute…

Ma mère, quant à elle, s'était longtemps murée dans un silence profond. Les premiers mois, elle était chaque jour venue me voir sans dire un mot. Me caressant seulement une épaule, posant sa joue sur la mienne, ancrant son regard d'un vert limpide dans le mien. On se consolait mutuellement. Puis son mari avait réussi à la hisser au-dessus de sa torpeur des premiers jours, de sa mélancolie des premiers mois… Il ne la quittait jamais d'une semelle, car le souvenir de Johnny la hantait. La présence de mes enfants était parvenue à lui soutirer quelques sourires. Au bout d'une année, elle avait retrouvé peu à peu son tempérament et avait guidé toute la petite troupe de notre île. Elle s'était plongée dans la création de sa maison. Carmichael l'avait laissée faire, heureux de la voir occuper son esprit autrement que pour ruminer son désespoir.

En silence, Carmichael l'avait adorée et couvée, il avait patienté, jusqu'à ce qu'elle réalise sa chance d'être aussi ardemment aimée. C'est comme s'ils étaient chacun l'aimant de l'autre. Ne formant qu'un… pour l'éternité.

Avant son départ, Raphaël venait chaque jour me voir dans ma chambre. Il me lisait des romans, me coiffait les cheveux, me caressait le front. Mais me voir ainsi lui était insupportable. Il était resté des mois sans espérer un mot ou un geste de ma part. Lui, que j'avais abandonné à son sort, que j'avais rendu si malheureux, restait malgré tout à mes côtés, et n'espérait rien d'autre que me voir refaire surface. Jusqu'à ce jour où je lui avais demandé de partir. Ce jour fatidique où je ne pouvais plus… je ne voulais plus… rien.

RAPHAËL

Trois ans et demi plus tôt
Île Valériane

J'APPROCHAIS de la maison en bambou d'Isabelle. Je la trouvai au bout de la terrasse sur pilotis, assise sur le rebord, les pieds dans l'eau. J'en conclus que les enfants devaient faire la sieste. Le regard d'Izzy était perdu à l'horizon. Ses épaules étaient affaissées. En me plaçant à côté d'elle, je ne fus pas étonnée par son silence. C'était à peine si j'avais entendu sa voix, ces derniers mois. Seuls Lior et Kathelle arrivaient à lui arracher quelques mots. Cela me faisait mal de la savoir dans cet état, et j'avais mal de m'enliser dans mon propre désespoir.

Durant des semaines qui m'avaient paru des années, j'avais subi la torture, la mort, la privation. Et pire, l'abandon. Les immortels m'avaient laissé au Blézir. Même si j'avais plus tard appris qu'ils me pensaient mort, je n'arrivais pas à m'ôter de l'esprit qu'il m'avait laissé pour compte. Seul. Livré à l'infamie. Entre les mains de Burns, de Briggs et des deux docteurs, je n'avais été qu'un jouet. J'avais souffert. Et à ces actes horribles que j'avais subis, je préférais éviter de penser. Seulement, dès que je regardais Izzy, ils me revenaient à l'esprit. J'entendais encore sa voix derrière cette porte, quand elle avait sauvé Connor et qu'elle m'avait laissé croupir dans ma prison. Une poutre s'était abattue sur moi. Je n'étais pas mort tout de suite. J'avais suffoqué. Puis la poussière entraînée par l'explosion du Blézir avait saturé mes poumons. Je m'étais étouffé sous les décombres. Seul. Abandonné.

Depuis ma séquestration dans le bunker de Copenhague, je n'avais connu que le malheur. À part les quelques jours heureux de ma relation avec Izzy au château d'Altérac, le reste n'avait été que douleur et souffrance. Et désormais, même ces jours que je chérissais comme les plus précieux de mon existence tricentenaire ne m'apparaissaient plus aussi estimables.

Mon père m'avait volé ma mère, la première femme que j'avais aimée ainsi que ma vie.

Izzy avait volé mon cœur, l'avait piétiné, dévasté et abandonné.

Rien. Plus rien ne me faisait sourire.

Mais je n'arrivais pas à la quitter. Isabelle souffrait et cela m'était insupportable. Alors, je venais la voir, chaque jour. Chaque heure. Chaque putain de seconde de la journée. Je n'en pouvais plus. Je voulais fuir. Je voulais rester. Je n'étais plus le même et ne le serais plus jamais.

— Izzy, je vais partir.

Je l'avais dit. Enfin. Il le fallait, pour moi. Pour elle. Pour tous les immortels. Le boulet que j'étais n'allait pas se traîner dans leurs pattes pour l'éternité. C'était terminé.

Isabelle tourna la tête. Enfin une réaction. Sa bouche s'entrouvrit de surprise. L'était-elle vraiment ?

— Tu… tu ne peux pas partir, Raphaël.

Disait-elle cela parce que je risquais d'être reconnu en dehors de l'île ? Ou parce que mon absence allait être une souffrance pour elle ? Je rejetai cette dernière option. La mort de Connor avait englouti sa joie de vivre, et tout ce qu'elle avait un jour ressenti pour moi. Étais-je triste que ce soit le cas ? Peut-être pas… C'était ainsi. Voilà. J'étais malheureux, et la voir tous les jours amplifiait cet accablement qui ne me quittait plus.

— Je n'ai pas envie que tu partes, Raphaël.

Une lueur d'espoir s'alluma dans mon cœur. J'aurais préféré la refouler, mais cela m'était impossible. Envers et contre tout, il battait pour Izzy. Je posai ma main au-dessus de la sienne en un geste irréfléchi. Elle riva ses yeux sur mes doigts et retira sèchement les siens. Mon regard s'assombrit. Mon cœur se flétrit. Ce n'était qu'une main posée sur la sienne. Seulement une main.

— En fait, reprit-elle, ce serait peut-être mieux ainsi.

Cela aurait dû me blesser. Mais je n'étais plus que blessures. D'elle, je portais déjà tant de cicatrices, tant de plaies encore ouvertes…

Alors, je me levai et rebroussai chemin.

Je quittai l'île le soir même.

Quand je me tournai pour constater qu'elle avait disparu de ma vue, je respirai enfin.

ISABELLE

*Trois ans et demi plus tard
Île Valériane*

JE REPENSAI À CE JOUR-LÀ, lorsque j'avais retiré ma main de celle de Raphaël. De ce que j'avais lu dans ses yeux. De l'épine qui s'enfonçait dans mon cœur à l'idée de lui infliger cela. Mais à cette époque, me trouver en sa présence était comme si je trahissais la mémoire de Connor. Je ne le supportais plus. Je me détestais. Alors, j'avais fait comprendre à Raphaël que c'était trop difficile, que je ne souhaitais plus le voir. Il n'avait rien dit. Il avait encaissé et était parti. À peine avait-il quitté l'île que je m'en mordais les doigts. Je me haïssais de lui avoir fait ça. Cet homme n'avait pas mérité qu'on le fasse tant souffrir, et c'est pourtant ce que j'avais fait. Encore.

J'avais pleuré son absence, longtemps, et je m'en voulais encore de l'avoir repoussé malgré sa tendresse, malgré sa patience, alors que lui-même se sentait brisé par la captivité et ce qu'il avait subi. Je n'avais pas mérité son amour. Je ne l'avais jamais mérité. Pourtant, cette épine dans mon cœur était toujours là, plantée bien profondément depuis son départ. Le vide de sa présence s'était soudain abattu, comme si je ne souffrais pas déjà assez. Comme si j'avais encore voulu accentuer mon supplice…

Je me noyais dans mon chagrin.

Les mois avaient passé. Mes enfants avaient grandi. Lior était devenu intenable et Kathelle était une pile électrique. Peu à peu, tous deux m'avaient tirée vers la lumière. Grâce à leurs rires, leurs pleurs, et à leurs petites bouilles adorables. Lior fut le premier à m'appeler « Maman ». Je me souvenais de ce jour et de l'électrochoc que ce mot avait déclenché en moi. Ce fut celui où je décidai de reprendre pied, de me reconstruire. J'avais serré mon fils dans mes bras, si fort que j'avais failli l'étouffer. Il avait répété « Maman ! » à plusieurs reprises, et j'avais compris que je lui faisais mal. J'avais fondu en larmes et m'étais excusée. Pas uniquement parce que je n'avais pas mesuré ma force, mais pour tous ces longs mois où je ne m'étais pas conduite comme une mère. Ce jour-là, j'avais regardé le ciel et avais promis à Connor d'aller de l'avant, de me conduire comme la maman que mes bébés méritaient.

Deux années avaient passé. J'avais décidé d'accrocher le portrait de leur père dans leur chambre. Kathelle me posait souvent des questions sur son papa. J'ignorais si j'avais su trouver les mots. Un jour, elle m'avait demandé :

— Tu crois que ce serait possible, un nouveau papa ?

Je n'avais pas su répondre, mais, après lui avoir précisé qu'elle n'aurait toujours qu'un seul père, mon esprit avait instantanément pensé à Raphaël. Ce jour-là, j'avais cherché mon sac, où se trouvait son carnet que j'avais conservé, juste à côté de celui de Connor. J'en avais relu les lignes, et mes larmes avaient coulé, tandis que mes yeux parcouraient la fine écriture d'une lettre rédigée avant que j'abandonne son auteur à son sort.

« Plume… mon amour…
Tu dois être surprise que j'utilise le mot "amour" pour te qualifier, pourtant c'est le premier qui m'est venu le jour où mes yeux se sont posés sur toi… Je t'aime d'un amour si ardent que mon cœur explose. Ton image est imprimée dans mon esprit et je me console à l'idée qu'elle sera la dernière que je verrai quand je mourrai. Toi, ma Plume, celle qui a illuminé mon âme et qui m'a fait connaître

le bonheur durant des mois qui resteront à jamais les plus beaux de mon existence, après des siècles de vie.
Je t'aime.
Raphaël. »

En lisant ces mots la première fois, mon cœur avait fait une embardée, comme s'il se réveillait après un long sommeil. Ils m'avaient terrassée aussi, car, bien que consciente de mon amour infini pour Connor, je savais que mon cœur avait vibré pour Raphaël. D'une vibration plus ténue, moins tapageuse, mais résonnante, envoûtante, comme une mélodie. Un souffle chaud. Une caresse.

Et ce furent ces mots qui me vinrent à l'esprit quand il s'avança vers nous de sa démarche féline.

Son sourire me transporta, puis il serra son père dans ses bras, pour ensuite enlacer ma mère. Quand il eut salué sa tante et son oncle, il se tourna vers Jack et Jared, qui venaient juste de nous rejoindre. Des rires fusèrent et le bonheur se lisait sur tous les visages. Comme si la présence de Raphaël était la dernière pièce d'un puzzle. Le puzzle de notre existence. Quand il se tourna enfin vers moi, je lui souris. Il s'approcha et posa une main sur ma joue. Les autres se reculèrent, de façon à nous laisser un peu d'intimité. Le regard de Raphaël se planta dans le mien.

— Comment vas-tu, Izzy ?
— Nettement mieux, maintenant que je te vois.

Ma déclaration sembla le rassurer, car ses lèvres s'étirèrent un peu plus. Sa main s'écarta de ma joue, bien que j'eusse aimé qu'elle y reste. Sa chaleur me manquait déjà.

Il fut convenu que nous ferions un repas sur la plage. Raphaël dormirait dans la chambre d'amis de la maison de son père. Jack était déjà tout excité à l'idée de préparer un dîner gargantuesque et avait supplié Jared de l'emmener à Montego Bay chercher les épices « indispensables » qui lui manquaient. Et comme Jared ne pouvait rien refuser à son mari, il accepta en poussant un soupir et en levant les yeux au ciel.

Avant de tous les rejoindre, je couchai les enfants et leur plantai un baiser sur les joues. Puis je passai devant le portrait de Connor et mon doigt caressa les lignes de son visage.

— Je suis prête, mon amour, murmurai-je. Je suis prête à vivre.

Le repas se déroula dans la bonne humeur. Je les observais tous. Carmichael avait enroulé son bras autour des épaules de ma mère. Dès que cette dernière racontait une bêtise dont elle avait le secret, il lui plantait un baiser sur la tempe. Elle répondait à ce baiser par un regard enjôleur et il ne fut pas très difficile de deviner la nature de leurs activités après la fin des festivités. Ethan et Prisca se chamaillèrent un peu. C'était toujours bon enfant. À croire qu'ils se délectaient de leurs confrontations, ces deux-là. Mais quand Ethan soufflait une vanne pas drôle, bien que toujours mordante, il retrouvait la complicité de son amante. Voir mon oncle si heureux me réchauffa le cœur. Il était enjoué, à l'affût du moindre désir de sa dulcinée, et il rouspétait comme un vieil homme quand elle le taquinait ; c'était un spectacle mélodieux. Je les aimais tous tellement.

Jack et Jared furent les derniers à partir. Nous avions levé la table, mais Jack insista pour laver les casseroles à la main, car il avait toujours été persuadé que le lave-vaisselle abîmait l'émail. Nous le laissâmes faire, comme à chaque fois. Quand ils partirent en direction de leur cabane, Raphaël s'apprêta à les suivre, car c'était aussi dans cette direction que se trouvait la maison de Carmichael et de ma mère.

— Raphaël !

Il se retourna et planta son regard gris dans le mien. Les flambeaux éclairèrent son sublime visage tandis qu'il s'approchait de moi.

— Tu veux bien rester un peu ? lui demandai-je.

Il hocha la tête. Nous nous assîmes sur la plage. Les yeux portés sur la mer où la lune miroitait sur la surface. Puis un long silence s'installa entre nous. Je me mordis la lèvre, ne sachant comment aborder la discussion.

— Est-ce que tu…

— Les enfants dorment ? demanda Raphaël en même temps.

Nous pouffâmes de rire tant notre embarras manifeste était ridicule. Nous ne savions pas vraiment quoi dire. Un abîme s'était creusé entre nous et reconstruire le pont qui nous mènerait l'un à l'autre allait nous demander des efforts. Et j'étais résolue à faire ces efforts dans l'espoir de me rattraper. Sa présence me faisait du bien. Le calme envahit alors mon esprit.

— Ils dorment, confirmai-je.

Un nouveau silence. Je m'attendais à ce qu'il parle, mais il n'en fit rien. Il gardait les yeux sur l'horizon et j'aurais donné cher pour connaître ses pensées.

— Alors, tu as vécu où pendant ces trois ans ? me lançai-je.

— Un peu partout. Les deux dernières années, j'ai pu vivre dans ma maison, en Égypte.

— Personne ne t'a reconnu.

— Non. On ne parle plus que rarement de nous et j'essaie de me montrer discret quand je sors.

— Oh.

— Et toi, Izzy, comment vas-tu ?

Je m'attendais à cette question. Je m'étais juré une réponse sincère.

— Je vais mieux. Ce sont mes enfants qui m'ont sorti la tête de l'eau.

— J'en suis heureux pour toi.

— Et toi ? Comment as-tu fait pour avancer ? me risquai-je à demander tant son attitude sereine contrastait avec celle d'il y a trois ans.

Il baissa la tête en direction du sable. Je le vis avaler sa salive et serrer un peu les poings. Était-ce de la gêne que j'éprouvais à travers lui ? Il se racla la gorge.

— J'ai rencontré quelqu'un.

Mon cœur manqua un battement. Je tentai de camoufler ma stupeur et l'émotion intense qui naquirent dans ma poitrine avec une expression de façade et un sourire crispé.

— Oh, répétai-je.

— Elle s'appelle Linda.

— Linda.

— Je l'ai rencontrée il y a deux ans. Je préfère t'en parler, car...

Il ne termina pas sa phrase et je devais reconnaître que je n'avais pas envie qu'il poursuive. Je posai une main sur sa cuisse. Ce contact provoqua un sursaut chez Raphaël qui se tourna vivement vers moi. La chaleur de son toucher irradia mon bras. Je la retirai.

— Je suis heureuse pour toi.

— Vraiment ?

Pas vraiment.

— Vraiment.

Il me sourit, je l'imitai. Cette fois, mon sourire était sincère. Le voir ainsi était tout ce que je lui souhaitais. Je voulais que Raphaël soit heureux. Personne ne le méritait plus que lui. Et si cette Linda avait accompli ce prodige après toutes les atrocités qu'il avait subies, alors je devais reconnaître que c'était la meilleure chose qui lui soit arrivée. Cette femme devait être exceptionnelle.

Cependant, ce constat me laissa un goût amer dans la bouche. Alors, refusant plus longtemps de jouer un rôle devant Raphaël, comme si ce qu'il m'avait annoncé ne m'avait pas touchée, je prétextai la fatigue et allai me coucher. Il ne fut pas dupe, bien sûr. Mais il me laissa partir sans dire un mot.

Une fois seule dans mon lit, je me tournai vers la fenêtre. Mon bras se releva sur l'oreiller vide. Je pensais à Connor. Je pensais à nos dernières étreintes, dans cet hôtel à New York, quand je m'étais blottie contre lui. Je me sentais si seule…

RAPHAËL

— Ma puce, où est ma chemise blanche ? cria mon père depuis la chambre. Tu sais, celle avec un écusson sur la poitrine.

— J'en sais foutre rien, moi !

Je pinçai les lèvres pour ne pas rire. Depuis trois jours que je vivais avec Carmichael et Gabrielle, j'avais assisté à de multiples scènes très amusantes que seul un couple amoureux pouvait offrir.

— Elle est peut-être dans la buanderie ? entendis-je encore.

— Eh, bah, va voir !

— Mais c'est toi qui as rangé les affaires, Gaby !

— Justement ! Tu n'aurais pas à chercher si tu t'en étais chargé !

Mon père sortit de la chambre, torse nu. Gaby, qui se tenait sur la terrasse, se tourna vers son époux. Son regard parcourut le corps de son mari avant de se planter dans le sien.

— Je ne la trouve pas, déclara mon père.

— Je te préfère comme ça, de toute façon.

Elle eut un sourire mutin. Il s'esclaffa.

— Je ne vais pas à aller Montego Bay sans rien sur le dos.

— Tu portes un pantalon.

— Sur le dos, j'ai dit.

Elle gloussa en lui serrant la taille et je dus détourner les yeux quand ses mains atterrirent sur ses fesses. Mon père les écarta avec un raclement de gorge.

— Oh, ça va ! lâcha ma belle-mère. Raphaël en a vu d'autres !

— Raphaël est en séjour ici et je ne voudrais pas que…

— Raphaël est ici ! lançai-je en levant une main.

Gabrielle relâcha mon père et vint se poster devant moi.

— Et nous sommes très heureux de t'accueillir. D'ailleurs, j'ai eu une idée lumineuse et…

— Gaby, pas maintenant ! la coupa mon père.

Cela ne fit qu'attiser ma curiosité, forcément. Ma belle-mère tira une chaise et s'assit à côté de moi. La vue époustouflante fut dégagée et je pus de nouveau observer le paysage constitué de sable blanc, d'une eau translucide et d'un horizon infini.

— J'ai discuté avec Mick et nous avons une suggestion à te soumettre.

— Laquelle ? m'enquis-je en reportant toute mon attention sur elle.

— Nous pensons qu'on pourrait peut-être construire une maison pour toi, sur cette île.

— Je vous fatigue déjà ?

— Non ! répliqua mon père, horrifié que je puisse penser à une chose pareille. Pas du tout ! Et c'est parce que j'étais sûr que tu allais t'imaginer ça que j'ai dit à Gaby qu'il n'était pas temps de t'en parler.

— Oui, il me l'a dit, c'est vrai. Et non, tu ne nous fatigues pas. Tu es ici chez toi.

Elle prit une inspiration.

— Je me disais juste que cela serait bien que tu passes plus de temps avec nous, voire que tu t'installes. Avec une maison, tu aurais un chez-toi.

— Ce n'est pas une mauvaise idée.

Gabrielle se leva brusquement et sauta de joie.

— Je te l'avais dit, Mick. Il va rester !

— Minute !

Je coupai ma belle-mère dans son élan en lui attrapant le bras.

— Je ne vais pas toujours rester ici. J'ai une vie en Égypte.

— Eh bien, tu pourras y retourner quand tu veux, bien sûr.

Son froncement de sourcil me fit comprendre qu'elle n'était pas vraiment sincère. Cette marque d'affection m'amusa.

— Mais j'aimerais avoir un « chez-moi » quand je viens vous voir, alors j'accepte.

Mon père sourit. Gaby exulta. Elle partit en direction du salon, ouvrit un secrétaire et en sortit du papier, une règle et des stylos de couleurs différentes. Concentrée, elle s'assit à la table de la terrasse et posa son chargement devant elle.

— Et c'est reparti ! lâcha mon père.

Je compris plus tard que ma belle-mère avait d'autres motivations en tête que de me savoir dans mon propre nid douillet. Elle s'était prise de passion pour l'architecture et avait déjà réalisé sa propre maison et celle de son frère. Je n'étais qu'une excuse à son désir de s'occuper, mais cela ne me dérangeait pas. Au contraire, cela me touchait. Elle mit tant d'entrain dans sa tâche et tant de cœur à l'ouvrage que je n'aurais jamais été contre sa volonté. Cette femme méritait le bonheur. La voir sourire, malgré tout ce qu'elle avait vécu, malgré tout ce qu'elle avait perdu, me faisait déjà me sentir comme chez moi.

CARMICHAEL

Je levai les yeux au ciel en constatant que Gaby était encore concentrée sur le dessin de la maison de Raphaël. Ce dernier s'était installé à côté d'elle et discutait de quelques détails. Pour ma part, même si je me réjouissais que mon épouse se soit trouvé une occupation, je redoutais déjà les jours, semaines, et même les mois à venir. Lorsque nous avions bâti la nôtre, elle n'avait cessé de parler de ce projet. Même la nuit ! Et parfois même durant nos ébats... Je n'avais eu d'autres choix que de couvrir sa bouche pour ne recueillir que ses gémissements, et non le nombre de mètres carrés de notre future cuisine.

Elle avait fait des miracles. Notre maison était splendide. Nous avions eu recours à une entreprise qui travaillait depuis longtemps avec les natifs. À la fin du chantier, il avait seulement fallu utiliser nos pouvoirs pour leur faire oublier l'emplacement de l'île. L'île de mon frère. L'île de Connor et Isabelle.

Malgré les quatre ans qui me séparaient du jour funeste de sa disparition, la blessure de son absence ne s'était jamais refermée. Lui que j'avais sorti de la misère, lui que j'avais connu alors qu'il n'avait même pas dix ans... Nous n'avions pas toujours été d'accord. Notre relation avait été ponctuée de nombreuses disputes. Mais nous nous respections.

Et même, je l'aimais. *Mon frère.* Quand il mourut, ce jour-là, je compris enfin ce qu'il était devenu. Je réalisai à quel point il avait changé. Au contact d'Isabelle, il avait progressé. L'amour l'avait rendu meilleur et même s'il me manquait, j'étais fier de penser que mon frère avait donné sa vie pour une juste cause : ses enfants et la femme qu'il était sur le point d'épouser.

Penser à Izzy me serrait le cœur. Il avait fallu près d'un an avant qu'elle consente à prononcer une phrase complète. Il avait fallu encore plus de temps pour qu'elle nous accorde un sourire. La lueur de désespoir constante dans ses yeux n'avait pas disparu. Elle s'estompait un peu quand les enfants étaient là, mais elle revenait rapidement hanter son regard. La veille, je m'étais étonné de la voir aussi enjouée à l'arrivée de Raphaël. J'avais remarqué les regards qu'elle lui lançait durant le repas. Même si elle n'avait encore que peu participé à nos conversations, elle semblait s'animer un peu plus à son contact. Gabrielle aussi l'avait perçu. Son désir de faire construire une maison à Raphaël n'était pas innocent. Il avait en réalité trois motivations : celui de le voir rester auprès de nous, ce qui me rendrait fou de joie, celui de le voir se rapprocher d'Isabelle et celui d'occuper son esprit.

Je me rappelais encore ce jour maudit où nous avions perdu Connor. C'était aussi celui où Jésus et Johnny nous avaient quittés. Lorsque je m'étais réveillé, mon cœur avait explosé de joie en découvrant mon fils vivant, bien que brisé par les épreuves qu'il avait subies. Puis j'avais appris la mort de mon frère, m'étais remémoré la mort de nos amis, avais vu ma femme inerte, catatonique. Je n'avais pu me réjouir longtemps d'avoir retrouvé mon fils, car notre monde s'était écroulé. Ce que nous avions été à deux doigts de commettre. La douleur de Gaby m'avait englouti et avait failli provoquer un cataclysme. Heureusement, Ethan avait su stopper le désastre à temps. Mais les tourments de mon épouse ne faisaient que commencer.

Chaque jour était un deuil, chaque jour était un jour de plus à voir sa fille se morfondre dans la tristesse. Connor. Johnny. Jésus. C'était trop… Beaucoup trop à supporter. De mon côté, je ne reconnaissais plus mon fils. Il était devenu rigide. Méconnaissable. Izzy s'était perdue dans le néant. Un abîme les séparait.

Gaby avait pu contenir son chagrin en tentant de guérir celui de sa fille. Puis, quand elle réalisa que ce n'était pas possible, elle se plongea corps et âme dans notre projet de maison. Cela l'avait sauvée. Elle s'était rendue utile et avait trouvé une occupation pour penser à autre chose qu'à son meilleur ami et Jésus, morts sous ses yeux. Mais ils étaient toujours là, dans son cœur, dans ses pensées, dans ses paroles aussi, parfois. Alors, en la voyant si passionnée par ce qu'elle était en train de réaliser pour Raphaël, mon cœur se gonfla. Je retrouvais ma femme un peu plus chaque jour. Une femme incroyable. Une femme que j'admirais.

— On pourrait te faire une salle de bain attenante, expliqua-t-elle à Raphaël en lui désignant un coin de son dessin, mais dans ce que je prévois là, elle ne serait pas assez grande. Je vais corriger le plan.

— Si tu pouvais y mettre une double vasque, cela serait parfait, lui fit remarquer mon fils.

Les lèvres de Gabrielle se courbèrent. Il n'était pas difficile de deviner ses pensées. Voyait-elle déjà Isabelle vivre dans cette maison ?

— Oh, lâcha-t-elle en tentant de cacher l'excitation qu'elle contenait, tu te projettes dans l'avenir, si je comprends bien.

— Pas dans l'avenir, non. Dans le présent.

Gabrielle cligna des yeux et tourna son visage vers Raphaël, les lèvres retroussées.

— Dans le présent ? répéta-t-elle.

Raphaël sembla soudain gêné et se racla la gorge. Je redoutai ce qui allait suivre.

— J'aimerais pouvoir accueillir quelqu'un dans cette maison.

— Quelqu'un ? répéta encore Gabrielle dont le sourire disparaissait peu à peu.

Raphaël prit une profonde inspiration avant de nous annoncer la nouvelle :

— Je fréquente une femme depuis deux ans.

Le silence de plomb qui suivit sa révélation ne fut troublé que par le pépiement de quelques oiseaux. Je me tortillai sur ma chaise, embarrassé face aux yeux ronds comme des billes de Gabrielle. Elle en avait oublié de respirer.

— C'est une excellente nouvelle, Raphaël.

Gaby tourna vivement sa tête vers moi et me fusilla du regard. Je savais bien à quoi elle pensait. Elle désirait que Raphaël et Izzy se retrouvent. Elle aimait profondément mon fils et était tombée sous son charme dès leur rencontre. Quand elle avait appris qu'Isabelle et lui entretenaient une aventure, elle avait sauté de joie. Elle voyait déjà sa fille passer sa vie avec un immortel, gage qu'elle ne serait pas seule toute sa vie. Sauf que pour qu'un tel destin se confirme, il fallait que les deux protagonistes soient fous amoureux. Or Izzy avait choisi Connor.

Que Gaby nourrisse encore l'espoir de voir Raphaël et Izzy s'unir ne m'étonnait pas, mais je devais penser au bonheur de mon fils. Izzy n'était pas encore prête et je n'avais pas envie que Raphaël soit éternellement le second choix. Il méritait mieux que ça.

— Comment s'appelle l'heureuse élue ? demandai-je.

— Linda, répondit Raphaël. C'est une native télépathe que j'ai rencontrée au Caire. Je vis avec elle depuis un an, maintenant.

— Et tu aimerais qu'elle nous rejoigne ?

— Je ne sais pas encore. Il y a…

— Izzy, termina Gaby.

Elle se leva et alla vers la rambarde. L'horizon s'étirait autour d'elle. Je lançai un regard entendu à Raphaël. Il savait comme moi ce qui préoccupait mon épouse. Mon fils se leva à son tour et partit la rejoindre. Il posa sa main sur celle de Gabrielle.

— Je sais que tu aurais aimé une autre issue pour Izzy et moi, lui déclara Raphaël, les yeux rivés sur son profil, mais cela n'arrivera pas, Gaby. J'ai mis de nombreuses années à comprendre qu'elle ne m'aimait pas. Mon cœur n'est pas complètement guéri d'elle, si tu veux vraiment le savoir. Mais je sais maintenant que ce n'était pas notre destinée. Je la chérirai toujours en tant qu'amie. Peux-tu accepter ça ?

Gabrielle resta silencieuse, le regard perdu au-dessus de la mer. Il se passa une longue minute, puis elle soupira et se tourna vers mon fils.

— Si Linda a réussi à te rendre le sourire, Raphaël, alors elle est la bienvenue ici.

Raphaël sourit avant d'embrasser avec délicatesse la joue de Gaby. Je soupirai de soulagement et les rejoignis. Ma main se posa sur son épaule, et je lui envoyai un clin d'œil.

— Quand pourrons-nous rencontrer cette charmante et mystérieuse jeune femme ?

— Dans quelques jours, si vous êtes d'accord pour l'accueillir ici, en attendant que *La Gabrielle* soit construite.

— « La Gabrielle » ? répétai-je.

— Si Gaby échafaude les plans de ma maison, la moindre des choses c'est qu'elle lui donne aussi son nom.

Ma femme tapa dans ses mains et se jeta dans les bras de Raphaël.

— J'adore ce nom ! s'exclama-t-elle, exultant. Je m'y recolle de suite !

Elle se rua sur sa chaise, plus motivée que jamais à l'idée de dessiner ses plans.

Je n'avais pas fini d'entendre parler de *La Gabrielle*.

JARED

— Linda ! Elle s'appelle Linda !
Jack tournait en boucle depuis déjà une heure sur le sujet. Incapable de contenir sa nervosité, il faisait les cent pas dans le salon, après avoir fait la poussière, nettoyer la cuisine, cirer le plancher, repasser nos chemises, laver les vitres. Il n'avait désormais plus aucune occupation pour se sortir cette annonce de la tête. La fameuse Linda devait arriver dans la journée et il n'était toujours pas remis de ce qu'il avait appris deux jours auparavant.

— Raphaël mérite d'être heureux, lançai-je à mon mari pour la septième ou huitième fois.

— Ce n'est pas le problème !

— Donc, quoi ? Il ne devrait pas avoir le droit de vivre sa vie avec une femme parce qu'Izzy existe en ce monde ?

— Il ne devrait pas l'amener ici !

Jack avait dit cela en s'arrêtant brusquement au centre de la pièce, les poings serrés.

— Ce n'est pas juste, Jack. Ça fait quatre ans.

— Mademoiselle aurait peut-être pu…

— Tu prends tes rêves pour la réalité, assénai-je de façon à ce qu'il cesse de se torturer l'esprit. Enfin, Izzy a choisi Connor. Elle a laissé tomber Raphaël *pour Connor*. Et d'après ce que tu m'as raconté, durant un temps, elle a même choisi de vivre avec lui alors que Raphaël était mort. Puis il y a eu l'évasion du Blézir et Izzy a sauvé Connor en abandonnant Raphaël.

— Elle ne savait pas qu'il était vivant !

— Je sais, mon amour, mais peu importe ! Le pauvre a subi l'enfer, l'abandon. En arrivant sur cette île, il était bousillé. Et qu'est-ce qu'il s'est passé ? Izzy l'a rejeté. Encore une fois.

— Elle portait le deuil !

— Je sais, Jack. Mais enfin, mets-toi à la place de Raphaël ! C'est normal qu'il ait refait sa vie après ça.

Jack soupira et vint me rejoindre sur le canapé. Il posa sa tête sur mon épaule et je l'enlaçai. Je plantai un baiser sur son crâne et lui caressai les cheveux.

— Je ne veux pas qu'elle soit encore plus malheureuse.

Évidemment que c'était à cela qu'il songeait. Isabelle avait déjà tant souffert. Mais son désir de la voir avec Raphaël uniquement parce qu'il ne voulait pas la savoir seule pour l'éternité était un désir égoïste. Raphaël méritait d'être heureux. Aimé. Et Izzy ne l'avait pas choisi. Jack devait se faire une raison.

J'appliquai ma main sous son menton, relevai sa tête, et posai mes lèvres sur les siennes.

— On va devoir y aller. Elle va arriver.

— Je sais, dit-il après m'avoir embrassé une seconde fois.

— Tu vas être charmant avec elle, n'est-ce pas ?

— Je suis toujours charmant ! s'insurgea-t-il.

Je m'esclaffai.

— Ouais, ça, tu l'es. Un vrai prince !

Il recula un peu sa tête et m'envoya ce fameux regard qui me faisait fondre. Il se mordilla la lèvre. Ce geste mutin attisa une chaleur ardente dans ma poitrine, qui fila directement vers mon entrejambe. *Putain...*

— Elle est censée arriver dans une demi-heure, c'est ça ? me fis-je confirmer.

— Nous ne pouvons pas être en retard, Jared, répondit Jack, tandis que sa main se faufilait le long de ma cuisse.

— Je connais ton goût pour la ponctualité, rassure-toi, je n'en aurais pas pour longtemps.

— Oh, alors c'est tout ce que je mérite ? Pas longtemps ?

— Bordel, retourne-toi et tu vas voir ce que tu mérites !

Il s'exécuta et j'eus tout le loisir de lui confirmer mes propos.

Trente minutes plus tard, et après une partie de jambes en l'air intense avec mon mari, nous nous postâmes sur la plage, attendant la fameuse Linda et Raphaël qui était parti la chercher en bateau à Montego Bay. Je tournai mon regard vers Jack dont les lèvres étaient encore gonflées de nos baisers fiévreux, et qui étaient bien la seule preuve de nos récents ébats. Il était vêtu d'un pantalon en toile impeccable et d'une chemise blanche dûment repassée. De mon côté, je portai un jean troué aux genoux, un tee-shirt à l'effigie d'un groupe de rock du début du siècle et mes cheveux n'étaient pas remis de ma chevauchée. D'ailleurs, j'affichais encore un sourire béat quand le bateau surgit à l'horizon.

Ethan et Prisca venaient d'arriver, se tenant par la main. Gabrielle et Carmichael se postèrent à notre gauche. Seuls Izzy et les enfants manquaient à l'appel. J'aurais pourtant cru qu'elle serait venue accueillir la jeune femme, mais, visiblement, son arrivée la touchait bien plus que ce qu'elle avait laissé paraître lorsque Gabrielle l'en avait informée. Elle était restée stoïque, comme si elle s'en moquait. Jack était persuadé que son expression était à mille lieues de ce qu'elle pensait en réalité. Je n'en étais pas si sûr. Mais à constater son absence sur ce bord de plage, peut-être avait-il raison.

Quand Raphaël débarqua, il plongea ses jambes dans l'eau et leva un bras vers sa compagne. La chevelure brune de celle-ci tournoyait autour d'elle alors qu'elle se plaquait contre lui. Il lui planta un baiser sur les lèvres et lui prit la main. Ils approchèrent de la plage, pieds nus, le sourire jusqu'aux oreilles. J'observais Linda. Elle était grande, avec des yeux en amandes d'un noir vif, une peau mate et des dents d'une blancheur captivante ; ses longs cheveux cascadaient jusqu'à sa taille. C'était une très belle femme. Elle gardait sa tête légèrement baissée, comme si elle était saisie de timidité face à notre accueil. Carmichael s'avança et la salua d'une accolade chaleureuse. Il la présenta ensuite à toute la troupe et tandis qu'il le faisait, je vis le regard de Raphaël parcourir la plage. Il masqua sa surprise, mais je devinais à son expression qu'il s'interrogeait sur l'absence d'Isabelle.

— Bonjour, Linda, dit mon mari en hochant la tête. J'espère que vous avez faim !

— Je meurs de faim, répondit-elle d'une voix douce et mélodieuse.

— Eh bien, cela tombe bien, car nous avons dressé la table tout à l'heure avant de…

— Avant de quoi ? le coupai-je en haussant un sourcil.

Jack me sourit en rougissant. J'adorais quand je provoquais cette réaction chez lui.

— Avant de préparer le repas !

— Oh. Oui, bien sûr. Suis-je bête !

— Vous n'avez pas fini, tous les deux ? nous rabroua Ethan. Linda vient à peine d'arriver.

C'était un comble ! Ethan qui nous sermonnait alors que je pouvais encore entendre l'écho des cris de Prisca provenant de la montagne. Et cela produisait souvent. Ces deux-là étaient toujours en rut.

Nous nous installâmes à table et ce fut à cet instant précis qu'Izzy, accompagnée de Lior et de Kathelle, fit irruption. Elle partit aussitôt serrer la main de Linda.

— Je te demande pardon pour mon absence à ton arrivée, ces deux petits monstres m'ont retenue.

Elle avait l'air sincère, mais un coup de coude de Jack me fit comprendre qu'il pensait que ce n'était qu'une façade. Dès qu'elle se tourna, son sourire s'effaça. Raphaël avait les yeux fixés sur elle. L'inquiétude s'y lisait. Puis il se reprit et s'adressa à toute la tablée pendant qu'Isabelle faisait asseoir les enfants, avant d'elle-même s'installer aux côtés de sa mère.

— Linda m'a dit que les médias relayaient des informations positives à propos des natifs.

— Vraiment ? commenta Carmichael.

— Ils ont réussi à éviter une guerre entre deux pays, expliqua la compagne de Raphaël, et le rôle qu'ils ont joué a été salué par les dirigeants du monde entier.

— C'est une excellente nouvelle.

— Depuis déjà plus d'un an, on ne parle presque plus des immortels.

— Que le ciel soit loué ! lâcha Gabrielle.

— Je pense que vous pourrez rejoindre le monde réel dans quelques années sans être menacés.

— Le monde réel ? répéta Izzy.

Linda se tourna vers elle et étudia son visage quelques secondes. De trop longues secondes. L'expression d'Isabelle se pétrifiait à mesure que ces secondes s'égrenaient.

— Eh bien, je pensais que vous auriez envie de reprendre la vie que vous aviez avant.

La remarque de Linda laissa place à un silence pesant. Personne autour de cette table n'avait encore pensé qu'il serait possible de renouer un jour avec une vie normale.

— Nous ne prendrons pas ce risque, répliqua Gabrielle, alors que Jack était parti chercher les entrées avec des yeux ronds. Nous sommes très bien, ici.

— Je suis d'accord, confirma Ethan.

Seuls Carmichael et Prisca s'abstinrent de commenter. Ils se dévisagèrent tandis qu'Izzy reprenait la parole, tout en tapotant sur la main de Lior qui refusait de manger avec sa minuscule fourchette, préférant plutôt utiliser ses doigts.

— Nous sommes chez nous, ici, renchérit Isabelle. Le monde ne nous a apporté que souffrance et désolation. Pourquoi aurions-nous envie de le rejoindre ? Nous avons tout ce qu'il nous faut sur cette île.

— Tu pourrais refaire ta vie, Isabelle.

Mon cœur manqua un battement quand je vis le regard que cette dernière portait à Raphaël en réponse à cette affirmation.

— J'ai préparé du poulet épicé ! annonça Jack qui s'activait pour changer de sujet.

— T'es qui, toi ? lâcha soudain Kathelle à l'attention de Raphaël.

Ce dernier lui lança un sourire éblouissant. L'enfant avait réussi là où Jack avait échoué et toute l'attention était désormais portée sur elle.

— Je suis Raphaël, répondit l'intéressé, et je t'ai connue quand tu étais toute petite.

— Ah bon ?!

— Oui, tu n'avais presque pas de cheveux.

— J'ai les cheveux de ma mère, maintenant.

— C'est vrai, confirma Raphaël en détournant ses yeux vers Izzy.

Dans ce regard, je le vis. Je discernais tout ce qu'il ressentait encore pour elle. Ses yeux ne pouvaient pas mentir. L'admiration qu'il vouait à Isabelle y était encore tapie. Je ne pouvais pas l'avoir rêvé. Et à voir la mine stupéfaire de Linda, ce que Raphaël ne pouvait pas découvrir tant il était captivé par son ancienne amante, je conclus qu'elle aussi l'avait deviné.

— Mais alors, t'es un ami de Maman ? demanda Lior à son tour.

— Tout à fait. Et je suis aussi le fils de Carmichael.

— Oh, alors t'es le frère de maman ! s'exclama Kathelle.

L'effarement traversa tous les yeux des adultes rassemblés à la table. Gabrielle faillit cracher dans son verre d'eau. Ethan pouffa. Ce profond moment de gêne fut rompu par le rire crispé d'Isabelle.

— Mais enfin, qu'est-ce que tu racontes, ma puce ? Raphaël n'est pas mon frère !

— Mais Carmichael est marié avec Mamie, non ?

— Qu'avons-nous convenu au sujet de ça, Kath ? On ne m'appelle pas Mamie, hein ?

— Oui, Mamie !

Gabrielle soupira en levant les yeux au ciel. J'étouffai mon amusement. Je ne fus pas le seul.

Le repas s'acheva dans une ambiance plus légère. Les enfants avaient ce don. Ils pouvaient apaiser les tensions quand celles-ci étaient à leur comble. On pouvait dire que lors de ce déjeuner, cet adage s'était vérifié.

Mais ni Lior ni Kathelle n'auraient pu remédier à ce qu'il se passa quelques jours plus tard, et qui nous valut le départ précipité de Raphaël et de sa compagne.

ISABELLE

APRÈS AVOIR COUCHÉ LES ENFANTS, je partis m'installer sur le divan du salon avec mon livre. J'espérais fort que *Les quatre filles du docteur March* me tirerait de mes réflexions agitées. Mais c'était peine perdue. Après six pages, je réalisai que je ne me souvenais même pas de ce que j'avais lu. Je soupirai en refermant le livre.

Merde...

Depuis l'arrivée de Linda, je ne tenais plus en place. Je ne faisais que penser à ce que j'avais vu. Raphaël lui tenant la main. Raphaël lui chuchotant à l'oreille. Raphaël effleurant ses lèvres. *Raphaël. Raphaël. Arghhh !* Cela me rendait folle ! J'y songeais même la nuit et cela m'empêchait de dormir.

Ce qui me rendait dingue, c'est que je n'avais aucun droit de penser de la sorte. Il avait mérité son bonheur. Je l'avais rejeté, et cela bien avant la mort de Connor. En repensant à ce dernier, mon regard se porta sur mon annulaire et la bague qu'il m'avait offerte lors de sa demande en mariage. Mon destin n'avait pas été d'épouser Raphaël.

J'aurais dû épouser Connor ! Et désormais, j'allais vivre seule, ruminant le passé. Une éternité avec cette bague et cette maison en bambou pour seuls souvenirs de mon amour perdu. Je m'avachis contre le dos de mon fauteuil. Les traits de Linda se matérialisèrent dans mon esprit. Elle était divine et faisait trois têtes de plus que moi. Il me fallait reconnaître, aussi, que Raphaël et elle formaient un très beau couple. Alors pourquoi ne me réjouissais-je pas pour lui ? Pourquoi avais-je envie d'arracher les yeux de cette femme à chaque fois qu'elle me regardait ? Elle avait pourtant l'air sympathique. Mais non, je ne l'aimais pas. C'était au-dessus de mes forces.

On toqua à ma porte. Lasse de mes deux dernières nuits d'insomnie, je me levai en soupirant. Quand j'ouvris, je fus surprise de découvrir Raphaël.

— Je peux entrer ? demanda-t-il.

— Euh, oui, bien sûr.

Il passa devant moi. Je le suivis dans le petit salon et lui désignai le divan que j'occupais un peu plus tôt. Je pris place à ses côtés, mais me relevai aussitôt, étrangement nerveuse.

— Tu veux sans doute boire quelque chose ?

— Non, merci. Ça ira.

— Oh.

Je me rassis. Mon regard parcourut la pièce. Je me sentais embarrassée sans trop savoir pourquoi. Après tout, cela n'était pas la première fois que je me trouvais dans la même pièce que Raphaël, mais il y avait ce soir-là quelque chose de différent que je ne parvenais pas à expliquer.

Raphaël se racla la gorge après un long silence.

— Je suis venu voir comment tu allais.

— Sans Linda, remarquai-je.

— Comme tu le vois.

— Je vais très bien. Tu aurais pu venir avec elle, tu sais.

Mais pourquoi donc ai-je dit une chose pareille ?!

— Oh, d'accord, répliqua-t-il, un peu surpris.

Nouveau silence.

— J'ai pensé qu'on pourrait peut-être discuter de ça, justement.

— De quoi ? m'enquis-je, comme si je ne voyais pas du tout où il voulait en venir.

— De Linda et moi. Je voulais être certain que tu ne vivais pas mal cette situation, car si c'était le cas, nous partirions et…

— Je le vis très bien, rassure-toi ! mentis-je. Linda a l'air charmante et tu sembles heureux avec elle. C'est tout ce qui m'importe. Tu le mérites, Raphaël. Personne ne le mérite autant que toi.

Il soupira de soulagement.

— Eh bien, je suis content que tu le voies comme ça.

Je suis une putain de menteuse. Je la déteste !

— Après ce que tu as vécu, reprit-il, et ce que nous avons vécu, je ne savais pas si une cohabitation sur cette île était possible. Et comme j'aimerais vivre auprès des miens, et que j'espérais enfin me rapprocher de mon père, je t'avoue que je suis soulagé que tu n'aies rien contre.

— Nous te manquions ? demandai-je, étonnée par ses dernières paroles.

— Oui, beaucoup. Au début, je me sentais mieux loin de vous tous. Pour être honnête, je voulais être seul. Même si je savais que vous n'y étiez pour rien, je vous en ai tant voulu de m'avoir laissé au Blézir.

— Raphaël…

— Non, Plume. Laisse-moi m'expliquer.

Mon cœur fit un bond. C'était la première fois qu'il m'appelait Plume depuis les jours maudits. Une agréable chaleur envahit ma poitrine. Une émotion que je n'avais pas ressentie depuis si longtemps que mes joues en devinrent écarlates.

— Ça va ? s'enquit Raphaël, un peu inquiet face à ma soudaine combustion.

Il n'avait pas relevé son usage du surnom qu'il me donnait autrefois. La chaleur s'atténua. Il ne l'avait pas fait exprès.

— Oh, je… Il fait chaud, en Jamaïque.

Pathétique…

Il hocha la tête, un peu circonspect, et continua ses explications.

— J'ai mis du temps à vous pardonner, à te pardonner, dit-il, et je m'en voulais d'éprouver tant de colère. Ce que Burns m'a fait subir a longtemps hanté mes nuits. Puis j'ai rencontré Linda. J'ai aussi réalisé ce que j'ai failli perdre. Mon père. Ma famille. Une famille d'immortels avec qui j'aimerais évoluer. Je ne veux plus la solitude. Alors, Linda…

Il suspendit sa phrase. On y arrivait. *Ai-je vraiment envie d'entendre ça ?*

— Elle est anthropologue et devait donner son avis sur un corps trouvé sur un site non loin de chez moi. Je rentrais quand j'ai ressenti sa présence. Puis je l'ai vue et…

— Ouais, OK, lâchai-je en me levant. Tu as craqué sur elle, et tout et tout. Je suis heureuse pour toi.

— Qu'est-ce qu'il t'arrive ?

— Rien, rétorquai-je en me tournant vers lui. Je te l'ai dit, je suis heureuse pour toi.

— Je voulais seulement te dire comment je m'étais rétabli.

— J'ai compris. Linda t'a aidé.

— Oui, mais…

Je soufflai. Mon corps se tendit. J'aurais dû réfléchir à ce que j'allais dire, mais non. Mes paroles sortirent de ma bouche sans que je puisse les contrôler.

— Écoute, Raphaël. Tant mieux pour toi si t'as réussi à tourner la page avec Linda ! Honnêtement, c'est génial. Super, même ! C'est une bombe, tu es magnifique. Vous formez un très beau couple, fin de l'histoire !

— Izzy…

Il se leva à son tour. L'expression affligée de son regard ne fit qu'attiser ma colère.

— Quoi ? Tu t'attendais à quoi, Raphaël ? À ce que je saute de joie en te voyant débarquer avec ta petite amie ?!

Cette fois, l'expression dans ses yeux changea lentement tandis qu'il digérait mes invectives.

— Tu te fous de moi ?!

Il était furieux. Il approcha, tendu, le regard noir.

— Je t'ai aimée, Izzy. Je ne te l'ai jamais dit, mais tu le savais ! J'aurais tout fait pour que toi et moi soyons heureux ensemble, mais tu en as choisi un autre. Tu me l'as dit droit dans les yeux.

— Je n'ai jamais dit que je n'éprouvais rien pour toi ! criai-je, couvant des larmes nerveuses.

— Mais ce n'était pas assez ! Je n'ai jamais été *assez* ! Alors, après toutes ces années, je pense avoir le droit d'être heureux, bordel !

Qu'il utilise ce genre de mot n'était pas son genre. Il était très énervé.

— D'autant que tu sais que Linda va mourir un jour, et que moi je vais rester en vie ! Éternellement. Si j'ai envie de passer un bout de ma vie avec cette femme qui a rallumé la flamme en moi, je le ferai, car je crois l'avoir mérité ! Tu en as toi-même convenu !

Il avait raison, bien sûr. Mais je n'arrivais pas à le concevoir. Je m'y refusais.

— Eh bien, vis ta vie avec elle et profite bien ! La porte est là !

— Tu rigoles, là ?!

— Pas du tout, rétorquai-je d'un ton fielleux.

— C'est quoi ton problème, Izzy ? hurla-t-il alors qu'il s'apprêtait à ouvrir la porte.

— Mon problème est que je n'ai pas été cette femme !

J'avais lâché ça comme une bombe. Mon souffle se coupa en réalisant ce que je venais de dire. Raphaël se tourna lentement, le regard plein d'incompréhension.

— Quoi ? s'étonna-t-il dans un murmure.

J'avalai ma salive. Mes yeux se braquèrent lâchement sur le parquet. Puis je me dis que l'heure était venue de vider mon sac. J'avais déjà commencé. Alors je fixai mon regard sur lui et entrepris de lui livrer mes pensées d'une voix calme, malgré la tempête qui investissait mon cœur.

— Je n'ai pas été la femme qui t'a guéri de tes blessures, Raphaël. J'aurais aimé être cette femme. Mais j'en étais incapable. Je t'ai abandonné tant de fois que je me fais honte. Je n'ai pas regretté mes choix, mais j'ai toujours regretté ce que tu as subi. Je m'excuse, Raphaël. Je m'excuse d'être moi. Je m'excuse de t'avoir brisé le cœur, je m'excuse de t'avoir laissé à ton sort, et je m'excuse de ne pas avoir été à tes côtés alors que tu en avais besoin. Tu as toujours été là pour moi, et je t'ai rejeté. Je me déteste pour ça. Je me déteste !

— Izzy…

Il approcha d'un pas lent. Sa main se posa sur ma joue où mes larmes ruisselaient.

— Tu as mérité d'être heureux, Raphaël. Je veux que tu sois heureux. Et tant pis si ce n'est pas avec moi, car je tiens trop à toi pour que...

Il me tira le bras et avant que je puisse comprendre ce qu'il se passait, ses lèvres étaient sur les miennes. La chaleur de sa bouche se diffusa dans ma gorge, ma poitrine, mon ventre, puis tout le reste de mon corps. Une sensation qui m'était étrangère depuis si longtemps que j'en redemandai. Ma langue rencontra la sienne, ma main attrapa sa nuque. Mon sang prit feu. Notre baiser s'enflamma. Je le plaquai contre moi tandis que notre baiser fougueux s'éternisait.

Puis surgit le souvenir de Connor. Son visage s'imprima dans mon esprit. Je pensai à ma bague, à son portrait, à ses mots, à nos enfants dormant de l'autre côté de la pièce, à cette maison...

Non. Non. Non ! Pas ici !

— Lâche-moi !

Paniquée, je poussai Raphaël si fort qu'il fut éjecté contre le mur. La maison trembla sous l'impact de son corps. Son regard ahuri se planta dans le mien. Son expression de surprise se mua lentement en tristesse, puis en colère.

Il partit en claquant la porte.

Le lendemain, Linda et lui quittaient l'île.

Le même jour, je me cloîtrai dans ma chambre et pleurai jusqu'à ce que la nuit tombe.

ETHAN

Nous venions de quitter la maison de Gaby et Carmichael. Jack et Jared s'étaient joints au dîner, mais Izzy avait préféré rester chez elle, avec les enfants. Personne ne pouvait lui en vouloir. Raphaël était parti avec Linda après un bref « au revoir », et il n'avait pas été difficile de deviner ce qui avait pu précipiter leur départ. Sa compagne n'avait d'ailleurs pas l'air de regretter ces adieux. J'avais dit à Prisca que c'était voué à l'échec. Elle m'avait rétorqué qu'il fallait aller de l'avant, que le temps y pourvoirait. Je n'avais pas vu les choses comme elle. Le traumatisme d'Izzy était encore trop récent. Ses enfants, ses souvenirs et cette île la ramèneraient toujours à Connor. Et tant qu'elle ne serait pas en mesure de passer outre, elle ne pourrait espérer le bonheur. J'avais moi-même mis tant de temps avant de le trouver. Il m'arrivait encore de penser à mon passé, aux horreurs que j'avais commises, mais cela ne me hantait plus la nuit. Chaque soir, alors que Prisca se lovait dans mes bras, je trouvais un sommeil dénué de cauchemars. Cette femme avait changé ma vie.

Nous parcourions le chemin qui menait à notre maison, proche de la cascade. On savait qu'on approchait de notre cocon grâce au bruit de l'eau qui se déversait dans la rivière, en contrebas. Prisca me prit la main.

— Gaby ne t'a pas semblé étrange ? demanda-t-elle.

— Ma sœur *est* étrange.

Prisca gloussa et serra son emprise sur mes doigts.

— C'est vrai, reconnut-elle. Je voulais dire, qu'as-tu pensé de son projet ?

— Je le trouve ridicule.

— Comment cela ?

— Construire une maison pour Raphaël alors qu'il vient juste de nous quitter en prenant ses jambes à son cou, c'est de la folie. Il n'y habitera jamais.

— Elle a l'air de penser le contraire.

— Elle est têtue.

Je soupirai en repensant à ce que Gaby manigançait et à la conversation partagée avec elle lors de ce dîner :

— C'est quoi, ces plans ? avais-je demandé.

— C'est *La Gabrielle*.

— La quoi ?

— *La Gabrielle* !

— Mais t'as déjà une maison.

— Elle veut dessiner celle-ci pour Raphaël, avait déclaré Carmichael en levant les yeux au ciel.

— Mais Raphaël est parti.

— C'est ce que je lui ai dit.

— Il reviendra, avait lancé ma sœur avec un sourire.

— Une évidence, avait affirmé Prisca.

J'avais fait volte-face et découvert le sourire complice de mon amante à l'attention de Gaby. Carmichael avait secoué la tête, dépassé, même si je n'avais aucun doute sur le fait qu'il espérait sincèrement que toutes deux avaient raison.

— Je suis le seul à avoir vu Raphaël se tirer d'ici au pas de course ?

— Ce n'est que momentané, m'avait répondu ma sœur.

— Et pour quelle raison reviendrait-il ?

— Parce que son départ est lié à une altercation avec Izzy ?

— Et ?

— Et cela veut dire qu'il y a encore de l'espoir, s'était enthousiasmée Prisca.

Mon air ahuri les avait fait rire. Moi qui m'étais attendu à ce que tout le monde soit affligé par le départ de Raphaël, je n'avais pas compris ce qu'il leur valait cette certitude quant à son retour. Visiblement, je n'étais pas seul à en être étonné puisque Carmichael semblait aussi perdu que moi.

— Je ne voudrais pas refroidir votre enthousiasme, mais Raphaël ne reviendra pas. Izzy et lui, ça ne se fera pas. Il va falloir vous le mettre dans le crâne.

— Ethan, tu es aveugle.

— Gaby, je pense que je suis le seul à y voir quelque chose, ici.

— Tu n'as donc pas vu qu'Izzy était jalouse ?

— Jalouse ?

— Ouais, jalouse ! Enfin, ça se voyait comme le nez au milieu de la figure !

— Je ne suis pas certain que…

— Pardon, Carmichael, mais je suis d'accord avec Gaby, l'avait coupé Prisca. Il n'y a qu'une femme pour détecter la jalousie chez une autre. Et croyez-moi, ça n'a pas échappé à Linda.

Jack et Jared avaient fait irruption dans le salon à ce moment-là et la discussion ne leur avait visiblement pas échappé. Jack avait aussitôt ramené sa fraise.

— C'est évident que Mademoiselle Izzy est jalouse ! Quant à Raphaël, il est toujours amoureux. N'est-ce pas, Jared ?

— Je croyais qu'il n'y avait que les femmes qui pouvaient détecter la jalousie chez une autre ? avais-je murmuré à l'oreille de Gaby.

— Les gays sont une exception, ils sont plus perspicaces. Johnny aurait été le premier à le deviner.

Le regard de ma sœur s'était assombri, mais elle n'avait pas laissé le souvenir de son ami la tourmenter. Pour l'éviter, elle avait serré les deux époux dans ses bras.

— Raphaël est fou d'elle, avait confirmé Jared, c'est clair comme de l'eau de roche.

— Tout ça me dépasse !

Carmichael avait eu un geste d'humeur. Il ne croyait pas au retour de Raphaël. Sa déception de l'avoir vu partir ne laissait place à aucun espoir.

— Mick, il reviendra, lui avait répété ma sœur. Peut-être pas dans les semaines ni dans les mois à venir. Mais il reviendra, parce qu'il l'aime et qu'Izzy commence à se rappeler qu'elle l'aime aussi. Tous ses sentiments pour lui refont surface.

— Tu crois ?

— Ne sommes-nous pas l'exemple qu'une telle chose est possible ?

Carmichael avait esquissé un sourire. Il avait attrapé la main de ma sœur et l'avait tirée de manière à ce qu'elle s'assoie sur ses genoux. Lorsqu'il l'avait embrassée, j'avais détourné les yeux. Ces deux-là avaient la fâcheuse tendance à enflammer tous ceux qui se trouvaient dans leur entourage, et lorsque mon regard avait croisé celui de Prisca, cela s'était confirmé.

Nous avions encore débattu quelque temps de leurs espoirs d'avenir entre Izzy et Raphaël. J'avais préféré me taire, n'y croyant pas vraiment. Le dîner avait été agréable alors que j'avais pensé qu'il serait plombé par les derniers événements. Mais non, Gabrielle était si sûre d'avoir raison que rien n'aurait pu doucher son enthousiasme. Même son mari avait commencé à rejoindre son point de vue. Les voir tous les deux souriants et complices m'avait rendu heureux. Il était derrière nous, le temps de la tristesse et du désespoir. J'étais donc d'humeur enjoué en rentrant chez moi au bras de Prisca.

Nous arrivâmes enfin aux marches rocheuses qui grimpaient jusqu'au seuil de la maison. Prisca lâcha ma main et passa devant moi. À mi-chemin, et sans vraiment comprendre pourquoi j'y pensais et, surtout, pourquoi je ne l'avais pas fait avant, je m'arrêtai brusquement et lui dis :

— Je veux t'épouser.

— Quoi ? dit-elle en se retournant.

— Je veux t'épouser, Prisca.

Elle descendit deux marches, hébétée par ma déclaration.

— Tu ne veux pas ? demandai-je, soudain saisi par la peur.

Qu'est-ce qu'il m'a pris ?

Elle ne voudra pas.
Qu'est-ce qui me fait croire qu'elle dira oui ?
Pourquoi ai-je demandé ça ?

— Tu veux te marier avec moi ? lança-t-elle, toujours aussi stupéfaite.

Elle descendit une autre marche. Sa tête me dépassait. Son expression surprise était adorable. Oh, oui, j'avais envie d'épouser cette femme. Derrière son sourire timide, je crus discerner de l'enthousiasme. Alors, je ne reculai pas et pris ses mains dans les miennes.

— Je veux passer mon éternité avec toi.

Son sourire atteignit enfin ses yeux. Puis elle m'embrassa fougueusement. La seconde d'après, elle se jetait sur moi et enroulait ses jambes autour de ma taille.

J'avais ma réponse.

ISABELLE

Trois ans plus tard...

LE MARIAGE DEVAIT se dérouler dans l'après-midi. Je maquillai Prisca tandis que Jack s'occupait de son chignon. J'étais si heureuse de le voir avec un grand sourire aux lèvres et en pleine forme, après les trois dernières années où la maladie l'avait rongé. Peu après qu'Ethan et Prisca nous avaient annoncé leurs fiançailles, Jack avait connu des problèmes de santé. On lui avait diagnostiqué un cancer de l'estomac. Tout un protocole de chimiothérapie avait été nécessaire pour qu'il puisse se remettre. Pendant plus d'un an et en raison des multiples opérations qu'il avait dû subir, il avait quitté l'île. Évidemment, Jared l'avait accompagné. Leur absence avait été difficile à vivre. Mon angoisse de le perdre insurmontable. Mais cela m'avait rappelé que Jack était mortel, et qu'il me quitterait un jour. J'avais pris conscience qu'il fallait que j'arrête de vivre dans le passé. Qu'il m'empêchait de profiter du présent, et que rien ne pouvait rattraper le temps. Alors, quand Jack était revenu avec son époux, j'avais sauté de joie. Puis j'avais passé chacune de mes journées auprès de Jared et de lui. À tel point que, parfois, ils durent me jeter dehors pour enfin rester seuls.

En raison de la faiblesse de Jack, Ethan et Prisca avaient décidé de repousser la date de leur mariage. Cela s'était présenté comme une évidence. L'île n'était pas la même sans eux, et les fiancés se plaisaient à dire qu'ils ne pouvaient décemment officialiser leur union sans l'ordonnateur de celle-ci. Jack était tout désigné.

Le jour de la cérémonie arrivait enfin. Les fiancés l'avaient voulue intimiste et sobre, à leur image. Le bonheur se lisait sur tous les visages.

— Comment te sens-tu, Prisca ? demandai-je à celle qui était devenue ma meilleure amie en ce monde.

— Un peu nerveuse, je dois l'avouer.

Ses joues rosirent.

— Après des siècles d'existence à chercher l'âme sœur, ça ne m'étonne pas, me moquai-je en lui tirant la langue.

— Et qui aurait parié sur ton oncle, n'est-ce pas ?

— Personne, c'est certain !

Nous rîmes. Prisca se regarda dans le miroir. Ce qu'elle y vit sembla lui plaire. Jack relevait sa formidable chevelure blonde cendrée dans un chignon. Des centaines de barrettes invisibles soutenaient la structure de son œuvre. J'appliquai le blush sur les joues de Prisca quand Jack pouffa de rire.

— Que vous arrive-t-il, Jack ?

— Je pense à Monsieur Johnny.

Un sourire étira mes lèvres. Me rappeler Johnny n'était plus aussi douloureux, car tous mes souvenirs avec cet homme étaient heureux. J'aimais me les remémorer et avec le temps, je les chérissais plus que tout.

— Racontez donc ce qui vous amuse autant, Jack !

— Je me souviens du jour où nous vous avons apprêtée, lui et moi. Nous n'étions pas d'accord sur votre coiffure et je l'avais menacé avec ma brosse à cheveux.

— Je me le rappelle bien, oui !

Je pinçai les lèvres, me souvenant que Johnny avait rétorqué que si Jack le menaçait de lui introduire sa brosse là où Jésus était le seul invité, ce dernier ne serait pas content. Je dus formuler ces mots à Prisca qui avait expressément demandé des explications, et comme je m'en doutais, elle s'esclaffa.

— Ils nous manquent beaucoup.

Je hochai la tête. C'était peu de le dire. Ma mère avait encore du mal à en parler, alors que cela faisait déjà sept ans. Même si le temps avait fait son œuvre, rien ne pourrait effacer leur amitié indescriptible de son esprit. Tout comme son amour pour mon père. Et le mien pour Connor...

Seulement, la vie continuait. Les jours se succédaient. La souffrance s'atténuait. Le deuil était passé. Les souvenirs étaient chéris et le présent béni. À tous, nous leur devions de continuer et de vivre. Car ni mon père, ni Jésus, ni Johnny, et encore moins Connor n'auraient souhaité nous voir nous morfondre jusqu'à la fin des temps. Mes enfants me rappelaient chaque jour que j'avais eu une chance inouïe de rencontrer leur père. Malgré les difficultés, les menaces et le danger. Nous nous étions aimés. Nous avions vécu. Cela avait été court, mais cela avait été intense. Mon cœur porterait chaque seconde de cet amour pour l'éternité.

— Je crois que nous avons terminé ! Prête, Prisca ?

Elle respira un grand coup, puis se leva. Ses lèvres se relevèrent sur ses dents parfaites. Elle était magnifique, irréelle.

Nous quittâmes ma maison pour retrouver les autres sur la plage. Une arche, couverte de fleurs exotiques, avait été érigée face à la mer. Devant s'étalaient les sièges des invités et, plus loin, des tables, couvertes de nappes blanches, avaient été disposées en U afin de tous nous accueillir.

Ethan se tenait près de l'arche, aux côtés de sa sœur, témoin de son union. Carmichael attendait Prisca. Maman était resplendissante dans sa robe pourpre, drapée jusqu'à ses pieds nus. Ethan était majestueux. Il portait une chemise en soie bleue avec une boutonnière ornée d'une fleur blanche, en parfait accord avec la couleur de son pantalon. Mais ce qui me frappa en premier, ce fut son sourire. Quand Prisca s'approcha de lui, ses yeux parcoururent son corps. Son visage s'illumina, sa main alla directement attraper celle de sa future épouse. Ils étaient splendides. Et tout l'amour qu'ils se vouaient se lisait dans leur regard.

Je laissai Prisca pour aller m'asseoir avec le reste des invités. Il y avait Thomas et Laura, tous deux mariés depuis quatre ans. Elvis et Soraya. Wassim et Elias, en compagnie de leurs épouses. Et il y avait Raphaël et Linda. Tous étaient arrivés le matin même.

Quand Raphaël avait débarqué sur l'île, je n'avais pas su à quoi m'attendre. La dernière fois que nous nous étions parlé était le fameux jour où je l'avais repoussé avec force. Il avait claqué la porte et je ne l'avais plus revu depuis. Je me remémorai le baiser que nous avions échangé ce jour-là. Mes lèvres en portaient presque encore le goût. Finalement, Raphaël m'avait saluée comme il l'avait fait pour tous les habitants de l'île. Je n'avais pas eu droit à plus de sourires ni à plus d'attention que les autres. Je devais admettre que cela m'avait serré le cœur. Mais comment lui en vouloir ? Et qu'espérais-je après l'avoir si durement repoussé ?

Il tenait la main de Linda. Je me détournai de cette vision en m'asseyant au premier rang. Jack commença son discours.

— Mes chers amis, je suis heureux que nous soyons tous réunis ici pour fêter cette union. Nous sommes tous de vieux amis. Du moins, certains portent leur âge, d'autres non.

Des rires fusèrent à cette remarque. La plupart des convives avaient sept décennies à leur actif, voire beaucoup plus. Mais le temps n'avait fait que renforcer notre amitié inébranlable. Nous étions une famille. Jack continua son discours qui se termina sur une ovation. Puis vint le moment des vœux. Personne ne s'était attendu à la déclaration de mon oncle. Les yeux rivés sur la femme qu'il aimait, ses mots résonnèrent comme une mélodie à nos oreilles, nous laissant tous ébahis.

— J'ai longtemps vécu seul, déclara Ethan à Prisca un peu hésitant. Et j'aimais ma solitude. J'étais tout cabossé et n'étais pas quelqu'un de bien. Je n'avais même pas le sentiment de posséder une existence. Une existence à moi. Puis, un jour, tu m'as montré que je valais quelque chose. Que je méritais moi aussi le bonheur. Tu m'as entraîné dans ton sillage. Un sillage de douceur, de tolérance et de respect. Tu es la personne la plus magnifique de cette planète et tu es celle que je veux pour l'éternité. Je veux te chérir, je veux t'aimer, je veux que nous soyons ensemble chaque minute de notre vie. Tu as tout changé, Prisca. Tu es mon univers, ma force et mon âme. Je t'aime.

Même Prisca en demeura muette de stupéfaction. Ce n'était pas le genre de mon oncle de s'épancher, et encore moins devant un parterre d'invités. La sincérité de ses mots me tira des larmes. Le bonheur dans ses yeux les fit couler... Il rougissait. Je n'avais jamais vu Ethan aussi heureux et personne sur cette île ne pouvait ne pas l'avoir remarqué.

Des applaudissements accueillirent la fin de la cérémonie. Des embrassades enjouées suivirent, puis nous nous dirigeâmes vers les tables hautes dressées pour le vin d'honneur. Prisca était lumineuse. Le sourire d'Ethan semblait inaltérable. Je m'enfilai mon verre de cocktail en les admirant quand soudain, une voix que je connaissais à peine s'éleva derrière moi.

— C'était très beau, n'est-ce pas ?

Je me tournai vivement et faillis cracher le contenu de ma coupe en me trouvant nez à nez avec Linda.

— Oh, euh, ouais, carrément.

Bravo, Izzy... Réplique digne...

— Je suis certaine qu'ils seront très heureux, dit-elle d'un ton enjoué.

Je me fis la réflexion qu'elle ne les connaissait pas vraiment, mais je devais convenir qu'après une cérémonie pareille, leur bonheur ne faisait aucun doute.

— Ils ont mérité d'être heureux, commentai-je en reportant mon regard sur les jeunes mariés.

— Pour l'éternité.

La façon dont elle avait prononcé ces trois mots sonnait avec nostalgie. Je compris alors qu'elle avait conscience qu'elle vieillirait aux côtés de Raphaël, tandis que lui demeurerait éternellement jeune. Elle partirait un jour, et lui resterait.

— Je n'aurais pas cette chance, affirma-t-elle encore.

— Parfois, ce n'en est pas vraiment une, vous savez.

Ma remarque l'intrigua, puis son regard se mua en affliction.

— Vous parlez de la perte de votre fiancé. Pardon, si je vous ai blessée. Je ne voulais pas remuer des souvenirs...

— Ce sont des souvenirs que je chéris. Vous n'avez pas à vous excuser. Profitez de l'existence avec Raphaël, et ne pensez pas à tout ça. La vie est précieuse.

— Mais je vais mourir un jour, et il sera seul.

Je n'avais pas envie de m'aventurer sur ce terrain de la confidence avec une femme que je connaissais à peine. Je ne comprenais pas sa soudaine envie de se confier, d'autant que j'étais persuadée qu'elle était parfaitement au courant de mes sentiments passés pour Raphaël.

— Il nous aura, nous, la rassurai-je tout de même. Il nous aura toujours.

— Vous l'aimez ?

Je marquai la surprise. *Putain, c'était quoi, cette question !* OK, j'avais dans l'idée d'être aimable et bienveillante, mais fallait pas pousser ! Je commençais à me dire que tout ce cinéma n'était en fait qu'une façon d'enfin me confondre. *Ah ouais... T'es pas prête, ma cocotte. Je suis Izzy, déesse des enfers ! Bon... on se calme. T'es rien qu'une maman en exil avec deux bambins hyperactifs.*

— Pardon, je n'aurais pas dû vous demander ça.

Elle avait l'air gênée et me sourit timidement. Mais ce sourire n'atteignit pas ses yeux. Elle voulait que je lui réponde. J'en étais certaine.

— Je tiens beaucoup à Raphaël.

Son sourire s'effaça.

— Et je veux son bonheur, terminai-je.

— Mais de quelle façon ? s'enquit-elle, suspicieuse.

— Maman ! cria Lior en attrapant un pan de ma robe.

Que le ciel bénisse cet enfant !

— Kath n'arrête pas de m'embêter.

Et c'est reparti !

— Quoi ?! lançai-je à mon fils, outrée comme si c'était la première fois qu'une telle chose arrivait. Emmène-moi à elle, on va avoir une petite discussion.

Et c'est ainsi que je me servis lâchement de mes enfants pour m'extirper de cette conversation embarrassante.

RAPHAËL

Il était déjà plus d'une heure du matin. Un bout de plage avait été transformé en piste de danse, encadrée par des flambeaux dont les flammes vacillaient dans le vent. Les plus anciens étaient partis se coucher. Linda venait d'en faire autant. Ne restait plus que les immortels, Jack et Jared. Ces derniers dansaient au milieu de la piste en riant, mon père et Gabrielle à leurs côtés, tout aussi heureux de faire la fête. Ethan et Prisca se tenaient dans un coin et s'embrassaient comme des adolescents.

J'étais assis sur une chaise et admirais cette scène intime sous la lumière de la pleine lune. Izzy était à quelques mètres de moi, tout aussi contemplative. Elle arborait un sourire magnifique, sa robe à fleurs virevoltant autour d'elle sous le souffle de la brise nocturne. La musique changea de rythme et fit place à un slow. La mélodie langoureuse attira tous les protagonistes au milieu de la piste improvisée. Les baisers, les caresses et les regards échangés étaient agréables à épier. La légèreté du moment, un vrai délice pour l'âme. Je sentis les yeux d'Isabelle se poser sur moi. Je me mordis la lèvre. Depuis mon arrivée le matin même, je n'avais fait que m'empêcher de l'observer. Sa présence, son corps et tout son être m'attiraient et bien que je me fusse résolu à ne plus éprouver le moindre sentiment pour elle, mon cœur n'avait pas l'intention de m'écouter. Je ne pus me retenir de tourner la tête vers elle. La déception fut lourde quand je constatai qu'elle ne me regardait pas. *Ai-je rêvé ?*

La chanson continua sur un rythme doux et agréable. Une autre lui succéda. Mon souffle se coupa en me rappelant cet air. *The Night We Met* de Lord Huron. Cette chanson du début du siècle déroula ses premières notes. Des notes que j'avais jouées au piano, à Altérac, dans l'appartement qu'Izzy et moi partagions à cette époque. Je me souvins que juste après avoir entonné cet air, nous avions fait l'amour sur la table du salon. Je m'en rappelais encore les sensations, les caresses, les gémissements, tandis que je me fondais en elle. À cette pensée, je me tournai vers elle. Et cette fois, elle me regardait. Ses yeux coulaient dans les miens. Elle s'en souvenait. Alors sans réfléchir, je me levai et m'approchai d'elle. Nous n'échangeâmes pas un mot et restâmes un instant l'un face à l'autre, à nous observer. Je tendis mon bras. Elle y posa ses doigts fins. Je la tirai vers la piste. Je déglutis quand ma main se posa sur sa hanche. Son corps s'agita à ce contact. La chaleur sous mes doigts me brûlait la peau. Je portais une chemise légère et je pouvais sentir son souffle traverser le tissu sur mon torse. Nos pas se calèrent en rythme. Un rythme lent et langoureux. Je serrai un peu sa main. Elle leva la tête. Un sourire merveilleux se dessina sur son visage. Plus rien n'existait. Seulement elle.

— Je n'ai pas oublié, me dit-elle.

Son air timide m'attendrit. Je ne pouvais plus quitter son regard.

— Je m'en souviens aussi.

Sa joue se posa sur mon buste. Elle se serra contre moi. Ma main lâcha la sienne et passa par-dessus son épaule. Mon corps réagit à son contact. Je humai l'odeur de ses cheveux. J'appréciai chaque centimètre de sa peau collée contre la mienne. Mon cœur battait la chamade contre le sien. Puis ce fut clair. Limpide dans mon esprit. *Plume...*

La musique se termina, mais il me semblait que nous avions continué à danser l'un contre l'autre bien après sa fin. Quand nous reprîmes nos esprits, nous étions seuls sur la piste. Tout le monde était parti. Je me reculai et Izzy baissa la tête.

— Tu me manques, osai-je dire.

Ses profonds yeux bleus se levèrent sur moi. Sa bouche s'entrouvrit.

Je crus discerner un début de sourire quand soudain nous fûmes interrompus.

— Raphaël !

C'était Linda. Mais même si je me détestais d'avoir à lui faire du mal, je ne pouvais détourner mes yeux d'Izzy. Puis le coin de la lèvre de ma petite plume se leva. Elle hocha la tête et s'en alla…

Mon cœur tomba dans ma poitrine.

— Raphaël, répéta Linda, tu ne viens pas me rejoindre ?

Elle approcha de moi, mais je n'avais toujours pas détourné mon regard. Quand la silhouette d'Isabelle disparut derrière la porte de sa maison, je reportai enfin mon attention vers ma compagne.

— J'aimerais clôturer cette belle journée en te faisant l'amour. Tu viens ?

Je n'eus pas la réaction qu'elle escomptait. À vrai dire, je ne savais plus comment réagir… *Izzy…*

PRISCA

— Il est parti ce matin ! lâchai-je, choquée d'entendre de la bouche de mon frère le départ de Raphaël.
— Je suis sous le choc, moi aussi.
— Et moi, en colère ! lança Gabrielle. On était à un cheveu de les voir se remettre ensemble !
— Gaby…

Mon frère n'était toujours pas convaincu. Gabrielle et moi restions persuadées qu'Izzy éprouvait des sentiments pour Raphaël. Leur danse langoureuse durant la nuit n'avait fait que confirmer cet espoir. Nous nous étions tous éclipsés à pas feutrés pour leur laisser une chance de se rapprocher.

— C'est cette Linda, le problème !
— Gabrielle… Linda est une personne adorable.
— C'est une femme, Mick. Elle pourrait être Mère Thérésa, elle n'en reste pas moins une femme ! Et tu sais ce que fait une femme quand elle voit que son homme commencer à zieuter de trop près une autre ?
— Non, dis-moi.
— Elle complote !
— Y a pas que les femmes qui font ça.

Mon frère était bien placé pour le dire. Il avait utilisé mille stratagèmes pour que Gaby tombe dans ses bras.

— Gabe a raison, déclarai-je en me plaçant à côté de ma belle-sœur qui haussait des sourcils triomphants.

— Tu ne vas pas t'y mettre, Prisca ! répliqua mon frère. Tu n'as pas un mari à tourmenter ?

Je ris. Carmichael m'imita et se leva.

— Félicitations, ma sœur.

— Merci, Carmichael.

— Où est Ethan ?

Je rougis.

— Oh, euh... il se remet de sa nuit de noces.

Gaby s'esclaffa. Mon frère fit les yeux ronds.

— Je n'avais pas besoin de savoir ça.

— Tu as demandé !

Carmichael sortit de la pièce en soupirant. Gaby m'attrapa la main et me tira vers le canapé.

— Raconte !

— C'est ton frère. Je ne suis pas certaine que...

— On s'en fout ! Allez, Prisca. On s'ennuie, ici. Je veux entendre des trucs salaces !

— Ça fait plaisir à entendre ! s'exclama une voix d'homme.

— Thomas !

Gabrielle se leva et alla serrer dans ses bras le roi des natifs. Malgré son âge avancé, il avait gardé ce sourire incomparable et ses yeux translucides étaient toujours aussi captivants.

— Alors, que se passe-t-il ?

— Prisca allait me raconter ses prouesses sexuelles avec mon frère ! s'extasia Gabrielle.

— C'est... bizarre, déclara Thomas.

— Pourquoi ne suis-je pas étonné d'entendre parler de cul quand je me pointe ici ?! s'interrogea Elvis en passant la porte.

Gaby lui sauta au cou et couvrit sa balafre de baisers.

— Hey, j'ai plus vingt ans, bordel ! Tu vas me casser le dos !

— Pour moi, tu es toujours aussi fringant ! répliqua Gaby en riant.

— Ouais…

Ethan choisit précisément ce moment pour faire son entrée. Mon frère l'accompagnait, un bras calé au-dessus de son épaule. Mon cœur s'envola en observant son sourire. Ethan était mien. Il m'aimait. Je voulais éternellement le voir avec cette expression plaquée sur son visage. À cet instant, je me promis que je passerai ma vie à faire en sorte qu'il le garde. C'était sans compter sur Elvis.

— Paraît que t'as grimpé au rideau, cette nuit !

La mâchoire d'Ethan faillit se décrocher. Il tourna des yeux effarés vers moi.

— Bah quoi ? dis-je. C'est vrai, non ?

Son air surpris s'accentua.

— Je… je…

— Johnny t'aurait taillé en pièces ! lâcha Elvis.

— Jésus se serait extasié ! renchérit Gabrielle.

— Connor t'aurait arraché le cœur, termina Carmichael.

Un silence suivit ces remarques, puis les éclats de rire fusèrent, au grand dam d'Ethan. Le souvenir des personnes qui nous étaient si chères flotta dans la pièce. Ils étaient là, avec nous. En nous.

Je me levai et allai rejoindre mon mari. Je l'embrassai et lui attrapai la main. J'avais envie de lui. J'aurais éternellement envie de lui. Que je l'aimais…

GABRIELLE

— Crois-tu que nous les reverrons ? demandai-je, le regard perdu sur l'horizon.

— Je ne sais pas, ma puce, répondit Mick. Il est probable que non. Seul le temps nous le dira.

— Ils me manquent déjà. Je ne voulais pas qu'ils partent.

— Ils ont leurs vies à mener.

Je soupirai et me retournai. Mes yeux se baissèrent vers le plancher de la terrasse. La tristesse m'envahit. Thomas, Elvis et tous les autres étaient partis. J'avais depuis longtemps accepté que la mort me séparerait de toutes les personnes que j'aimais. Depuis Éric, j'avais vécu avec ce sentiment de vide qui ne vous quitte jamais, malgré les années. Un sentiment que le temps m'avait fait accepter. Puis il y avait eu Johnny. Mon Johnny. Sa mort avait failli me faire perdre l'esprit. Mon ami me manquait tant que je me plaisais encore à l'imaginer réagir à certaines situations. Comme si je lui rendais hommage, de cette manière. Comme s'il était encore là.

Mon regard se leva sur Carmichael. Mon rocher. Mon ancre. Mon âme. Un léger sourire courba un coin de ses lèvres. Puis il s'approcha et me serra dans ses bras, déposant un délicat baiser sur mes cheveux.

— Je commence à trouver le temps long.

— Je sais, ma puce.

— Penses-tu que nous pourrons reprendre une vie normale, un jour ?

— J'en suis persuadé.

Il avait toujours les mots pour me rassurer. Toujours cette sagesse des années pour contenir mon impulsivité et mon caractère impatient.

— Pourquoi n'irions-nous pas voir Izzy et les enfants ? proposa-t-il en s'écartant un peu.

Mes yeux se posèrent sur son torse nu. Sa peau bronze scintillait presque sous la lumière du soleil. Ses cheveux avaient poussé. Ses dreadlocks lui arrivaient maintenant à la nuque. Il était splendide. Divin. Je posai une main sur son torse. Ma langue passa sur ma lèvre inférieure. Il me sourit et attrapa ma main.

— On va voir Izzy, d'abord ?

— Bon, d'accord…

Nous partîmes rejoindre la plage en lévitant. Nous aperçûmes Isabelle assise sur le sable. Devant elle, Lior et Kathelle construisaient un château. Sa structure était incroyable, ce qui n'était pas si étonnant malgré leur âge. Ils pratiquaient cette activité depuis tout petits.

Ma fille avait les yeux rivés sur eux. Pensive, elle nous entendit à peine arriver.

— Mamie !

Ces gosses…

Ils me sautèrent dans les bras, avant d'aller investir ceux de Carmichael. À noter qu'ils ne l'appelaient pas Papy, lui ! En même temps, il était aussi leur oncle… Bref, c'était compliqué à expliquer à des enfants si jeunes.

— Alors, tu vas rester là combien de temps ? demandai-je à ma fille en prenant place à côté d'elle.

Carmichael partit renforcer les murs du château éphémère, tout en évoquant des détails barbants de l'histoire médiévale aux deux enfants étrangement captivés.

— Que veux-tu que je fasse, Maman ? Je ne vais pas m'en aller.

— Pourquoi ?

— Pardon ?

— Pourquoi ne partirais-tu pas ?
— Enfin, tu le sais, nous devons nous cacher.
— Raphaël vit bien dans le monde, lui. Si tu es seule, tu ne prends pas beaucoup de risques.
— J'ai les enfants. Et puis, quoi ? Tu veux que je te quitte ?
— Non.

Mon air innocent ne l'était pas. Je n'étais pas douée pour mentir ou dissimuler mes émotions. Et puis j'en avais ras le bol de tourner autour du pot !

— Tu devrais aller le chercher, lâchai-je, décidée à mener à terme cette discussion.
— Quoi ? Qui ?
— Tu sais bien, qui !
— Maman...
— Belle...
— Ne m'appelle pas comme ça !
— Si je veux. Tes gosses m'appellent bien Mamie !
— Raphaël est en couple.
— Et ?

Le visage d'Izzy marqua la surprise ; elle était estomaquée par ma franchise. Je devais admettre que ce n'était pas très charitable d'éjecter Linda de l'équation. Mais je pensais à ma fille. Je pensais à son bonheur. C'était plus important pour moi qu'aucune Linda en ce monde. Je n'avais pas mené une guerre, perdu des proches, perdu ma maison et une vie presque normale pour voir Izzy se morfondre de solitude chaque jour de sa longue existence !

— Je ne peux pas.

Le regard douloureux de ma fille se porta au-dessus des vagues.

— Connor n'est plus là, ma chérie.

Je posai une main sur son épaule. Des larmes menacèrent d'envahir mes yeux. Je ne voulais plus que ma fille souffre. Je ne voulais plus qu'elle porte le deuil. J'aurais voulu avoir une baguette magique et retirer toute cette douleur de son âme. Mais je savais que c'était une chimère. Comme je savais que si elle ne décidait pas elle-même d'aller de l'avant, alors aucun avenir ne serait possible, sauf celui d'être une mère aimante chérissant ses enfants.

— Je sais, Maman.

Un sanglot avait étreint sa voix. Sa lèvre du bas commença à trembler.

— Si je n'avais pas son portrait, son carnet bleu et cette bague à mon doigt, je n'aurais presque aucune preuve de son existence.

— Tes enfants sont une preuve de son existence.

— C'est vrai, sourit-elle malgré ses larmes. Surtout Lior. C'est son père tout craché.

— Que le ciel nous en préserve !

Izzy éclata de rire. Cela me fit chaud au cœur. Je serrai la main de ma fille.

— Raphaël ne voudra pas de moi, dit-elle en haussant les épaules. Je l'ai repoussé tant de fois que je n'ai pas d'espoir.

— Tu espères donc te remettre avec lui ?

Elle sourit.

— Je dois reconnaître que je nourris des pensées impures le concernant.

— Génial !

Nous rîmes de concert.

— Mais il est parti, Maman.

— Il reviendra.

— Je ne crois pas. Je lui ai fait tant de mal que…

— Il reviendra, Izzy.

— Peut-être.

Je n'osai poursuivre la discussion et partis rejoindre les enfants. Izzy commençait à s'ouvrir et la bousculer n'aurait pas été judicieux. Je m'agenouillai à côté de Kathelle, qui planta un baiser sur ma joue. Carmichael rampa jusqu'à moi et m'embrassa sur les lèvres.

— Beurk, lâcha Lior.

Petit ingrat...

Je me jetai sur lui et le chatouillai tant qu'il me menaça de faire pipi dans sa culotte pour que j'arrête. Je m'exécutai avec un air horrifié sur le visage.

— Paraît qu't'avais un château toi aussi, Mamie.

— Ne m'appelle pas Mamie, bon sang ! m'exclamai-je en secouant ses cheveux avec ma main. Mais ouais, j'avais un château.

La petite Kathelle se recoiffa, outrée. Lior vint s'asseoir à côté de moi.

— Il était grand ?

Mes yeux se levèrent sur Carmichael. La nostalgie imprégnait son regard. Un sourire imprégnait ses lèvres.

— Il était gigantesque, répondis-je.

— T'étais une princesse ?

— Mieux. J'étais une reine !

— La Grande Reine, déclara mon mari.

— Ce château, il ressemble au tien ? s'enquit Lior en désignant son œuvre sur le sable.

Mon regard détailla les créneaux. Les quatre tours qui cintraient les murs et les quelques détails disséminés ici et là. Je soupirai et hochai la tête.

— C'est exactement le même.

CARMICHAEL

Je laissai Gabrielle avec les enfants et allai m'asseoir à côté d'Izzy. Elle souriait face au spectacle de sa mère se faisant houspiller par Lior après qu'elle eut maladroitement fait s'écrouler une tour de sable. Elle voulait pourtant aider, mais sa patience légendaire avait provoqué une catastrophe que ses petits-enfants n'étaient pas prêts à lui pardonner. Izzy et moi rîmes de la voir en si fâcheuse posture.

— Quand j'étais petite, j'adorais construire des échafaudages avec des petites plaques en bois, me raconta Izzy. Dès que Maman s'approchait pour m'aider, je lui hurlais de s'en abstenir.

— Ça ne m'étonne pas.

Je regardai ma femme. Le soleil baissait. Ses cheveux blancs étaient éblouissants sous son reflet. Elle était belle. Majestueuse. Une déesse, à mes yeux. Je souris en pensant à ce que j'avais fait pour elle, et qu'elle ignorait.

Sans le vouloir, le petit Lior et les événements survenus lors de la soirée du mariage m'avaient fait comprendre qu'il était temps de passer à l'action. Je pris une grande inspiration avant de me lancer.

— Izzy, j'aimerais te demander un service.

Ma belle-fille fut étonnée par ma demande. Je n'étais pas de ceux qui comptent sur les autres pour accomplir leurs desseins.

— Je serai ravie de t'aider, bien sûr.

Je lui adressai un sourire.

— Je voudrais faire une surprise à ta mère.

— Une surprise ? Quel genre de surprise ?

— Du genre très grosse surprise.

— Tu attises ma curiosité, balance !

Je ris devant son enthousiasme. Les jours passés sur l'île étaient tous sensiblement les mêmes. Depuis la fin des travaux de la maison de Raphaël, les occupations se faisaient rares. Izzy avait certes les enfants pour s'occuper, mais ce n'était pas suffisant. Notre isolement devenait oppressant, et chacun des habitants de cette île le supportait de plus en plus difficilement. Je me risquai alors à confier à Izzy le fond de ma pensée.

— J'aimerais que tu partes en France.

— Pardon ?

— J'aimerais que tu supervises la fin des travaux.

— Quels travaux ?

— Les travaux du château d'Altérac.

— Quoi ?!

Elle s'exclama si fort que Gaby demanda ce qu'il se passait. Je la rassurai en inventant une excuse. Izzy lui sourit bêtement en hochant la tête pour confirmer mon piètre mensonge.

— Tu as fait reconstruire le château à notre insu ? s'enquit cette dernière en me tapant sur le bras.

— C'est une surprise pour Gaby.

— Tu parles d'une surprise ! Mais comment tu t'y es pris ?

— Thomas.

— Thomas ?

— Je lui ai demandé de lancer les travaux juste avant que nous arrivions ici.

— Tout ce temps ?

— Les travaux étaient conséquents.

— Ça, je veux bien te croire, j'ai assisté à l'explosion.

— Les catacombes ont été bouchées et à part quelques changements ici et là, c'est une exacte reproduction du château d'Altérac tel que nous le connaissions.

— Mais c'est génial ! s'emporta-t-elle, se retenant de taper dans ses mains. Mais que dois-je faire, exactement ?

— Thomas est fatigué. Il ne me l'a pas dit lors du mariage d'Ethan et Prisca, mais je l'ai deviné. Je culpabilise de le laisser continuer à superviser cette restauration alors qu'il est déjà bien occupé à diriger le royaume. Il fait régulièrement la navette entre Bordeaux et Altérac et ça ne peut pas continuer.

— Il le fait pour Maman.

Je hochai la tête. Bien sûr qu'il le faisait pour elle. Thomas vénérait Gabrielle. Il aurait tout donné pour la rendre heureuse. Notre situation l'avait accablé et c'était avec enthousiasme qu'il avait accueilli ma proposition, avec la bénédiction de Laura.

— Il faudrait que tu te rendes sur place, expliquai-je, pour t'assurer que tout est sous contrôle et voir si nous pourrons bientôt y emménager.

— Y emménager ? Mais nous devions rester cachés et…

— Les humains ne parlent plus de nous. Enfin, presque plus. Cela fait plus de deux ans que nous n'avons pas fait la une des médias. C'est bon signe.

— Comment le sais-tu ?

— J'ai mes sources.

Je lui adressai un clin d'œil.

— Thomas.

— Bien sûr, Thomas.

— Tu crois qu'on ne risque rien.

— Il y a toujours un risque. Il y en a toujours eu. Durant des siècles, nous avons vécu parmi les humains sans être repérés, alors je crois qu'il est temps que nous retrouvions notre place. Nous devrons simplement prendre plus de précautions lors de nos déplacements.

Je poussai un soupir. Mon impatience grandissait. Depuis que j'avais débarqué sur cette île, je m'étais chaque jour raccroché à mon rêve de retrouver Altérac. Ce rêve m'avait aidé à surmonter la mort de mon frère et de mes amis. Il avait habité mes pensées chaque minute de ces sept dernières années.

— Le château nous appartient, Izzy. Je veux y vivre. C'est le foyer de ta mère, et c'est le tien.

Le regard d'Izzy s'illumina un instant, puis s'assombrit. Ses yeux parcoururent l'île. Je compris ce que son esprit lui dictait, et cette fois, je refusai de me taire.

— Cette île est un souvenir, Izzy. Tu ne te reconstruiras jamais dans un souvenir.

— Je ne peux pas, Carmichael.

Ma main se posa sur celle de ma belle-fille. Elle tenta de la retirer, et je savais ce qu'elle éprouvait à mon contact. Alors je la serrai, refusant qu'elle fuie ce que j'avais à lui dire.

— Il me manque, chaque jour, déclarai-je.

Ma gorge se serra. Je parlais peu de Connor. Mon frère que j'avais arraché à un sinistre destin. Mon frère qui avait commis tant d'erreurs. Mon frère que j'aimais…

— Mais je suis fier de lui.

— Fier ?

— Oui, je suis fier. Connor a connu une existence difficile. Son orgueil et son égoïsme ont été longtemps sa façon de se protéger et d'assouvir ses ambitions. Avant toi, il n'était que colère, ressentiment et amertume. Puis je l'ai vu changer. Je l'ai vu amoureux fou. Je l'ai vu père et je l'ai vu heureux.

Des larmes coulaient sur les joues d'Izzy. Les miennes menaçaient de déborder.

— Il a donné sa vie pour ses enfants et pour toi. Il l'a fait et nous a tous sauvés. Je suis fier de lui. Mon seul regret, c'est que…

Un sanglot remonta dans ma trachée.

— Je n'ai pas pu lui dire au revoir…

— Moi non plus, Carmichael.

Je retirai ma main de la sienne et reposai mon regard sur Lior, Kathelle et Gabrielle.

— Il est temps pour nous de le faire.

— J'ai essayé… Je n'y arriverai pas, murmura Izzy.

Je soupirai. L'image du visage de mon frère s'imprima dans mon esprit. Son sourire narquois. Son regard teinté d'arrogance. Sa manière de me taquiner. Il me manquait tant. Je n'avais jamais imaginé que son absence serait si difficile à accepter. Mais il fallait aller de l'avant. Chérir son souvenir. Honorer sa mémoire.

— Tu sais, Izzy, j'ai beau avoir ordonné la restauration du château, je sais qu'il ne sera pas tout à fait le même. Il sera différent, mais je l'aimerai, car nous y mènerons une autre vie. Désormais, je m'en réjouis.

Je tournai la tête en direction de ma belle-fille.

— Il ne tient qu'à toi d'accepter qu'une autre vie t'attend. Et tu veux savoir ? Je crois que Connor se réjouirait que tu la mènes enfin.

Elle baissa les yeux sur le sable.

— Je ne suis pas sûre d'être encore prête.

— Ta mère ne l'était pas non plus.

— Comment ça ?

— Quand elle est venue me rejoindre après toute une vie passée avec Éric.

— Ce n'est pas pareil.

— Je ne suis pas d'accord.

— Mon père a connu une mort naturelle.

— Éric n'a jamais quitté le cœur de Gabrielle. Et j'en suis heureux.

Elle leva vivement la tête, me dévisageant avec incrédulité.

— Je réalise chaque jour la chance d'être aimé de Gaby. Je réalise chaque jour que son amour grandit. Je ne regrette rien. Je connais un bonheur que je n'avais jamais cru possible. Et si je le connais aujourd'hui, c'est parce que ta mère a vécu sa vie et qu'elle sait que ce que nous avons est unique.

Mon sourire ne laissa aucun doute sur la sincérité de mes mots. Elle me sourit aussi, puis se mordilla les lèvres, un peu gênée par la tournure de notre conversation. Elle avait bien sûr deviné ce que j'étais en train de lui suggérer.

— Toi aussi, tu mérites d'être heureuse, Izzy. Connor l'aurait voulu de toutes ses forces.

Elle hocha la tête, me remerciant par ce geste de ces mots que je n'avais jamais su lui formuler auparavant. Le cœur allégé par cette conversation, je partis rejoindre ma femme. Quand je me retournai, sa fille était déjà partie en direction de la forêt.

ISABELLE

Les valises étaient bouclées. Ma mère venait de quitter la maison. Nous nous étions enlacées. J'avais promis de revenir dans quelques mois après un séjour dans la villa de Thomas. Un pieux mensonge puisque je comptais séjourner à Altérac. Ma mère n'avait pas émis d'objection, sans doute ravie que je consente à échapper à mes souvenirs. Certes, elle s'inquiétait que je puisse être en danger, mais Carmichael l'avait rassurée. De plus, accompagnée de Jack, de Jared et de mes enfants, il y avait peu de chance pour que je sois reconnue. J'étais quand même moins repérable que ma mère dont la longue chevelure blanche était un signe des plus distinctifs. D'ailleurs, ses cheveux avaient repoussé tels qu'ils étaient avant la mort de Johnny. En souvenir de sa mémoire, j'étais persuadée qu'elle ne les ferait plus jamais couper.

Il ne me restait plus qu'à emballer le portrait de Connor. Avant de l'envelopper méticuleusement dans du papier bulle, je caressai de la main les lignes de son visage. Je savais qu'il retrouverait la chambre des enfants, mais il ne serait plus sur l'île. Et il ne serait plus à moi. Ils appartiendraient à Lior et Kathelle. Des larmes envahirent mes yeux quand je fermai le paquet. J'ouvris le carnet bleu et en lus quelques lignes, revoyant ainsi Connor, son visage et son âme. Une lecture difficile. Les pages étaient très abîmées tant j'avais parcouru ce carnet au cours des dernières années. Ces mots étaient le miroir de ce que j'éprouvais. Je les relus encore...

« Je n'ai jamais dit ces mots à voix haute. Rien que de les écrire, cela m'est douloureux, car je t'aime tant que plus rien dans ce monde n'a de goût... Je ne pense qu'à toi.
Tu es l'objet de mon désir. Tu possèdes mon âme.
Je t'aime, Isabelle.
Mon amour, ma princesse.
À jamais à toi,
Connor. »

Je pleurai. Puis je partis en direction des bois. Je retrouvai le pré où, jadis, les chevaux de Connor se trouvaient. Ils avaient tous été donnés à des ranchs jamaïcains. Je n'avais jamais plus monté depuis notre arrivée sur l'île. Lorsque ma mère avait soumis l'idée d'en faire venir, j'avais refusé.

Mes yeux parcoururent le pré. Je me souvins de la première fois où Connor m'y avait emmenée. J'avais choisi une splendide jument. Lui, un étalon fougueux. Il s'était vanté en me disant qu'il lui ressemblait.

Je soupirai puis je partis en direction de la falaise et du chemin escarpé qui menait à la caverne. Je descendis jusqu'à la corniche et entrai dans la grotte qu'il m'avait fait découvrir lors de notre séjour, ici. Il m'arrivait souvent de venir dans cet endroit. J'avais passé des heures à penser à lui, assis sur cette petite plage plongée dans la pénombre et bordant l'étendue d'eau de la grotte. Mon regard se leva vers la voûte. Des rais de lumière perçaient la roche et miroitaient à la surface de l'eau en de multiples éclats scintillants. Je nous revoyais voler tous les deux. Nus. Amoureux. Heureux. Mes larmes ruisselaient, à présent. Je trempai mes pieds, puis je reculai et sortis en étouffant un sanglot.

Ces adieux étaient une épreuve douloureuse. À l'entrée de la caverne, je pris un bol d'air frais. Mon regard parcourut l'horizon. Un sourire se dessina sur mes lèvres. Mon cœur s'allégeait. Car même si je disais adieu à nos souvenirs, je savais que chacun d'eux habiterait ma mémoire pour l'éternité. Mon regard se posa sur la bague ornant mon annulaire gauche. Je l'embrassai, puis je la retirai et la fis passer autour du droit.

Puis j'avançai.

Je le devais.

Un peu plus tard, je montai sur le bateau. Les enfants étaient tout excités de quitter l'île. Ils n'avaient jamais connu aucun autre endroit. Jack et Jared exultaient tout autant qu'eux. Nous saluâmes de la main les membres de notre famille jusqu'à ce qu'ils soient de minuscules points sur une plage. Le visage de Connor m'apparut en pensée. Il souriait. Alors je souris aussi, et me retournai vers un avenir. Un avenir sans lui…

JACK

Château d'Altérac, Gard, France

— Non, non et non, Jared ! On ne peut pas ranger les draps en boule.
— Les minimalistes disent que ça prend moins de place de cette manière.
— Les miniquoi ?!

Jared éclata de rire. Je ne pus m'empêcher de l'imiter jusqu'à ce que j'ouvre sa valise et pousse un cri d'horreur.

— Seigneur ! Tout est froissé !

Mon mari s'apprêtait à me faire une remarque que j'imaginais déjà être une moquerie quand la porte s'entrouvrit sur Mademoiselle Isabelle et ses enfants.

— Votre chambre vous plaît ? demanda-t-elle.
— Izzy, c'est une suite, la corrigea Jared.
— C'est vrai. C'était la mienne quand j'habitais ici. Vous serez bien dans l'*Éléonore*.
— Ça ne fait aucun doute, lançai-je.

Lior et Kathelle se jetèrent sur le lit. Je levai les yeux au ciel en constatant les plis qui se formaient sur la couette.

— Vos chaussures, les enfants !

— Ils ne sont pas encore habitués à en porter, remarqua Izzy. Lior, Kathelle, enlevez-les.

— Avec plaisir, Maman !

Je souris. Il avait déjà fallu batailler un moment pour qu'ils consentent à les enfiler pendant le voyage. Je doutais qu'ils les remettent de sitôt.

— Vous ne vous êtes pas encore installée, Mademoiselle.

— Non. J'ai d'abord fait un tour dans le parc.

— C'était trop génial ! s'écria Lior.

— On va avoir des chevaux ! s'enthousiasma Kathelle.

— Oh, c'est une bonne nouvelle !

Je tentai de dissimuler ce que cette annonce avait provoqué en moi. Mademoiselle n'avait pas monté depuis longtemps, et aujourd'hui, à l'évocation des chevaux, elle arborait un sourire radieux sur son visage. Je n'avais pas vu cette expression sur ses traits depuis des années. Ses yeux parcoururent la suite, visiblement satisfaits par la restauration de la pièce.

— Puis-je vous demander de garder les enfants quelques heures, Jack ?

— Bien sûr.

— Merci.

Elle partit embrasser Lior et Kathelle en leur ordonnant d'être sages. Ils hochèrent tous les deux la tête, mais quand leur mère eut le dos tourné, ils se regardèrent tous deux avec un sourire mutin. Quand elle fut sur le point de sortir de la pièce, je l'interpellai.

— Mademoiselle !

— Oui, répondit-elle en virevoltant.

— On dînera à vingt heures, si cela vous convient.

— Je vois que vous n'avez pas perdu vos réflexes de majordome, Jack.

Mes joues rosirent un peu.

— Je suis même tout excité par la perspective de les retrouver, Mademoiselle.

Elle s'esclaffa.

— Alors, vingt heures dans la salle commune.

— Très bien, Mademoiselle.

Elle me lança un clin d'œil et ferma la porte derrière elle.

— Tu aimes bien recevoir des ordres, hein ? déclara Jared en collant son corps contre mon dos.

Je sentais déjà son excitation parcourir ses membres. Et elle n'était pas due qu'à ma seule présence. Il en avait eu assez de vivre sur l'île. Lui qui avait toujours eu un goût prononcé pour l'aventure avait renoncé à sa passion pour moi. Je ne pouvais pas lui en vouloir d'avoir eu envie de s'en échapper. Habiter au château était un nouveau commencement pour lui. Pour moi.

Je me mordis les lèvres puis me rappelai la présence des enfants de ma maîtresse. Tous deux nous observaient avec un grand sourire.

— Les enfants, mais vous n'avez pas encore vu l'étage !

Ils descendirent du lit et affichèrent des yeux ébahis. Ils se tournèrent vers l'escalier qui menait au premier niveau et coururent dans sa direction.

— Bien joué, lança Jared qui resserrait son emprise sur moi.

Je me tournai pour observer son visage. Ses lèvres dessinèrent un sourire. Les rides qui se formèrent sous ses yeux avides me firent fondre.

— Si je t'ordonnai de te mettre à genoux, maintenant, tu le ferais ?

— Pas tant que les enfants seront dans cette suite, répondis-je.

— Après ?

— Oh, après, crois-moi, tu pourras me voir à genoux.

Mes lèvres effleurèrent les siennes.

— Allongé, dis-je aussi.

Je plantai un baiser sur sa bouche.

— Dessus.

Un nouveau baiser.

— Dessous…

— Cette perspective me plaît.

— Cette perspective t'a toujours plu.

Sa langue passa sur sa lèvre inférieure. Puis il me serra dans ses bras et posa sa bouche sur ma nuque.

— Tu es heureux, Jack ?

Oh oui, je l'étais.

À ce moment précis, je sus même que je le serais jusqu'à ma mort. Et ça ne m'effrayait pas de me dire que je partirais un jour, alors que mes amis resteraient en ce monde. Parce que j'avais connu Jared, et que j'avais aimé. Intensément aimé.

ÉPILOGUE - ISABELLE

Je descendis les escaliers de l'aile nord et traversai la cour jardin. Des échafaudages étaient encore accolés au mur de l'aile ouest, mais le gros des travaux était achevé. C'était un dimanche au crépuscule, aussi je ne fus pas surprise de ne pas voir d'ouvriers s'affairer aux derniers détails. Je pris une grande inspiration en me dirigeant vers l'aile est. Je voulais retrouver les appartements du dernier étage. L'étage où j'avais vécu avec Raphaël. Je comptais m'y installer. Il comportait deux chambres et tout le nécessaire pour nous accueillir, les enfants et moi. Quand ils grandiraient, ils auraient la possibilité de prendre d'autres chambres au sein du château. J'étais loin d'être prête à me séparer d'eux, mais je devais admettre que ce jour allait forcément arriver et sans doute plus vite que je ne le pensais. En montant les escaliers, j'éprouvai une sensation d'allégresse. La pierre sous mes pas. Le fer forgé sous mes doigts. Les tapisseries ornant les murs et la multitude de tableaux tous plus épiques les uns que les autres. Les plafonds à la française. L'ambiance du château… Altérac était à couper le souffle. Me retrouver là, après sa destruction dont j'avais été témoin, était étrange et magnifique. Presque rien n'avait changé. Carmichael et Thomas y avaient pourvu. Il y avait quelque chose de différent et en même temps de familier. Parcourir les couloirs me donnait la sensation qu'une ancienne cicatrice se refermait. Je pensai à ma mère. Il me tardait le jour où elle découvrirait le château ressuscité. Comme elle, il était né à nouveau de ses cendres.

Je savais déjà que nous y serions bien. Sauf qu'en réalité, je n'en savais rien… J'ignorais encore tant de choses…

J'ignorais que ma mère serait si folle de joie en découvrant le château qu'elle s'effondrerait en pleurant, ses genoux dans la terre d'Altérac après que Carmichael lui eut retiré le bandeau qui lui couvrait les yeux.

J'ignorais qu'elle lui sauterait dans les bras. Qu'ils riraient et qu'ils pleureraient aussi. Qu'il nous faudrait même nous éclipser afin d'échapper à un spectacle trop gênant pour être raconté.

J'ignorais que Prisca mettrait au monde un enfant ici. Qu'elle passerait de longs mois à convaincre son époux de la tuer durant ses premiers mois de grossesse pour qu'elle puisse assouvir son désir de maternité. Un désir qu'elle avait toujours chéri, prête à tous les sacrifices pour le satisfaire.

J'ignorais qu'Ethan accéderait à sa requête et deviendrait un père formidable. Qu'Alex, son fils, deviendrait un homme merveilleux et le meilleur ami de Lior.

J'ignorais encore que Jack et Jared finiraient leurs jours ici. Qu'ils seraient heureux jusqu'à leur mort et reposeraient aux côtés de mon père, de Johnny et de Jésus dont nous aurions fait rapatrier les corps, mais aussi de Thomas, de Laura, de Guillaume, d'Elvis… Tous nos proches réunis près de la stèle à la mémoire de Connor, l'homme que j'avais tant aimé.

J'ignorais que mes enfants seraient aussi puissants. Qu'ils seraient si fusionnels. Qu'ils parcourraient le monde en quête d'aventures. Que Lior serait aussi indomptable. Que Kathelle me ressemblerait tant et que sa passion pour les hommes me causerait autant de soucis.

J'ignorais qu'on dirait d'eux qu'ils seraient les enfants de la prophétie. J'ignorais qu'ils inspireraient la dévotion en tant qu'enfants d'immortels, et qu'ils n'iraient jamais nulle part sans emporter le portrait de leur père.

J'ignorais tout de ma vie future. Mais savoir qu'elle existerait me réchauffait le cœur. Un nouvel avenir s'offrait à nous. Un avenir où nous pourrions accueillir nos semblables. Un avenir où mes enfants pourraient mener une vie normale. Du moins aussi normale que pût être la vie d'un natif immortel doté de pouvoirs.

J'arrivai au dernier niveau de l'aile est. J'avançai dans le couloir, le regard perdu au travers des fenêtres dont la vue donnait sur la cour-jardin. La nouvelle piscine, plus grande que celle d'avant, avait été couverte. De jeunes arbres commençaient à fleurir. À cette vision, mes lèvres esquissèrent un sourire.

J'arrivai enfin devant la porte de mon ancien/nouvel appartement. Je pris une profonde inspiration avant d'enclencher la poignée. Puis mon cœur s'arrêta de battre. Une mélodie s'élevait dans l'air. Une mélodie que je connaissais. Jouée au piano. Mon souffle s'accéléra. Ma main était encore sur la poignée. Mes yeux rivés sur le bois de la porte. J'ouvris.

Il était là, assis derrière son piano. Plongé dans ses pensées. Ses longs cheveux bruns étaient humides et cascadaient sur ses épaules. Son regard était plongé sur ses doigts agiles. Il ne m'avait pas entendue. Je m'avançai, le cœur battant à tout rompre.

Il dut sentir ma présence et leva la tête. Ses yeux s'écarquillèrent de stupeur. Un moment de flottement. Un moment infini. Puis je pris conscience de ce qu'il se passait. Raphaël était ici. J'étais entrée sans m'annoncer. Linda devait être dans les parages. Je paniquai. Sans réfléchir, je fis volte-face et allai quitter la pièce quand, soudain, Raphaël se matérialisa devant la porte. Il avait accouru à la vitesse du son, le souffle encore ébranlé par mon irruption.

Nous nous observâmes longtemps. Comme si être face à face, maintenant, dans cette pièce, cet appartement que nous avions partagé, tenait de l'imaginaire. Était-ce réel ? Puis je repris mes esprits et mes joues se colorèrent.

— Je ne voulais pas te déranger, pardon d'être entrée. Je ne savais pas que tu...

— Tu es là.

Il avait dit cela comme s'il n'arrivait pas à le croire.

— Oui, je suis là. Je ne savais pas que Linda et toi aviez pris possession de cette suite, je m'excuse si...

— Linda n'est pas là.

— Ah.

C'est tout ce que j'avais trouvé à dire.

— Elle n'est jamais venue ici, déclara-t-il en approchant d'un pas.

Mes yeux se levèrent sur son visage. Ils plongèrent dans son regard gris qui ne me quittait plus, qui m'enveloppait, me caressant de sa douce chaleur et m'empêchant de respirer.

— Je l'ai quittée après notre danse sur la plage.

Ma bouche s'entrouvrit. Je ne savais pas quoi dire. Mes yeux se baissèrent sur son torse. Le col en V de son tee-shirt noir dévoilait la naissance de ses muscles. Je tremblai devant cette vision.

— Après notre danse, répétai-je en relevant la tête.

Il hocha la sienne. Un sourire s'étira sur son visage.

— Après notre danse, répéta-t-il.

— Pourquoi ?

— Tu sais pourquoi.

Je déglutis. Il attrapa ma main. Le contact de sa peau irradia la mienne. Je faillis la retirer tant cela m'éprouvait. Mais au contraire, je la serrai puis enroulai mes doigts dans les siens.

— Carmichael ne m'a pas dit que tu étais là.

— Il ne m'a pas dit non plus que tu viendrais.

Je poussai un soupir d'amusement en pensant que mon beau-père était bien le plus fin stratège de la planète. Je secouai un peu la tête et dis :

— Je suis heureuse de te voir. En vrai, j'avais dans l'idée de…

— De quoi ?

— De te rejoindre, bientôt.

— Me rejoindre ?

— Je voulais… je voulais qu'on… enfin…

De fines ridules ornaient ses yeux gris si captivants, sous son ébauche de sourire.

— Tu me manques, Raphaël.

— Izzy…

Sa main resserra la mienne.

— Je sais que je t'ai fait du mal. Tant de mal…

Il baissa les yeux et retira sa main. Les souvenirs douloureux traversaient son esprit. Mais je ne pouvais plus me défiler. Et il n'était plus avec Linda. L'avoir appris avait déclenché un feu d'artifice dans ma poitrine. Maintenant, je savais. Je savais ce que je voulais vraiment. Alors je repris :

— J'aimerais te rendre heureux, si tu m'y autorises.

Il releva son regard sur moi. J'inspirai un grand coup avant de continuer :

— Je... J'ai réalisé que je t'aimais quand j'ai appris ta mort. Ces sentiments ont jailli encore plus fort quand j'ai lu ton carnet et ta lettre d'adieu. Je n'arrivais plus à penser à autre chose, puis...

Je ne pus continuer. Mais il le fallait. Je le devais. Je le lui devais, mais c'est à peine si j'arrivais à contrôler mon débit de paroles.

— Je regrette... Je regrette tant d'avoir aimé deux hommes en même temps. Mais je ne l'ai pas commandé. Je n'ai pas voulu ce qu'il s'est passé. Je n'ai pas su...

— Tu n'as pas su m'aimer suffisamment, Izzy.

Le son de sa voix était bas. Sa respiration courte. Son buste se soulevait à son rythme. J'attrapai sa main et y lovai mes doigts.

— Non. Ne dis pas ça. Laisse-moi te prouver ce que je ressens. Chaque nuit, tu es dans mes rêves. Je voudrais... Je veux...

— Tu veux ?

— Je...

Je me mordillai la lèvre en détournant le regard.

— Arrête de faire ça, me lança Raphaël.

— Quoi ? demandai-je en replongeant mes yeux dans les siens.

— Te mordiller la lèvre.

Mes joues devinrent écarlates. Mon cœur me battait dans les tempes. Mes doigts entre les siens devenaient moites. Mon souffle se fit haletant. Je mordillais encore ma lèvre. Alors, il comprit ce que ce geste signifiait. Ce qu'il lui autorisait. Et sa main se détacha de la mienne. Elle caressa ma joue. L'autre se cala sur ma nuque, un peu tremblante. Ses lèvres se rapprochèrent de mon visage. Elles effleurèrent les miennes. Je m'arrêtai de respirer.

— Raphaël...

Il crut que je prononçai son nom pour lui intimer d'arrêter. Il se recula, mais je l'en empêchai en lui attrapant le bras.

— Ne me quitte pas, lui déclarai-je. Plus jamais.

Son corps se rapprocha du mien. Sa bouche déposa un baiser sur mes cheveux, tandis que ses mains se lovaient autour de mes épaules.

— Ne me laisse plus jamais, Plume.

Je relevai la tête, plantai mon regard dans le sien. Je lui souris. D'un sourire qui ne laissait plus de place au doute. D'un sourire qui disait « Je veux t'aimer ». D'un sourire qui lui montrait que je le désirais, et que mon cœur voulait désormais lui appartenir. Laissant le passé et nos tourments reposer dans un coin de notre esprit, tout en chérissant nos souvenirs. Le souvenir de nos vies. Le bonheur de notre avenir.

Le coin de ses lèvres se leva. Une fossette creusa sa joue. Ses yeux s'illuminèrent. Il laissa échapper un rire. Un rire que je n'avais pas entendu depuis si longtemps qu'il déclencha le mien. Ses mains se plaquèrent sur mes joues. Sa bouche fondit sur la mienne. Il y déposa de multiples baisers. Doux au début. Puis plus intenses, plus fiévreux. À l'image de nos corps qui ondulaient l'un contre l'autre. J'attrapai les pans de son tee-shirt et le passai au-dessus de sa tête. Son regard s'ancra dans le mien. Son souffle caressa ma peau. Ses doigts se posèrent sur mes épaules et passèrent sous les bretelles de ma robe. Elle s'échoua au sol dans un léger bruissement. Ses yeux sombres s'abaissèrent sur ma poitrine nue. Mes seins se dressèrent face à cette inspection qui dura le temps d'un moment, de quelques respirations, d'une infinie tendresse. Je passai mes mains sur mes hanches et fis glisser ma culotte à mes pieds. Raphaël me contempla et se déshabilla à son tour. Nus, l'un face à l'autre, nous restâmes un instant à nous parcourir des yeux. Puis il y eut cette main que je posai sur son torse. De la sienne qui se posa sur ma poitrine. De ses doigts qui malmenèrent un de mes mamelons. Des miens qui s'enroulèrent sur son membre dressé à mon intention.

Ce fut une frénésie. Une folie. Un tout.

Il colla son corps contre le mien. Sa peau me brûla. Il me souleva et la seconde d'après j'étais allongée sur le lit, Raphaël au-dessus de moi, le visage à quelques centimètres du mien. Je haletais. Je tremblais sous son corps. Sa main se posa sur mon sein, descendit lentement sur mon ventre avant de se loger entre mes jambes. Il me caressa, m'arracha une plainte. Ses yeux ne quittaient pas mon visage tandis qu'il me donnait du plaisir. Son érection pulsait contre ma jambe. Mon désir était à son paroxysme.

— Fais-moi l'amour, Raphaël.

Il me sourit. Heureux. Le regard débordant de désir. Sa main qui me caressait écarta ma jambe. Il se glissa en moi. Je me cabrai quand il s'enfonça jusqu'à la garde. Cette sensation. Son corps contre le mien. Sa peau contre la mienne. Ses mains partout sur moi. Puis il commença à se mouvoir. Ses hanches effleurant les miennes. Ses pupilles dilatées fixées sur ma bouche.

— Isabelle... murmura-t-il d'une voix rauque.

Mes doigts sinuèrent sur son dos jusqu'à ses fesses. J'y enfonçai mes ongles, l'invitant à continuer. L'invitant à me prendre plus fort, plus vite. À m'habiter. Alors il accéléra ses assauts. Rua entre mes jambes. Claqua ses hanches contre les miennes en grondant de plaisir.

— Plume... Plume, je vais...

Non. Pas encore. Je ne le laissai pas terminer sa phrase et le poussai. Il n'eut d'autres choix que de se retirer. J'utilisai ma vitesse cinglante et me plaçai à califourchon au-dessus de lui. Glissai autour de lui. Remuai *sur* lui. Mon visage surplomba le sien. Ses yeux contemplatifs se mirèrent dans mes prunelles avides. Avides de lui. Avides de tout ce qu'il promettait. Je l'aimais. Mon cœur le réclamait. Mon cœur le commandait. J'étais à lui, désormais. Et quand mon âme s'envola, soufflé par le désir ardent qui me foudroyait, je sus que je le serais toujours.

Pour l'éternité...

MES REMERCIEMENTS

Merci à vous, mes lecteurs, qui m'avez portée jusque-là et à qui je dédie ce dernier tome.

Merci à mes bêta-lectrices sans qui la saga Native ne serait pas ce qu'elle est.

Merci à ma correctrice d'avoir sublimé mon roman.

Merci à Sam pour l'élaboration de cette couverture magnifique et qui me parle tant…

Cette fois, je ne m'épancherai pas davantage dans mes remerciements, car j'ai le cœur lourd. Trop lourd. Même si au fond de moi, je suis fière. Fière de cette saga. Fière de ce qu'elle représente pour moi, et pour certains d'entre vous.

Merci…

J'ai une pensée pour ma grand-mère qui a inspiré celle qui porte son nom : *Gabrielle*. Mamie, étais-tu à mes côtés durant toutes ces années pour que je chérisse tant ce personnage ?

Et pour ma fille, Carla, qui a inspiré Izzy. Mon bébé… je te dédie cette femme pour qui j'ai tant d'amour…

Merci à mon mari qui m'a inspiré Éric.

Merci à mon frère qui m'a inspiré Ethan.

Merci à ma vie qui m'a inspiré Johnny… Mon Johnny… Mon chouchou…

Merci Carmichael, merci Raphaël, merci Thomas, merci Connor, merci Elvis, merci Prisca, merci Jésus, merci Jack, merci Jared… Putain, vous allez tant me manquer que j'en pleure d'écrire ces mots.

Mais d'autres aventures m'attendent… et je sais que je vous porterai à jamais dans mon cœur. Vous représentez dix ans de ma vie. Vous m'avez fait vibrer, rire, pleurer, comme sans doute toutes les personnes qui liront ces lignes.

Je vous dois tant.

Vivez pour l'éternité…

AVIS LECTURE

Vous avez aimé NATIVE, L'éternel crépuscule ?

Laissez un joli commentaire pour motiver d'autres lecteurs !

Vous souhaitez être informé de mes prochaines sorties ?

N'hésitez pas à cliquer sur le bouton « Suivi » de ma page auteur Amazon.

À très vite dans de nouvelles aventures livresques !

Laurence

LA SAGA NATIVE

Volume 1 : La trilogie de Gabrielle

Le berceau des élus
Tome 1

Le couronnement de la reine
Tome 2

La tentation des dieux
Tome 3

Volume 2 : La Quadrilogie d'Isabelle

Les héritiers du temps
Tome 4

Compte à rebours
Tome 5

La Malédiction des immortels
Tome 6

L'éternel crépuscule
Tome 7

DÉCOUVREZ LA NOUVELLE SAGA DE LAURENCE CHEVALLIER

Dans un royaume dissimulé aux yeux des Hommes, une princesse est mariée de force à un seigneur qui n'a que du mépris pour elle.

Leur union fera basculer un empire...

Disponible sur Amazon

DÉCOUVREZ LA NOUVELLE SAGA DE LAURENCE CHEVALLIER

Les druides ont disparu depuis plus de trois mille ans, comme s'ils s'étaient évanouis dans la nature, ne laissant que des vestiges pour preuves de leur existence passée.

Trahis par les hommes, ils inventèrent Les Dômes.

De nombreux mythes circulent à leur propos : magie, sacrifices, clans, pouvoir...

Et si ce n'était pas des légendes ?

Tristan et Nova ignorent tout l'un de l'autre lorsqu'ils sont contraints de se marier pour unir leurs familles au passé tragique.

Au lendemain des noces, tout bascule lors d'un mystérieux drame.

Nova se réveille seule et amnésique, forcée de reconstruire sa vie dans un monde qu'elle ne connaît pas.

Tristan est condamné à l'exil.

Quand le destin les rapproche à nouveau et les oblige à cohabiter, ils n'ont plus d'autre choix que de se découvrir.

Mais Nova ne sait pas qui elle est, ni pourquoi Tristan la déteste…

ET AUSSI SUR AMAZON...

Bienvenue au Bloody Black Pearl !

Découvrez une romance contemporaine totalement déjantée, qui a conquis plus de 10000 lecteurs !

Romance New Adult / Adult / New Romance

Comédie romantique

Rock à gogo !

Tu crois que t'es prêt ?... Pas sûr.

* * *

Envie de crocs et de pouvoirs magiques ?

Witch Wolf, Article 1 : On ne se mélange pas

Quand trois sorcières sont témoins d'un drame, tout bascule dans le monde des ombres...

Des amies aussi proches que des sœurs, contraintes de se dissimuler parmi les loups, pour sauver leurs vies...

Bit-lit - Romance Paranormale pour adultes

À PROPOS DE L'AUTEUR

Retrouvez toute l'actualité de Laurence Chevallier sur...

Instagram : laurencechevallier_
https://www.instagram.com/laurencechevallier_/

Facebook : Laurence Chevallier Auteure
https://www.facebook.com/laurencechevallier.auteure

Actus, boutique et inscription à ma newsletter :
https://www.blackqueeneditions.fr

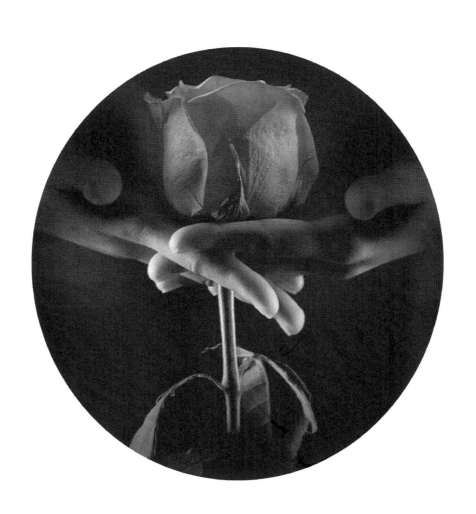